BASTEI
LÜBBE

P.C. DOHERTY

Die Legende vom Teufelskult

Roman

Ins Deutsche übertragen
von Ingrid Herrmann

BASTEI
LÜBBE

BASTEI-LÜBBE-TASCHENBUCH
Band 13 603

Erste Auflage:
Dezember 1994

Deutsche Lizenzausgabe 1994
Bastei-Verlag Gustav H. Lübbe
GmbH & Co., Bergisch Gladbach
Originaltitel: An Ancient Evil
Lektorat: Dr. Edgar Bracht
Titelbild: Linda Gray/
Headline Book Publishing
Umschlaggestaltung: Agentur
Karl Kochlowski
Satz: KCS GmbH,
Buchholz/Hamburg
Druck und Verarbeitung:
Brodard & Taupin, La Flèche,
Frankreich
Printed in France

ISBN 3-404-13603-9

ANMERKUNG DES AUTORS

Um die Mitte des vierzehnten Jahrhunderts sah die Universität zu Oxford in ihren grundlegenden Zügen so aus wie heute. Es gab bereits die Halls oder Colleges und die verschiedenen Fakultäten. Der Universitätsbetrieb hatte eine zentrale Verwaltung, und für die Disziplin unter den Studenten sorgten damals, wie heute, Aufsichtsführende, sogenannte *proctors*.

Abschließend sei bemerkt, daß in der mittelalterlichen Dämonologie der Ausdruck *Strigoi* benutzt wird, um die lebenden Toten oder einen mächtigen bösen Geist zu beschreiben, der von einer lebendigen Seele Besitz ergreift.

P. C. Doherty

PROLOG

Die lauen Aprilschauer hatten wenig dazu beigetragen, das schmutzige Kopfsteinpflaster und die verschlammten Rinnsteine von Southwark zu säubern. Doch der Regen war denen willkommen, die Apfelplantagen, Blumenbeete, Kräutergärten oder einfach nur Viehweiden bewirtschafteten; auch hatten die Schauer für die Sicherheit der Reisenden gesorgt, da sie die Wegelagerer dazu verurteilten, sich murrend in den Schankräumen der erbärmlichen Bierkaschemmen herumzudrücken, die am Ende einer jeden Straße und Gasse von Southwark zu finden waren.

Die schwarzen, langschwänzigen Ratten wußten hingegen, daß der Regen den hochaufgetürmten Unrat in den Gossen aufgeweicht hatte, und nun stöberten sie mit rotglänzenden Augen begierig nach zarten Happen. Auch eine Katze, die sich in den Schatten einer Hauswand duckte, war auf der Jagd; doch vor dem gepflasterten Hof des Wirtshauses *Tabard Inn*, das dem Herrensitz des Abtes von Hyde gegenüberlag, hielt sie plötzlich mit gespitzten Ohren und einer hocherhobenen Pfote inne.

Die Katze starrte über den leeren Hof vor den Stallungen und erkannte schnell, daß sämtliche Türen geschlossen und verriegelt waren; es bestand also keine Chance, die Mäuse zu fangen, die im Stroh umherhuschten oder sich in den Behältern mit Kleie, Hafer und anderen Futtermitteln gierig die kleinen Bäuche vollschlugen. Mit bernsteingelben Augen starrte die Katze auf das Licht und lauschte den erregten Stimmen und dem Gelächter, die durch die großen Sprossenfenster des Gasthofs nach draußen drangen. Über der Katze knarrte und ächzte das

Wirtshausschild in der milden Aprilbrise. Irgendwo wieherte ein Pferd; ein verschlafen dreinblickender Knecht öffnete die kleine Scheunenpforte, um sich zu vergewissern, daß alles in Ordnung war, und die Katze schlüpfte hinein.

In der großen Schankstube des *Tabard Inn* saß der Gastwirt Harry am Kopfende der großen, langen Tafel und betrachtete die neunundzwanzig Gäste, eine Pilgergruppe. Seine Hände juckten bei der Vorstellung, welchen Verdienst sie ihm heute abend und bei ihrer Rückkehr von Canterbury einbringen würden.

Harry setzte seinen großen, ledernen Bierkrug an die Lippen, und während der Schaum über seinen Mund und die Nase quoll, begutachtete er noch einmal seine Trinkgefährten. Morgen in aller Frühe, noch vor dem ersten Hahnenschrei, wollten sie ihre lange Reise auf der Straße nach Rochester antreten, um in Canterbury vor den gesegneten Gebeinen des Heiligen Thomas Becket zu beten.

Potztausend, dachte Harry, das ist wahrlich eine bunt zusammengewürfelte Gesellschaft. Zu seiner Linken saß der Ritter; das stahlgraue Haar fiel ihm bis auf die Schultern, das ernste Gesicht war von tiefen Falten zerfurcht, die dunklen Augen mit den schweren Lidern halb geschlossen; jetzt lockerte er seinen Gürtel, denn er hatte sich den Bauch vollgeschlagen mit Rebhühnern, Wachteln und Regenpfeifern, die so lange am Spieß gebraten worden waren, bis das Fleisch saftig und weiß war.

Der Ritter gab sich sehr wortkarg; ebenso wie sein Sohn, der neben ihm saß – ein blondgelockter Junker, dessen Gesicht und Manieren so anmutig waren wie bei einem Mädchen. Der Jüngling war sogar noch schweigsamer als sein Vater, doch wenn dieser etwas sagte, hing er förmlich an seinen Lippen. Hin und wieder hatte er sich vorgebeugt, um das Fleisch auf dem Teller seines Vaters kleinzuschneiden. Ein pflichtbewußter Sohn, dachte Harry, und er weiß sich bei Tisch vortrefflich zu benehmen.

Der andere Begleiter des Ritters, ein Soldat in grünem Rock, sonnengebräunt und mit kurzgetrimmtem Haar, lauschte geduldig dem Kaufmann, der zu seiner Linken saß. Der Händler war ein prahlerischer Geselle mit einem hochmütigen Gesicht; sein Bart lief in zwei Spitzen zu, und seinen breitkrempigen, flämischen Filzhut nahm er nicht einmal beim Essen ab.

Harry gegenüber war ein verschlagen dreinschauender Advokat gerade dabei, dem offenbar gut betuchten Freisassen eine Mahlzeit zu beschreiben, die er in einer der Rechtsschulen in London zu sich genommen hatte. Dieser Feinschmecker mit seinem weißen Bart hörte aufmerksam zu und leckte sich die Lippen, während ihm der Advokat von den knusprigen Schmorbraten, den fetten Pfauen und den pikanten Fischsoßen vorschwärmte.

Harry schmunzelte in sich hinein. Er war froh, daß er nicht neben dem Koch mit dem zerstrubbelten Haarschopf saß, der sich rühmte, er könne den süßesten Mandelpudding zubereiten. Harry hatte am entblößten Knöchel des Mannes die schwärende Wunde gesehen, als der Koch Platz genommen und ein Bein über die Sitzbank geschwungen hatte. Für mich würde *der* keinen Mandelpudding zubereiten, schwor Harry in Gedanken seinem alten Freund, dem Kapitän.

Der Wirt hielt ein wachsames Auge auf den Gerichtsboten mit dem stark geröteten Gesicht, den schorfigen Brauen und dem schütteren Bart. Der Mann war mit weißen und roten Pusteln übersät, und seine Nase glühte wie eine Kohle aus der Hölle. Seit seiner Ankunft im *Tabard Inn* hatte er soviel starke Getränke zu sich genommen wie alle anderen Pilger zusammen. Das focht den Gerichtsboten jedoch nicht an, und wie der Gott Bacchus trug er einen Kranz auf dem Haupt. Dennoch war er ein Mann, auf den man gut achtgeben mußte; zweimal hatte Harry ihn dabei erwischt, wie er versuchte, den seidenen Beutel zu befingern, der am Gürtel des Freisassen baumelte.

Die übrigen Pilger waren genauso bunt gemischt. Der hagere Ablaßkrämer mit seinen Säcken voller Plunder, den er als Reliquien zu verscherbeln gedachte, glich mit seinen langen, gelben Haarsträhnen, die wie Flachs über den Schultern hingen, einer Vogelscheuche. Neben dem Ablaßkrämer saß ein Vogt, dünn wie der Stab, den er bei sich trug; er hatte einen stechenden Blick, und auf den Wangen leuchteten ständig rote Flecken auf. Daneben saß der Müller – gebaut wie ein Rammbock, mit einer Glatze, dafür aber auch mit einem langen, feuerroten Bart. Harry sah den Müller an und schloß die Augen. Er hoffte, der lautstark schwadronierende Kerl würde nicht noch einmal anfangen, auf seiner Sackfpeife zu spielen. Das würde bestimmt die Priorin, Dame Eglantine, in Harnisch bringen, die ausschließlich in einem näselnden Französisch sprach; wenn sie nicht gerade mit dem Medaillon an ihrem Hals spielte, fütterte sie das Schoßhündchen, das sie dauernd mit sich herumschleppte, mit Milch.

»Ihr seid auf einmal so still geworden, Master Harry.«

Der Gastwirt blickte auf die beiden Mönche; sie hatten kahlgeschorene Köpfe, waren von der Sonne gebräunt, und ihren glänzenden Gesichtern sah man das gute Leben an. Keinem von beiden hätte Harry drei Schritte weit getraut.

»Ich habe nachgedacht«, antwortete der Wirt.

»Worüber?« erkundigte sich Alice, die mollige Frau aus der Stadt Bath. »Nun kommt schon, worüber habt Ihr Euch Gedanken gemacht?« Sie drehte sich um und zwinkerte Dame Eglantines hübschem Kaplan lüstern zu.

»Ich dachte darüber nach, wie schön Ihr seid«, erwiderte Harry lachend.

Die Frau aus der Stadt Bath klatschte vergnügt in die Hände und entblößte lächelnd ihr lückenhaftes Gebiß. »Ich habe mit fünf Ehemännern getanzt, und ich wäre nicht abgeneigt, es noch mit einem sechsten zu versuchen.« Sie rückte ihr breites Hinterteil auf der Bank zurecht und zupfte kokett an ihrem bestickten Schultertuch.

Harry ließ seinen Blick wieder über die Tischgesellschaft schweifen.

»Mir fiel ein«, sagte er, »daß wir ausgemacht hatten, ein jeder müsse mindestens zwei Geschichten erzählen. Eine tagsüber, aber was ist mit dem Abend?«

»Des Abends kann ich Euch die Langeweile vertreiben.« Die Frau aus Bath machte ein mißmutiges Gesicht, als ihre Bemerkung mit schallendem Gelächter belohnt wurde.

»Nein! Nein!« Harry schlug mit der Faust auf den Tisch und löste einen kleinen Beutel voller Münzen von seinem Gürtel. »Hier drin befindet sich gutes Silber, und wehe dem, der das anzweifelt, dem breche ich mit einem Knüppel den Schädel! Wenn wir morgen früh zum Heiligen Thomas aufbrechen, laßt uns eine fröhliche Geschichte erzählen, eine, die uns aufheitert oder belehrt. Des Nachts jedoch –« er senkte die Stimme, »– wollen wir es anders halten.« Er blickte die still gewordenen Gäste an. »Dann laßt uns eine spannende Geschichte erzählen, bei der uns das Blut in den Adern gefriert, das Herz stockt und die Haare zu Berge stehen.« Listig peilte er den Müller an. »Von mir aus kann sich auch der Bart sträuben. Und wer die unheimlichste Geschichte zum besten gibt, dem soll dieses Silbersäckel hier gehören!«

Die versammelten Pilger murmelten leise vor sich hin; der plötzliche Stimmungsumschwung des Wirts hatte sie gehörig verwirrt.

»Ja! Ja!« kreischte der Ablaßkrämer mit schriller Stimme. »Wir wollen eine Geschichte hören, die von Mord und Tod handelt. Keine Märchen wollen wir erzählen, sondern Geschichten, die aus dem tiefsten Herzen eines jeden von uns entspringen und sich von seinem Lebenssaft nähren.«

Die übrigen Pilger, die Bäuche vollgeschlagen mit warmem Essen und starkem Wein, stimmten lebhaft zu. Sie brannten darauf, eine grausige Geschichte zu hören, während sie satt am flackernden Feuer dieses oder eines anderen Gasthofs auf ihrem Weg nach Canterbury saßen.

»Also«, sagte Harry und stand auf. »Wer fängt an?« Er blickte den Ritter an, der sich während des gesamten Gesprächs kaum gerührt hatte und mit verhüllten Augen in die Düsternis starrte. Eigentlich hoffte Harry, der Ritter werde morgen früh, wenn sie Southwark verließen, mit dem Erzählen anfangen; aber vielleicht erforderte es der Anstand, daß er auch bei den dunklen Geschichten der Nacht den Anfang machte.

»Edler Ritter!« faßte sich Harry ein Herz. »Seid Ihr mit dem Beschluß einverstanden?«

Der Ritter hob den Kopf und strich sich den eisengrauen Bart. Dann wischte er sich die Krümel von seinem Wams, das Flecken hatte von der Rüstung, die er darüber trug. Von der Seite her sah er seinen Sohn an.

»Ja, ich bin einverstanden«, sagte er. »Und ich mache den Anfang.«

Harry bedeutete ihm, er möge seinen Platz am Kopfende der Tafel einnehmen.

»Seid so freundlich und setzt Euch hierhin, Sir. Derweil werde ich Euch einen großen Becher des besten Rotweins aus Bordeaux kredenzen.«

Der Ritter kam seinem Wunsch nach. Er setzte sich auf Harrys hochlehnigen Stuhl und ließ seine Ellenbogen auf den Armstützen ruhen. Alle seine Bewegungen waren geräuschlos wie die einer Katze.

»Ich werde Euch eine grausige, rätselhafte Geschichte erzählen«, begann er. Mit erhobener Stimme fuhr er fort: »Sie handelt von bösen Mächten, die weitaus schlimmer sind als die Gefahren, die in der Mittagshitze lauern. Fürst Satan selbst setzte dieses Übel in die Welt, zu einer Zeit, als Saturn die Sterne beherrschte und seinen Sohn, den kriegerischen, rotgepanzerten Mars, losschickte, um die grünen Gefilde Englands zu verwüsten. Eine Zeit des Terrors brach an, und sogar Pluto, der Herr der Unterwelt, erbleichte angesichts der Greuel, die die Menschheit heimsuchten.«

Der Ritter lehnte sich in seinem Stuhl zurück. »Meine Geschichte beginnt vor mehreren hundert Jahren, kurz nachdem der Große Eroberer hier einfiel. Wohlan denn, meine werten Zuhörer, ich bitte um Eure Aufmerksamkeit, wenn ich die Schrecknisse schildere, die dem Schlund der Hölle entsprungen sind.«

Und er fing an zu erzählen.

TEIL I

Die Raben mit ihren grausamen Schnäbeln hatten sich mit Menschenfleisch vollgefressen, und ihr seidiges, schwarzes Gefieder war blutrot gefärbt, als sie über dem öden Schlachtfeld in die Höhe flatterten und wieder nach unten tauchten. Der übliche Ruheplatz der Raben, der mächtige Bergfried, der über dem Fluß in den Himmel emporragte, war von Flammen umhüllt, die bis in die düsteren Wolken hinaufschlugen. Rings um die brennende Festung lagen die Toten so dicht wie Unkraut. Die riesigen Belagerungstürme, die man gegen die Mauern des Bergfrieds gerollt hatte, brannten ebenfalls, und die wuchtigen Balken verkohlten zu Schlacke. Die dort liegenden Leichen verwandelten sich in blubberndes Fett, und der Gestank verbrannten Fleisches verpestete die Luft.

Im nahen Wald lehnte eine alte, häßliche Hexe an einem Baum; ihre spindeldürren Beine schlotterten vor Angst, und das schüttere Haar hing ihr strähnig ins Gesicht, während sie die große schwarze Rauchwolke anstierte, die sich über den Bäumen auftürmte.

»Sie verbrennen die Verdammten!« geiferte sie. »Sie schicken die Dämonen zu ihrem Herrn und Meister zurück!«

Die Vögel in den Bäumen am Rand der Lichtung hörten das irre Gekreische der Frau und duckten sich tief ins Geäst. Im Umkreis von mehreren Meilen versteckten sich auch die Dörfler, zu Tode erschrocken über diesen Tag des Zorns, diesen Tag der Vergeltung. Sie kauerten in ihren elenden Hütten, doch wenn sie die Decken aus Ochsenhaut zurückzogen, sahen sie, wie sich das Farnkraut rot färbte; selbst die riesigen Eichen auf den umgepflügten Feldern schienen sich zu krümmen und zu beugen unter dem bösen Wind, der den Qualm und den Gestank der Schlacht auf sie zutrieb.

Sir Hugo Mortimer, Lord von Oxford, kniete barhäuptig mit seinen Hauptleuten im Kreis und stimmte Davids Psalm an, den Lobgesang, in dem er seinen Sieg über die Feinde Gottes preist. Nach dem Gebet erhob sich Mortimer; er hatte das scharfgeschnittene Gesicht eines Kriegers, doch während er das Schlachtfeld musterte, spürte er, wie sich in seine Hochstimmung eine schwarze Verzweiflung über den hohen Preis dieses Sieges mischte.

»Die Witwen werden monatelang trauern«, flüsterte er, »aber wenigstens sind ihre Kinder in Sicherheit.« Er betrachtete den trutzigen, nun von einer brüllenden Flammenwand verhüllten Hauptturm der Burg. Dann wandte er sich an seinen Schildknappen. »Wie viele Männer haben wir verloren, Stephen?«

»Auf dem Belagerungsturm, Mylord, mindestens sechzig. Im Hauptturm werden es über zweihundert sein.« Stephen wischte sich den mit Blut vermischten Schweiß aus dem Gesicht. »Wie viele Tote es bei den Bauerntruppen gegeben hat, weiß nur der Herrgott! Vielleicht drei-, vierhundert!«

Neben Sir Hugo stand ein alter Benediktinermönch in einer grauen Kutte; wie gebannt starrte er auf eine schwarzgekleidete Gestalt, die unter den weitausladenden Ästen einer großen Eiche in Ketten gelegt war.

»Wir müssen ihn verbrennen, Sir Hugo«, murmelte der Mönch. »Er stammt aus dem Innersten der Hölle; und dorthin soll er zurückgehen!«

Sir Hugo blickte in das asketische, heiligenhafte Gesicht des Exorzisten.

»Das wäre zu einfach, Vater. Er hat einen langsameren Tod verdient.«

»Nein!« widersprach der Exorzist und beobachtete erneut die abscheuliche, stumme Gestalt in Ketten, die von Sir Hugos besten Söldnern umringt wurde. Die Bewaffneten richteten ihre gespannten Armbrüste auf den Gefangenen, der sich nicht die leiseste Regung erlauben durfte.

»Hier wandelt Satan«, murmelte der Exorzist. »Aber nicht mit Schlangen im Haar, einem aufgedunsenen Leib und schäumendem Maul, sondern in Gestalt dieses Strigoi.« Mit seinem knochigen Finger deutete er auf den Gefangenen. »Er ist ein Untoter. Unter einem Vorwand hat er sich hier eingeschlichen, mit lächelnden Augen und honigsüßen Worten, um Menschenblut zu trinken und seinen Zorn an Gottes unschuldigen Kindern auszulassen.«

Nur mit halbem Ohr hörte Sir Hugo dem Exorzisten zu, während er leeren Blickes auf den Gefangenen starrte. Endlich hatte er ihn gefangengenommen. Seine Männer hatten den Donjon erstürmt und diesen Strigoi, diesen Teufel in Menschengestalt, bis auf die Spitze des Bergfrieds getrieben. Sie hatten ihn vor die Wahl gestellt, sich entweder der Normannischen Gerichtsbarkeit zu überantworten oder bei lebendigem Leib zu verbrennen.

Mit unglaublichen Kräften hatte der Strigoi weitergefochten, keine Waffe schien ihm etwas anhaben zu können, mit Ausnahme der allerheiligsten Reliquien, die der Exorzist mitgebracht hatte, und die nun, bewacht von mehreren Rittern, wieder in ihrer Truhe auf einem Karren lagen. Der Rest der Teufelsbrut war in den Flammen umgekommen; doch ihr Anführer hatte sich ergeben. Man hatte ihn vom Hals bis zu den Zehen in Ketten geschlagen und eine Kapuze über sein Gesicht gezogen, damit er seine Zauberkraft nicht an seinen Bewachern ausprobieren konnte.

Jetzt mußte Sir Hugo über sein weiteres Schicksal entscheiden. König William hatte sich klar genug ausgedrückt: Dieser teuflische Fremde und seine Bande sollten mit Stumpf und Stiel ausgerottet werden, damit sie das Land nicht länger terrorisieren konnten; wenn die Festung erst einmal niedergebrannt war, würde man an derselben Stelle ein Kloster errichten, um das Übel wiedergutzumachen und Gott für seine Hilfe zu danken. Zur Belohnung hatte William der Normanne Sir Hugo das umgebende Land mitsamt seinen Wäldern, Äckern, Weiden, Flüssen und Jagdrechten geschenkt, eine fruchtbare Domäne inmitten der Waldungen nördlich von London.

Hugo blinzelte, als der Wind ihm beißenden Qualm in die Augen trieb. Hustend drehte er sich um, ohne zu bemerken, daß der Exorzist immer noch auf seine Antwort wartete. Der König hatte wissen wollen, wie dieser Strigoi nach England gekommen war, und das, was Hugo erfahren hatte, versetzte ihn in Erstaunen. Offenbar war diese Verkörperung des Teufels aus dem Balkan angereist, aus der Walachei, unter dem Vorwand, ein Diener Gottes zu sein. Er hatte den alten Bergfried in Besitz genommen und erneuert, vorgeblich, weil er mit seinem Handwerk Gott gefällig sein wolle. Anfangs hatten ihn die Ritter, die Landbesitzer und die Dörfler aus den umliegenden Weilern und Ansiedlungen geachtet, ja sogar geliebt. Doch dann begannen die Greuel; in einsamen Waldstücken, an Flußufern und selbst auf der Straße des Königs fand man ausgeblutete Leichen. Kinder, die zum Spielen nach draußen gingen, kehrten nie wieder zurück.

Alleinreisende Kaufleute, Kesselflicker und Hausierer,

die nach Einbruch der Dunkelheit noch unterwegs waren, und die Bewohner kleiner Bauernhöfe oder Katen wurden tot aufgefunden; ihre Gesichter waren weiß wie Wachs, die Kehlen von einem Ohr zum anderen aufgeschlitzt, und in ihren Körpern floß kein einziger Blutstropfen mehr.

Man hatte sich mit Gesuchen an den Großen Rat in London gewandt, und die Richter des Königs erhielten den Auftrag, gewissenhaft zu ermitteln. Doch nur wenige Meilen von Sir Hugos jetzigem Standpunkt entfernt war eine Abordnung von Richtern mitsamt ihren Gehilfen, Kaplanen und Gefolgsleuten niedergemetzelt worden. Der König hatte indessen darauf bestanden, auch seinen eigenen Sohn, William Rufus, zu entsenden, und so hatte man schließlich die Urheber des Gemetzels entdeckt: Die blutige Spur führte zu dem gewaltigen Donjon.

Fluchend und Rache schwörend, hatte der König diese große Domäne Hugo Mortimer übereignet und ihn losgeschickt, damit er diesen Dämonen in Menschengestalt vernichte. Der fromme Anselm, Abt von Bec, hatte dazu beigetragen, Englands heiligsten Exorzisten sowie die geweihten Reliquien aus des Königs neuer Abtei in Westminster mitzunehmen.

Der Strigoi oder Untote war nun gefangengenommen worden und wartete auf seine Bestrafung.

»Sir Hugo, was habt Ihr vor?«

Mortimer sah den Exorzisten an.

»Ich spreche das königliche Recht«, erwiderte er.

Seinen Helm unter den Arm geklemmt, trat Mortimer vor den Gefangenen. Das Schweigen und die Reglosigkeit des Strigoi verstärkten nur die Aura teuflischer Gewalt, die ihn umgab. Selbst die hartgesottenen Söldner aus Brabant wurden trotz ihrer riesigen Armbrüste nervös und unruhig.

»Habt Ihr Eure Entscheidung getroffen, Sir Hugo?« Die Stimme des Gefangenen klang sanft und höhnisch zugleich. »Ihr seid ein Ritter, Sir Hugo, und Ihr gabt mir Euer Wort, daß ich nicht durch Feuer sterben würde.«

»Verbrennt ihn!« kreischte der Exorzist, der neben Mortimer stand. »Verbrennt ihn auf der Stelle!«

»Ihr gabt Euer Wort, Sir Hugo. Entweder ich sterbe durch Feuer, oder ich überantworte mich der normannischen Justiz.«

Einer von Mortimers Knappen kam herbeigerannt. »Der Karren ist da!« keuchte er. »Der Sarg steht bereit.«

Hugo Mortimer lächelte kalt. Er zog sein Schwert und packte es unter dem Heft, als wäre es ein Kreuz.

»Ich gab mein Wort«, sagte er mit lauter Stimme. »Und nun verkündige ich das Urteil des Königs. Ich, Hugo Mortimer, Baron und des Königs Richter in der Grafschaft von Oxford, verurteile dich, einen Rebellen, Teufelsanbeter, Mörder und Verräter, der die Waffen gegen seinen Herrscher erhoben hat. Du sollst in Ketten bleiben und lebendig in dem Tunnel unter deinem Bergfried begraben werden. Dieser blutbesudelte Turm wird niedergerissen, und an seiner Stelle soll ein Kloster entstehen, um den Ort zu weihen und unseren Herrn Jesus Christus, Le Bon Seigneur, zu preisen.«

Selbst die Söldner aus Brabant gaben erschrockene Ausrufe von sich, als sie diesen Richterspruch hörten. Die Gestalt in Ketten bewegte sich rastlos hin und her, in der Stille rasselten und klirrten die stählernen Fesseln. Mit gefalteten Händen sank der Exorzist in die Knie.

»Brennen muß er! Um Gottes willen, Sir Hugo, er muß durch das Feuer sterben!«

»Unter seinem eigenen Turm wird er den Tod durch Ersticken erleiden«, entgegnete Mortimer. »Der gefesselte

Körper wird in einen mit Blei ausgeschlagenen Sarg gelegt, der ebenfalls mit Ketten gesichert ist. Den Sarg bringen wir in einen der Tunnel, die sich unter dem Donjon befinden.« Mortimer deutete auf den noch brennenden Turm. »Dann wird der Gang zugemauert. Er soll langsam sterben. Er soll sich an seine Schandtaten erinnern und an das viele unschuldige Blut, das er und seine Mordkumpanen vergossen haben.«

»Sir Hugo!« Die Stimme klang unbekümmert, beinahe glücklich. »Ich achte weder Euren König noch Euren sogenannten Bon Seigneur. Ich werde zurückkommen!«

Sir Hugo steckte sein Schwert in die Scheide zurück und schüttelte den Kopf. »Sobald der Turm niedergebrannt ist«, befahl er, »wird das Urteil vollstreckt.«

EIN GESPRÄCH ZWISCHEN DEN PILGERN

»Potzblitz!« brummte Harry, der Wirt. »Das ist wahrlich eine gruselige Geschichte, edler Ritter.«

»Sie handelt eher vom Teufel als von den Menschen«, meinte der ärmlich gewandete Dorfpfarrer.

»Er spricht die Wahrheit«, rief die Frau aus der Stadt Bath. »Während meiner Pilgerreise nach Köln, die durch ausgedehnte Waldungen führte, warnte man uns vor diesen Dämonen, die Menschenblut trinken. Sie beten Fürst Satan an und verbringen die lichten Stunden des Tages in der Hölle. Bei Nacht jedoch pirschen sie umher und halten nach Opfern Ausschau.«

»Sukkuben«, fiel der Ablaßkrämer ihr ins Wort. »Es sind Sukkuben, Teufel in menschlicher Gestalt.«

»Sie sind so alt wie die Zeit selbst«, erklärte der Schreiber aus Oxford, begierig, mit seinem Wissen zu glänzen. »Die Griechen sprachen von wunderschönen Frauen, die sie Lamien nannten, es waren kinderraubende Gespenster . . .« Er verstummte und sah den Ritter an. »Doch, solche Kreaturen könnten unter uns weilen«, murmelte er. »Ich kenne da eine sonderbare Geschichte . . .«

Harry, der Gastwirt, schaute ihn neugierig an; der so gelehrsam und zurückhaltend wirkende Schreiber schien sich plötzlich zu fürchten, als habe der Ritter eine Erinnerung in ihm wachgerufen.

»Schluß jetzt damit, meine werten Gäste«, mischte sich Harry rasch ein. »Edler Ritter, fahrt mit Eurer Erzählung fort und laßt keine Einzelheit dieser mysteriösen Geschichte aus!«

TEIL II

KAPITEL 1

Die Reiter zügelten ihre Pferde und spähten durch den strömenden Regen. Aus den dicken, schwarzen Wolken entlud sich ein eiskalter Guß nach dem anderen. Ein Donnerkrachen und ein gegabelter Blitz, der am Himmel entlangzuckte wie ein herabfallender Engel, ließen die Pferde nervös tänzeln und wiehern. Die Reiter zurrten sich die Kapuzen fester um die Köpfe, doch es war ein sinnloses Unterfangen, denn sie waren bereits bis auf die Haut durchnäßt. Der größere der beiden Männer wischte sich das Wasser aus dem Gesicht und wandte sich an seinen Begleiter.

»Endlich in Oxford, was, Alexander?«

Der jüngere, kleinere Mann grinste trotz des Regens. Das Lächeln verlieh seinem glatten, bräunlichen Gesicht einen geradezu jungenhaften Zug.

»Bald kommen wir ins Trockene, Sir Godfrey!« frohlockte er. »Aber einem Soldaten wie Euch dürfte so ein Wetter eigentlich nichts ausmachen.«

Nun schmunzelte der Ritter, während er auf die roten Dächer und gelben Sandsteingebäude Oxfords hinabblickte. Anfangs hatte ihn die Anwesenheit dieses Sekretärs mit seinen glatten Händen, dem knabenhaften Gesicht und der unverdrossen guten Laune gestört, doch im Laufe ihrer Reise, die sie von London bis hierher führte, merkte Sir Godfrey zu seiner Überraschung, daß er diesen jungen Burschen von Herzen mochte.

Alexander war kein gewöhnlicher Sekretär. Er war der uneheliche Sohn eines Ritters aus dem Norden, der sich während eines Feldzugs in Schottland in eine Dame verliebt hatte. Alexander betrachtete die Welt mit vergnügten Augen. Er war ein ausgezeichneter Schauspieler und Erzähler von drolligen Geschichten, und trotz seiner Erziehung in den hehren Hallen von Cambridge behandelte er Sir Godfrey stets mit Ehrerbietung, obwohl der Ritter oftmals einen schalkhaften Blick in den dunkelgrünen Augen des Sekretärs entdeckte.

»Wart Ihr schon einmal hier?« fragte Sir Godfrey.

»Ein- oder zweimal«, antwortete Alexander. Er streckte eine Hand aus, ungeachtet des Wassers, das den Ärmel herablief. »Im Osten«, erklärte er, »liegt die Burg. Durch den Regen könnt Ihr sie sehen.«

Sir Godfrey schaute in die Richtung und erspähte die hohen Türme.

»Und dort«, fuhr Alexander fort, »sind die Kirchen St. Frideswyde und St. Mary, sowie der Kirchturm des Trinitarierklosters.«

»Alles sieht so friedlich aus«, meinte Godfrey.

»So muß es auch sein. Oxford ist ein Hort der Bildung, hier leben Schreiber, Gelehrte und Scholaren.« Der Schreiber zuckte zusammen, als ihm der Regen ins Gesicht peitschte. »Um Gottes willen, Sir Godfrey, wollen wir hier stehenbleiben, bis wir uns ein Fieber einfangen?« Er zog sich die Kapuze vom Kopf. »Sie nützt mir ohnehin nichts mehr«, brummelte er vor sich hin. »Ich bin bereits naß wie ein Fisch.«

Godfrey starrte ihn an. Das schwarze Haar des jungen Mannes war klatschnaß, und seine Augen waren von dem scharfen Ritt durch den Sturm rotgerändert. Nun streifte auch der Ritter seine Kapuze ab und fuhr sich mit den Fingern durch das kurzgetrimmte Haar.

»Ihr solltet Euch das Haar abschneiden lassen«, riet er seinem jungen Begleiter. »Bei einem Kampf kann sich ein Gegner in einem langen Schopf festkrallen, und nach einem Regenguß braucht er lange zum Trocknen.«

Alexander beugte sich im Sattel vor. »Gewiß, Sir Godfrey, aber im Winter halten die Haare meinen Kopf schön warm.«

Der Ritter lachte und gab seinem Pferd die Sporen. »Wir hätten lieber den Rat des Gastwirts befolgen und noch einen Tag länger bleiben sollen«, meinte er.

»Nie und nimmer!« widersprach Alexander und schloß mit seinem Pferd auf. »Habt Ihr denn nicht gesehen, wie groß die Flöhe im Bett waren? Da ist mir Gottes sauberer Regen allemal lieber.«

Der Ritter trieb sein Pferd an, doch das Lächeln erstarb auf seinen Lippen, und sein wettergegerbtes Gesicht wurde hart. Er wollte es sich nicht anmerken lassen, aber er hatte Angst. Gewiß, auf den blutgetränkten Schlachtfeldern der Normandie hatte er manche Schlachten ausgefochten, er war dabeigewesen, als man Burgtore erstürmt hatte, und er kannte den erbarmungslosen Zweikampf von Mann zu Mann. Doch in Oxford erwartete sie etwas vollkommen anderes.

Unterwegs hatte er mit Alexander kaum darüber gesprochen, doch er wußte, daß den Schreiber ähnliche Ängste bewegten; die Greuel, die auf sie zukamen, lagen wie ein unsichtbares Schwert zwischen ihnen.

Sir Godfrey wischte sich das Regenwasser aus den Augen und rieb sich das glattrasierte Kinn. Obwohl er erst fünfundzwanzig Jahre alt war, fühlte er sich wie ein alter Mann. Wenn er daran dachte, welche Schrecknisse er gesehen und wieviel Blut er vergossen hatte, wünschte er sich wenigstens ein bißchen von der Unschuld seines Gefährten. Alexander McBain war nur wenige Jahre jünger, doch war er gebildet, des Schreibens und Rechnens kundig; was wußte er schon von den finsteren Abgründen des menschlichen Herzens? Hatte er eine Ahnung, wie Männer ohne nachzudenken töten, stechen und niedermetzeln konnten? Oder daß es noch bösere Kreaturen gab, die den Fürst Satan anbeteten und zur Durchführung ihrer Untaten Zauberkräfte benutzten?

Sir Godfrey konnte es kaum glauben, was der Kanzler des Königs ihm in London erzählte. Zuerst hatte er gelacht, doch das verhutzelte Gesicht des Kanzlers war völlig ernst geblieben, als er die schrecklichen Morde schilderte, die in Oxford geschehen waren. Doch es sollte noch schlimmer kommen. Während sie in einem Geheimzimmer in Westminster saßen, hatte der Kanzler im Flüsterton vom Ursprung dieser Morde erzählt – er sprach von geheimnisvollen Riten und uralten, bösen Mächten, die wieder aufgetaucht waren, um das Leben der Menschen zu beeinflussen. Sir Godfrey lief eine Gänsehaut über den Rücken, und anfangs weigerte er sich, an diese Legende zu glauben – doch der Kanzler ließ sich nicht beirren.

»Ich brauche Euch unbedingt in Oxford, Sir Godfrey«, hatte er betont. »Die Äbtissin, die eine Anverwandte des Königs ist, verlangte nach Euch, und der König selbst befiehlt, daß man Euch mit dieser Aufgabe betraut. In dieser Angelegenheit vertrauen wir niemandem. Ihr werdet jedoch einen Gefährten haben, meinen jungen Sekretär, den Schotten Alexander McBain. Er soll sich für Euch umschauen und umhorchen. Alexander kennt sich in den Finessen und Schachzügen aus, mit denen unsere braven Gelehrten in Oxford versuchen könnten, Euch zu täuschen. Ihm könnt Ihr bedingungslos vertrauen.«

Der Kanzler hatte sich geweigert, nähere Einzelheiten über die geheimnisvollen Vorkommnisse preiszugeben. Er hatte ihm lediglich zwei Säckel voller Silber und eine Handvoll Briefe und Vollmachten überreicht, die bestätigten, daß »des Königs treuer Diener, Sir Godfrey Evesden, und Master Alexander McBain, Sekretär, den königlichen Auftrag haben, gewisse brutale und blutige Morde zu untersuchen, begangen in Oxford, der Stadt des Königs.«

»In Oxford werdet ihr weitere Hilfe finden«, hatte der Kanzler gesagt, während er seine von dicken Adern durchzogenen Hände über einem Holzkohlebecken wärmte. »Die Äbtissin kann Euch noch mehr erzählen, und ihr könnt Ihr voll und ganz vertrauen. Außerdem erhaltet Ihr Beistand von der Exorzistin Lady Edith Mohun.«

»Eine Exorzistin!« entfuhr es Sir Godfrey. »Wie sollte die uns helfen können?«

Die trüben Augen des Kanzlers hatten ihn durchdringend angestarrt. »Am besten, Ihr brecht unverzüglich auf, Sir. Morgen abend müßt Ihr in Oxford sein.«

Godfrey wischte sich die Regen- und Schweißtropfen vom Gesicht und saß ab, als sie den Pfad erreichten, der in die Stadt führte. Alexander schwang sich gleichfalls vom Pferd.

»Was ist los, Ritter?«

Godfrey zuckte die Achseln und grinste. »Ein alter Soldatentrick«, rief er ihm zu. »Betretet niemals eine Stadt durch das Haupttor, Ihr wißt nicht, wer dort auf Euch wartet.«

Sie umrundeten die Stadtmauer und gelangten durch eine Nebenpforte nach Oxford. Nachdem sie die St.-Budoc-Kirche passiert hatten, bogen sie in die Freren Street ein, die sich bis in den Stadtkern hinein erstreckte.

Die Häuser zu beiden Seiten der Straße standen so

dicht, daß ihre Giebel sich berührten und den Regen fernhielten. Die Dächer der großen Herrensitze glänzten vor Nässe, und die ärmlichen Hütten der Handwerker, die mit Reet, Stroh und Schindeln abgedeckt waren, hatte der Regen völlig durchweicht.

Godfrey schlang sich die Zügel um das Handgelenk und blickte sich aufmerksam um. Trotz des starken Regens waren die Marktstände vor den Häusern geöffnet und die Waren ausgelegt, so daß sie gezwungen waren, mitten auf der Straße zu laufen, vorbei an den matschigen Abfällen, die sich im Rinnstein türmten und den Hauptwasserkanal verstopften.

Alexander, der sich hinter Godfrey hielt, hob einen Stiefel und stöhnte. Der Modder war knöcheltief, und der Sekretär beobachtete mitleidvoll eine Gruppe von kleinen Knirpsen, die trotz des schlechten Wetters im Schlamm spielten, der ihnen bis zu den Waden reichte. Am liebsten hätte er seinen Groll darüber dem Ritter zugebrüllt, der gleichmütig vor ihm einherstapfte, doch der Lärm in der Stadt war ohrenbetäubend. Auf der Straße drängten sich Studenten – sogenannte *commoners*, die sich nur Lumpen leisten konnten, weil sie sich selbst verköstigten, oder aber stolze Anwärter aufs Bakkalaureat in schäbigen schwarzen Roben – und schrien sich mit rauhen Stimmen an, um die Rufe der Händler zu übertönen.

Schon bald merkte Alexander, daß Oxford, ebenso wie Cambridge, keine gewöhnliche Stadt war, denn er hörte eine Vielzahl von Sprachen – Walisisch, Deutsch, Flämisch, Spanisch, Italienisch und selbst die Sprachen des Orients. Endlich bog Sir Godfrey von ihrem Weg ab und führte sein Pferd in den Hof des Gasthauses *Silver Tabard*, was soviel wie Silberner Waffenrock bedeutete. Erleichtert warf Alexander dem mürrischen Stallknecht die Zügel zu, der leise vor sich hinfluchte, weil man ihn in den Regen hinausgejagt hatte.

»Etwas zu trinken und ein warmes Essen wären jetzt der Himmel auf Erden«, schwärmte Alexander.

»Später«, erwiderte Sir Godfrey, ohne auf das Gemeuter seines Gefährten und die warmen, verlockenden Düfte aus der Schankstube zu achten. Statt dessen wickelte sich der Ritter in seinen Umhang und verließ wieder den Hof.

»Aber warum denn?« rief Alexander, der ihm nacheilte.

»Ich hasse solche Städte«, knurrte Sir Godfrey. »In ihnen fühle ich mich eingesperrt wie ein Pferd im Stall.« Finsteren Blicks musterte er den Sekretär. »Bald wird man Bescheid wissen, daß wir hier sind. Man merkt sich unsere Gesichter und heftet sich womöglich an unsere Fersen. Wißt Ihr, womit wir es hier zu tun haben, Alexander? Mit abgefeimten, grausamen Mördern, die des Nachts erscheinen wie Irrlichter. Sie kennen alle Wege, Stege, Türen und Fallen. Nun denn, jetzt haben wir Gelegenheit, etwas zu lernen. Wer weiß, unser Leben kann davon abhängen.«

Mit Alexander im Schlepptau, marschierte der Ritter durch Carfax und die Catte Street; sie kamen an Händlern vorbei, die glänzendes Pergament feilboten, doch die meisten Kaufleute hatten ihre Stände dichtgemacht und die kostbaren Waren in die vorderen Zimmer ihrer Häuser gebracht.

Plötzlich ließ der Regen nach. In der Taverne *Zum Sarazenenhaupt* legten sie eine kurze Rast ein. Godfrey bestellte Wein für beide, doch dann begab er sich mit seinem Becher an die Tür, trank hastig aus und drängte den Sekretär, das gleiche zu tun; Alexander merkte, wie ihn seine sonst so unerschütterlich gute Laune allmählich verließ.

Wieder auf der Straße, gingen sie an den niedrigen Fachwerkhäusern vorbei, die als Unterkünfte für Studenten dienten; die Wohngebäude trugen Namen wie *der Spatz, der Adler, der Falke* und *der Drache*. Sie setzten ihren Weg durch die School Street fort, wo sich die Universitätskirche St. Mary befand, und von dort aus gelangten sie in die High Street. Nachdem sie den Marktplatz überquert hatten, erreichten sie die Allerheiligenkirche.

Sir Godfrey war guter Stimmung, und er achtete nicht auf die finstere Miene seines Begleiters. Zuerst hatte der Ritter geglaubt, Oxford sei nichts weiter als ein Netz aus wirren, engen Gäßchen, ein düsteres Labyrinth; nun jedoch merkte er, daß Oxford eine Stadt war, die sich aus kleinen Dörfern zusammensetzte. Die Dörfer bestanden aus den Studiengebäuden oder Kollegien, die von hohen Mauern umgeben waren; jedes Kollegium enthielt einen Studiersaal sowie eine Bibliothek, einen Speiseraum, Werkstätten, Schmieden und Stallungen. Godfrey wischte sich das Gesicht ab und blickte zu dem hohen Turm der Allerheiligenkirche hinauf. Sehr praktisch und sehr nah, dachte Godfrey bei sich, aber eine Todesfalle für jeden, der vor dem Gesetz flüchtete oder von einem mordlüsternen Spitzbuben verfolgt wurde.

Beide Männer rückten ein Stück zu Seite, als das Kirchenportal aufging und Studenten in abgewetzten Röcken, die in der Taille mit Stricken oder Lederriemen zusammengerafft wurden, das Gotteshaus verließen. Die Mittagsmesse war gerade zu Ende.

Die Studenten schubsten sich und rempelten einander an, brüllten mit heiseren Kehlen, und einige grölten gotteslästerliche Parodien auf die Hymnen, die sie gerade gesungen hatten.

»Sir Godfrey«, flehte Alexander. »Sollen wir hier etwa erfrieren?«

Der Ritter klatschte in die Hände. »Ihr habt Euch Eure Mahlzeit verdient.« Er nahm den Schreiber beim Arm und geleitete ihn in die warme, trockene Taverne, deren Name – *Swindlestock* – auf die Bestrafung von Betrügern anspielte. Dem Wirt rief er zu, er solle ihnen Zwiebelsuppe, frisch gebackenes Brot und geräucherten Speck bringen. Dann saßen die beiden Männer in ihrer durchnäßten Kleidung da und verputzten gierig ihre Mahlzeit, ehe sie sich zurücklehnten, die Finger ableckten und zufrieden seufzten.

»Wohin gehen wir als nächstes, edler Ritter?« fragte Alexander in neckendem Ton. Inzwischen hatte er seine gute Laune wiedergefunden.

»Zur Äbtissin von St. Anne, die uns bereits erwartet.« Der Ritter leerte einen Humpen Bier. »Wißt Ihr überhaupt, aus welchem Grund wir hier sind?«

»Ich weiß nur, daß ein paar schreckliche Morde passiert sind.«

»Das ist aber nicht alles«, erwiderte Godfrey. »Gewiß, es hat gewaltsame Todesfälle gegeben, doch dahinter steckt mehr, als der erste Anschein glauben läßt. Hat der Kanzler Euch denn keine Einzelheiten genannt?«

Alexander schüttelte den Kopf.

»Es begann damit«, sagte Godfrey und lehnte sich wieder zurück, »daß ab und an ein Student verschwand und die besorgten Angehörigen sich vergeblich nach ihm erkundigten. Diesen Fällen wurde nicht weiter nachgegangen.« Godfrey deutete ein Lächeln an. »Immerhin ist es nicht ungewöhnlich, daß Studenten oder Schreiber auf Pilgerreisen gehen oder sich in irgendwelchen Unfug verwickeln lassen, der ihnen attraktiver erscheint als ihre

Studien. Allerdings«, fuhr er fort, »häuften sich die Meldungen von Scholaren, die verschwanden und nie wieder auftauchten. Vor drei Monaten geschahen dann die ersten Morde. Beim erstenmal machte man noch Einbrecher dafür verantwortlich, aber mittlerweile gab es drei Vorfälle ähnlicher Art. Spätnachts dringt irgendwer in ein Haus ein, jedoch ohne Spuren eines gewaltsamen Einbruchs zu hinterlassen. Die gesamte Familie wird getötet – Vater, Mutter, Kinder und Bedienstete. Man schlitzt ihnen die Kehlen auf und hängt sie mit dem Kopf nach unten an die Dachbalken, wie ein Metzger mit geschlachteten Schweinen verfährt, damit sie ausbluten können.«

Alexander wurde blaß und hielt sich den Magen; er hoffte nur, der Ritter habe nichts von seiner Angst bemerkt.

»Der Sheriff und die *proctors* haben versucht, diesen Vorfällen auf den Grund zu gehen, jedoch ohne Erfolg. Das Verwirrendste an der ganzen Sache ist«, Sir Godfrey blickte den Sekretär an, »daß die Leichname völlig ausgeblutet sind.«

»Und weshalb wurden diese Morde begangen? Was vermutet man als Motiv?«

»Den Tätern ging es sicher nicht darum, sich zu bereichern. Man nimmt an, daß ein alter Ritus dahinter steckt, der es erfordert, das Blut der Opfer zu trinken.«

Alexander fing an zu würgen. Der Ritter beugte sich vor und griff nach dem Bierkrug.

»Trinkt einen Schluck«, riet er. »Das beruhigt Euren Magen.«

»Und was hat die Äbtissin von St. Anne damit zu tun?« japste Alexander, während er den Krug wieder zur Seite schob.

»Sie ist eine Verwandte des Königs, und sowohl der

Sheriff wie auch die *proctors* der Universität haben sie um Hilfe gebeten.« Godfrey spielte mit dem Ring an seinem Finger. »Offenbar ist die Äbtissin eine Gelehrte und kennt sich mit der Historie dieser Gegend aus. Sie glaubt, die Morde stünden in einem Zusammenhang mit irgendwelchen grausigen Verbrechen, die vor Hunderten von Jahren in Oxford und Umgebung verübt wurden. Sie bat nicht nur Seine Gnaden, den König, um Hilfe, sondern schickte auch entsprechende Gesuche an den Erzbischof von Canterbury und den Kanzler. Nachdem sich die Herren beraten hatten, entsandten sie eine Exorzistin in das Kloster St. Anne, eine Einsiedlerin namens Dame Edith Mohun. Unsere Aufgabe besteht darin«, fuhr Sir Godfrey brüsk fort, »die Mörder zu finden und sie zu hängen. Und zwar ohne Prozeß oder öffentliche Bekanntmachung.«

»Und deshalb hat man Euch hierher beordert?«

Godfrey lächelte andeutungsweise. »Hin und wieder treffen die Richter oder die Bevollmächtigten des Königs auf Fälle, die nicht in einem öffentlichen Gerichtshof verhandelt werden können. Ja, ich werde das Urteil an den Mördern vollstrecken.«

»Weil es sich um ganz besondere Verbrechen handelt?«

»So ist es. Die Mörder, nach denen wir suchen, töten nicht aus Rache oder Gewinnsucht, sondern weil sie uralte Rituale befolgen. Hier haben wir es mit Meistern des Todes zu tun, mit Geschöpfen der Finsternis, die das Kreuz Christi verhöhnen und dem Prinzen der Dunkelheit dienen.«

Alexander erbleichte.

»Dies ist also keine Aufgabe für ein weltliches Gericht«, fuhr der Ritter fort. »Ihr sollt mir dabei helfen, Beweise zu sammeln und zu ordnen; das heißt, daß ihr in dieser Stadt Augen und Ohren aufsperren müßt, um alle möglichen Dinge in Erfahrung zu bringen. Doch genug davon; ich habe Euch erzählt, was ich weiß, und jetzt sollten wir unseren Gang fortsetzen.«

Godfrey führte Alexander aus der Taverne heraus. Sie marschierten Northgate hinauf, kamen an der Kirche St. Peter vorbei und gelangten in die Buddicot Lane, wo das stinkende Stadtgefängnis stand. Godfrey blieb stehen und schaute sich eine Weile um. Interessiert betrachtete er die wachhabenden Soldaten in ihren durchnäßten, aber farbenfrohen Uniformen. Ein Stück weiter, am Ende der Gefängnismauer, erhob sich drohend eine Reihe von Galgen; an einem hing in einem eisernen Käfig ein faulender, von Vögeln zerhackter Leichnam.

»Ich habe genug gesehen«, stöhnte Alexander.

»Ihr habt recht«, erwiderte Godfrey und lotste ihn in den Gasthof *Silver Tabard* zurück. Dort schwangen sie sich auf ihre Pferde und ritten längs der Stadtmauer zum Kloster St. Anne. Ein Pförtner ließ sie ein; Pferdeknechte rannten herbei, nahmen ihnen die Rösser ab, und eine verhutzelte alte Laienschwester führte sie nach einem mißbilligenden Blick auf ihre nasse Kleidung durch den feuchten Kreuzgang. Sie ließen die Klosterkapelle hinter sich und erreichten das Gemach der Äbtissin.

Die Laienschwester klopfte an, öffnete die Tür und forderte die Männer auf, in die warme, angenehm duftende Stube zu treten. Dann zog sie sich zurück.

»Was gibt's?«

Trotz ihres Alters stand die Äbtissin flink von ihrem Schreibpult auf. Sie trug eine braune Kutte, und ihr dunkelblauer Nonnenschleier war mit einer goldenen Filigranstickerei gesäumt. Sie wandte sich von den beiden Männern ab, mit denen sie sich gerade leise unterhalten hatte und deren Gesichter im Schatten lagen.

Das Antlitz der Äbtissin war asketisch schmal; es hätte das Gesicht einer Heiligen sein können, wenn da nicht ihre stechenden dunklen Augen und die Hakennase gewesen wären. Die dünnen Lippen wirkten blutleer. »Ich bin Lady Constance, die Äbtissin dieses Klosters«, stellte sie sich mit gebieterischer Stimme vor; doch ihre Worte wurden von einem freundlichen Lächeln begleitet. »Sir Godfrey Evesden, nehme ich an, und Ihr müßt Alexander McBain sein.« Sie gestattete es, daß zuerst der Ritter und dann der Sekretär ihre geäderte Hand an die Lippen hoben.

»Mylady«, sagte Godfrey, »wir entschuldigen uns, daß wie in durchnäßter Reisekleidung hier auftauchen, aber der Regen war Gottes Wille.«

Die Äbtissin schüttelte den Kopf und trat einen Schritt zurück.

»Ihr seid höchst willkommen, werte Herren. Sowohl der König wie auch der Kanzler wußten nur Gutes über Euch zu berichten.«

Lady Constance blickte die beiden Männer prüfend an. Alexander stufte sie sogleich als einen harmlosen jungen Burschen von unbekümmertem, fröhlichem Wesen ein, vermutlich stets zu einem ausgelassenen Streich aufgelegt. Der Ritter hingegen war aus einem anderen Holz geschnitzt. Ihr entgingen nicht die tiefen Furchen um den Mund und der schmerzliche Ausdruck der Augen.

»Master McBain, der Kanzler behauptet, von allen seinen Sekretären seid Ihr der gewitzteste. Und Ihr, Sir Godfrey seid für Eure glänzenden Leistungen sowohl im Kampf wie auch auf dem Turnierplatz bestens bekannt. Ich . . .« Sie stockte und nahm einen neuen Anlauf. »Ich weiß, daß Eure Gemahlin kürzlich verstorben ist. Es tut mir leid.«

Godfrey zuckte mit den Schultern und wandte den Blick ab.

»Master McBain, der Kanzler meint, Ihr seid ein rechter Schelm«, sagte sie dann, bemüht, die Stimmung ein wenig zu lockern. »Stimmt das?«

»Wenn er damit ausdrücken will, daß ich gewitzt bin, mag er wohl recht haben, Mylady.«

Die Äbtissin legte den Kopf in den Nacken und lachte wie ein junges Mädchen; dabei klatschte sie leicht in die Hände. »Ich sehe schon, er hat Euch treffend beschrieben.« Sie setzte wieder eine ernste Miene auf und legte den Kopf schräg. »Ihr werdet all Eure Gewitztheit und Eure Geschicklichkeit brauchen«, sagte sie. »Schreckliche Dinge passieren in Oxford. Glaubt mir, werte Herren, Ihr habt das Tal der Schatten betreten, und Satan mitsamt einer Schar gefallener Engel umringen uns.«

Die Äbtissin bedachte ihre Gäste mit einem traurigen Blick. Godfrey ahnte, daß die Ereignisse, die ihrer in Oxford harrten, ihr ganzes weiteres Schicksal bestimmen würden, sofern sie diesen Ort überhaupt lebend verließen. Lady Constance schaute über ihre Schulter die beiden Männer an, die schweigsam am Feuer saßen. Ihre Lippen bewegten sich wie bei einem Selbstgespräch. Dann wandte sie sich wieder an Godfrey und Alexander und rang sich ein gekünsteltes Lächeln ab.

»Aber die Angelegenheit kann warten. Ihr seht naß und durchfroren aus. Wo sind Eure Satteltaschen?«

»Bei unseren Pferden.«

»Das geht aber nicht«, murmelte Lady Constance. »Das geht wirklich nicht!«

Sie ging an ihr Schreibpult zurück, nahm eine kleine Glocke und läutete sie so kräftig, daß der mit Steinen gepflasterte Raum von dem hellen Klang widerhallte.

»Unsere Besucher werden im Gästehaus untergebracht«, befahl sie der Laienschwester, die herbeigeeilt kam. »Laß ihre Satteltaschen dorthin bringen.« Dann trat sie ans Feuer, flüsterte den Männern, die dort so lange schweigend ausgeharrt hatten, ein paar Worte zu und kehrte zu Godfrey und Alexander zurück. »Kommt mit, ich führe Euch zu Eurem Quartier.«

Die Äbtissin schritt kräftig aus; hocherhobenen Kopfes, die Schultern genauso kerzengerade wie der Ritter, marschierte sie die Treppe hinunter in den Kreuzgang. Als Godfrey hochblickte, sah er, daß die Wolkendecke aufriß und die ersten Sonnenstrahlen sich durch den Dunst mogelten.

Ein paar Nonnen waren nach draußen gegangen und saßen auf den Bänken längs der Mauer. Während sie auf die wärmenden Sonnenstrahlen warteten, beobachteten sie eine Schar kleiner Vögel, die in der weichen Erde des Klostergartens nach Würmern und Larven pickten. Gerade als sie sich anschickten, den Kreuzgang zu verlassen, entdeckten Godfrey und Alexander eine junge Frau, die allein auf einer Bank saß und sich mit einer Stickarbeit beschäftigte. Als die Männer näherkamen, hob sie den Kopf. Sowohl der Ritter wie der Sekretär blieben stehen und starrten das Mädchen an.

»Eine richtige Venus!« staunte Alexander.

Godfrey konnte nur zustimmend nicken. Das Mädchen mochte siebzehn oder achtzehn Jahre alt sein. Ihr goldblondes Haar fiel in üppigen Wellen über den Rücken und wurde nur mit einem purpurfarbenen, diamantenbesetzten Stirnband festgehalten. Sie trug ein dunkelgrünes, am Hals und an den Ärmeln mit silberner Stickerei verziertes Kleid. Godfrey sah ihre wohlgeformten Brüste, die schmale Taille und die feingliedrigen Hände; doch am entzückendsten fand er ihr Gesicht. Es hatte eine ovale Form, der Teint war wie mit Gold überhaucht, die Augen glichen einem strahlendblauen Sommerhimmel, und die vollen Lippen waren weich und rot.

Die Äbtissin war gleichfalls stehengeblieben und schaute sich ärgerlich um. Dann erkannte sie, was die Männer aufhielt, und sie gestattete sich ein Lächeln.

»Lady Emily«, rief sie leise, »seid Ihr mit diesen Herren bekannt?«

Das Mädchen errötete und erhob sich schüchtern; die Augen hatten den sanften Blick eines Rehs.

»Lady Constance«, antwortete sie mit weicher, melodischer Stimme, »ich habe sie noch niemals gesehen.«

Alexander trat einen Schritt näher. »Nehmt meine Entschuldigung an, Mylady.« Er verbeugte sich vor dem Mädchen. »Wir hätten Euch nicht so angaffen dürfen, aber wir hatten nicht damit gerechnet, in einem Kloster . . .«

»Ein so hübsches junges Ding zu sehen«, fiel Lady Constance forsch ein. »Und das unter uns alten Schachteln!«

»Mylady«, entgegnete Alexander schlagfertig, »Schönheit ist vergänglich und tritt in vielen Formen auf. Ihr und Lady Emily seid beide schön, nur auf eine unterschiedliche Weise.«

Beide Damen lächelten über das Kompliment, mit dem sich Alexander gewandt aus der Affäre zog. Godfrey schwieg beharrlich und fuhr fort, das Mädchen mit hungrigen Blicken anzustarren. Lady Emilys Wangen röteten sich noch mehr. Die Äbtissin nahm das Heft in die Hand.

»Lady Emily de Vere, ich möchte Euch die Abgesandten des Königs vorstellen, Sir Godfrey Evesden und den Sekretär Alexander McBain.«

Beide Männer machten artige Verbeugungen. Alexander schnatterte drauflos wie eine Elster und brachte das Mädchen so sehr zum Lachen, daß sie ihr Gesicht hinter den Händen versteckte. Die feinsinnigen Komplimente des Sekretärs trafen ins Schwarze wie wohlgezielte Pfeile.

»Das genügt!« rief Lady Constance nach einer Weile und schob die Männer weiter.

Alexander blickte noch einmal über die Schulter zurück und zwinkerte Emily verstohlen zu; das Mädchen errötete bis in die Haarwurzeln.

»Wie eine Rose!« schwärmte Alexander.

Wütend funkelte Godfrey ihn an, um seine eigene Verwirrung zu verbergen. Es war immer dasselbe mit ihm; er konnte trefflich eine Streitaxt schwingen und das widerspenstigste Pferd reiten, aber sobald er einer schönen Frau gegenüberstand, verschlug es ihm die Sprache, seine Zunge war wie gelähmt. Alexander stieß ihn übermütig in die Seite.

»Was ist, edler Ritter, habt Ihr je ein schöneres Frauenzimmer gesehen?«

»Lady Constance«, sagte Godfrey, um seine Verlegenheit zu überspielen, »ist das junge Mädchen eine Eurer Novizinnen?«

»O nein, sie ist ein Mündel des Königs und besitzt drei blühende Güter im Umkreis eines Tageritts von Oxford. Sie zu verheiraten, obliegt dem König.«

»Das trifft sich gut«, flüsterte Alexander.

Godfrey sagte nichts, sondern folgte Lady Constance, die sie über das regennasse Gras zu einem zweigeschossigen Sandsteingebäude führte.

»Das Gästehaus steht leer«, erklärte sie. »Ihr werdet die einzigen Besucher sein, die dort wohnen.« Sie zeigte ihnen das Refektorium, in dem sie essen würden, und stellte ihnen eine rotwangige Dienstmagd vor.

»Mathilda wird sich um Euch kümmern«, sagte sie. »Natürlich könnt Ihr nicht in unserem Refektorium speisen, aber die Mahlzeiten werden Euch herübergeschickt.« Sie berührte Godfreys nassen Umhang. »Eure Kammern befinden sich im oberen Stockwerk. Zieht Euch trockene Kleidung an, dann bringe ich meine anderen Gäste zu Euch.«

»Ist die Exorzistin schon eingetroffen?«

»O ja. Wir gaben Ihr eine kleine Zelle, die in die Kirchenmauer nahe des Allerheiligsten eingelassen ist. Sie sagt, sie fühlt sich dort glücklich.«

Die Priorin verabschiedete sich, und Mathilda, eine stämmige, fröhliche Matrone unbestimmbaren Alters, zeigte ihnen ihre schlicht, aber behaglich eingerichteten Kammern.

Der Soldat rannte um sein Leben; die dornigen Zweige, die ihm den Weg versperrten, zerrten an seinem Rock und zerkratzten seine Haut. In den Baumwipfeln stöhnte der Wind, wie um seine Anstrengungen zu verhöhnen. Um Atem zu schöpfen, blieb der Mann stehen und stützte seine Hände auf die Knie. War er in Sicherheit? Er hoffte es.

Tief die frische Waldesluft einatmend, richtete er sich wieder auf. Er wünschte sich, er hätte die Burg nie verlassen. Vielleicht sollte er zurückgehen, die Reliquie abgeben und dem Sheriff von seinem Abenteuer erzählen. Doch was sollte er zu seiner Verteidigung vorbringen? Er war ein Dieb, und nun erhob sich Satan von seinem Thron, um ihn tief in die Hölle hineinzustoßen, wo Skorpione bis in alle Ewigkeit seine Eingeweide zernagten.

Immerhin hatte er gegen sein Gelübde verstoßen; er war ein Soldat des Hospitaliterordens, dennoch hatte er seinen Schwur gebrochen, eine Relique gestohlen und war in Richtung Westen geflohen. Er hatte gehofft, die Insel Lundy zu erreichen und dort ein Schiff zum Kontinent zu nehmen. Die längs des Rheins ansässigen Prinzen oder die Erzbischöfe von Mainz und Köln würden gut für die Reliquie bezahlen, die er vom Hochaltar seiner Londoner Kirche geraubt hatte.

Doch dann war alles anders gekommen. Er war ins Dorf hinuntergegangen, um dem Müller eine Botschaft zu überbringen. Auf dem Rückweg nach Oxford pfiff er eine Melodie vor sich hin und dachte an die schönen warmen Tage in dem Weinanbaugebiet, in dem er großgeworden war.

Mitten auf der primitiven Brücke, die den kalten, schäumenden Fluß überspannte, blieb er erschrocken stehen und gaffte; am anderen Ufer spielte sich eine grausige Szene ab. Über einer Frauengestalt, irgendeinem Mädel vom Lande, kniete ein dunkelgekleidetes Wesen. Die Röcke des Mädchens waren hochgerutscht und entblößten die braunen Beine.

In ihrem Treiben gestört, drehte sich die Kreatur halb um und fletschte die Zähne; dabei entdeckte der Soldat, daß das Mädchen blutbesudelt war, und in der Kehle klaffte eine fürchterliche Wunde. Die Kreatur, die eine Kapuze über dem Kopf trug, sprang hoch, als der Soldat kehrtmachte und die Brücke zurückrannte. Das Herz schlug ihm bis zum Hals, er hörte, daß er verfolgt wurde.

Die Angst verlieh ihm Flügel, er rannte schneller und schneller und glaubte, seine Lunge würde bersten, und schließlich mußte er stehenbleiben und verschnaufen. Beinahe war er davon überzeugt, seinen Verfolger abgehängt zu haben. Doch plötzlich erstarrte der Hospitaliter vor Schreck. Er hörte das Knacken eines Zweiges, und ihm fiel auf, daß sämtliche Vögel des Waldes mit einem Schlag verstummten.

Mit gezücktem Dolch taumelte er weiter. Ein unheimliches Lachen in seinem Rücken ließ ihm das Blut in den Adern gefrieren. Er wirbelte herum und stieß ein jämmerliches Wimmern aus, als er die schwarze Gestalt sah, die über Baumstämme setzte und geschwind wie ein Windhund auf ihn zuraste.

Der Hospitaliter versuchte abermals zu fliehen. Sein Herz hämmerte wie wild in diesen letzten Augenblicken seines Lebens. Würde er es zur Burg zurück schaffen? Der Soldat sah sich um. Keine Spur mehr von seinem Verfolger. Abgekämpft hielt er inne und schnappte nach Luft; kurz darauf eilte er weiter, den Dolch in der schweißnassen Hand. Er achtete weder auf die Äste, die sein Gesicht zerkratzten, noch auf das verfilzte Farnkraut, das sich um seine Beine schlang und ihn am Fortkommen hinderte.

Aus dem Augenwinkel erhaschte er eine vage Bewegung. War das diese entsetzliche Kreatur, die neben ihm herrannte? Der Soldat stöhnte in Todesangst. Ein schrecklicher Verdacht überkam ihn. Dieses Wesen, was immer es sein mochte, spielte mit ihm, und nun war sich der Soldat sicher, daß er in eine Falle geraten war. Hatte dieser Dämon ihm etwa aufgelauert? Ihn in einen Hinterhalt gelockt? Woher kam dieses Wesen? Aus dem Mönchskloster? Die Priester waren ihm abweisend und verschlagen vorgekommen. Welche fürchterlichen Geheimnisse hüteten sie?

Der Soldat torkelte auf eine Lichtung; am gegenüberliegenden Waldesrand rauschte ein kleiner Wasserfall, und daneben schlängelte sich ein Pfad durch die Bäume.

Er lief darauf zu, doch eine vermummte Gestalt versperrte ihm den Weg. Der Hospitaliter drehte sich um, das schweißbedeckte Gesicht vor Angst verzerrt, doch hinter ihm stand auch jemand.

Blindlings stürzte sich der Mann in den kleinen Flußlauf und watete auf den Wasserfall zu; beinahe hatte er ihn erreicht. Vor Furcht konnte er kaum klar denken, ein Instinkt gebot ihm jedoch, inmitten der herabschäumenden Wassermassen Schutz zu suchen.

Aber dann strauchelte er und stieß gegen einen Felsen. Mit den Armen rudernd, versuchte er, das Gleichgewicht wiederzuerlangen. Plötzlich sah er vor sich die Gestalt mit der Kapuze. Das Gesicht schien zu lächeln, und die Lippen teilten sich wie zu einem sehnsuchtsvollen Kuß. Eine zweite Gestalt kam hinzu. Man zerrte ihn aus dem Wasser und schüttelte ihn wie einen gefangenen Fisch. Er warf den Kopf nach hinten und stieß einen verzweifelten Schrei aus, während einer seiner Verfolger fest in seine fleischige, saftige Kehle hineinbiß.

KAPITEL 2

Das Trinitarierkloster lag am Stadtrand von Oxford; eine graue Steinmauer friedete die Ansammlung von Gebäuden ein. Dahinter fiel das Land steil ab; am Fuß des Hangs erstreckten sich faulige Sümpfe und Marschen, die sich trotz vielfältiger Bemühungen der Klosterbrüder nicht entwässern ließen.

Das mit tückischem grünen Schlamm und Dornengestrüpp bedeckte Moor reichte bis an den Saum eines dunklen Waldes; hier standen die Bäume so dicht, daß ein jeder, den es reizte, diese verrufene Gegend zu erforschen, allein beim Durchdringen des Forstes auf größte Schwierigkeiten stieß.

Edmund, der Prior des Klosters, stand am Fenster seiner luftigen Zelle und blickte sorgenvoll auf das stille, dunkle Land hinab. Versonnen spielte er mit den Knoten der Kordel, die er um seine Taille geschlungen hatte; insgesamt waren es drei Knoten, und sie symbolisierten die Gelübde der Armut, der Keuschheit und des Gehorsams. Edmund war ein Gelehrter, ein Asket, der sich lieber in der Bibliothek bei den Büchern und Pergamenten aufhielt, als ein Kloster zu leiten, besonders, wenn dieses ein schreckliches Geheimnis wahrte.

Seit dreißig Jahren war Edmund Mönch. Als junger Postulant hatte er die Geschichten und Legenden gehört, die sich um dieses Trinitarierkloster rankten. Die Novizen pflegten einander Angst zu machen, wenn sie des Nachts wachlagen und sich im Flüsterton allerlei Gespenstergeschichten und Schauermärchen erzählten. Edmund hatte sich nie an diesen Unterhaltungen beteiligt. Nach einer gewissen Zeit übertrug man ihm die Verantwortung für die Novizen, die Leitung des Hospitals und die Sorge für das Skriptorium, in dem die Brüder wunderschöne Bücher mit atemberaubenden Farben verzierten, oder die Schriften des Chrysostomus, Eusebius, Athanasius und anderer bedeutender Kirchenväter kopierten.

Die Aufsicht über das Kloster, die Verwaltung der Güter, die Disziplin unter den Brüdern und das geistige Wohlergehen der Gemeinde hatte immer fest in den Händen des Abtes gelegen. Nun jedoch hatte der plötzliche und brutale Tod von Abt Samson diese Ordnung zerstört.

Jählings war Edmund ins Bewußtsein gedrungen, daß jene Legenden und Geschichten nicht mehr ins Reich der Fabeln gehörten, sondern sich als grausame Wirklichkeit entpuppt hatten. Er wußte nicht, wie er dieser Lage Herr werden sollte. Natürlich hatte er sein Möglichstes getan.

Er ließ ein altes Weib holen, das im Wald hauste, damit sie den toten Abt wusch und für die Beisetzung in ein Leichengewand kleidete. Der übrigen Gemeinde hatte er erzählt, der Abt sei nach einer längeren, unheilbaren Krankheit an einem plötzlichen Anfall verstorben. Je eher die Totenmesse abgehalten und der Leichnam vor dem Hochaltar beigesetzt würde, um so besser, schlug er vor.

Die Mitbrüder schlossen sich seiner Meinung an, mit Ausnahme des greisen Lanfranc, der in den Archiven arbeitete, und Matthew, dem Bruder Bibliothekar. Die beiden schienen Verdacht geschöpft zu haben. Während der Versammlung der Bruderschaft starrten sie Edmund mit ihren wässrigen, alten Augen unverwandt an, als wollten sie ihn zu dem Bekenntnis herausfordern, das Böse, über dem das Kloster errichtet worden war, sei wieder frei und könne das Land mit Unheil überziehen.

Edmund schloß die Augen und flüsterte ein kurzes Gebet. Die alten Mönche würden sich an ihr Gelübde halten, Stillschweigen zu bewahren, doch wie lange ließ sich der Vorfall vertuschen? Wer wußte schon genau Bescheid über die Geheimnisse des Klosters? Nur der jeweils neue Abt wurde eingeweiht, und der schwor einen heiligen Eid, sie niemals zu verraten. Edmund durfte die dunklen Geheimnisse gar nicht kennen. Er wollte nicht wie ein Abt auftreten, doch es würde noch Monate dauern, bis das Mutterhaus in Frankreich offiziell die Wahl von Samsons Nachfolger genehmigte. Edmund wischte sich mit dem Handrücken über die feuchten Lippen.

Er hatte Briefe mit dem Geheimsiegel über den Kanal geschickt, doch als Antwort hatte er nur die Aufforderung erhalten, das Schweigen zu bewahren. Wieder blickte Edmund über die grünen Marschen; die Zeit wurde langsam knapp. Jeden Monat ereigneten sich neue entsetzliche Morde in der Umgebung von Oxford. Männer, Frauen und Kinder wurden barbarisch abgeschlachtet, und offenbar gab es kaum eine Möglichkeit, diesem schändlichen Treiben Einhalt zu gebieten.

Nervös faltete der Prior die Hände. Wieso, fragte er sich verzweifelt, hatte Abt Samson seinen Schwur gebrochen und die eisenbeschlagene Tür geöffnet, die in das Grabgewölbe führte? Jemand war bei ihm gewesen – ein Fremder, der leise und todbringend wie eine Fledermaus in das Kloster huschte. Abt Samson selbst hatte diese schemenhafte Gestalt an der Pforte abgeholt und sie mit in sein Quartier genommen, wo sich die beiden aufhielten, bis sich der Rest der klösterlichen Gemeinschaft zur Ruhe begab.

Prior Edmund waren diese sonderbaren Vorkommnisse nicht entgangen, doch er hatte ihnen keine Beachtung geschenkt, bis er spät nachts schweißgebadet und zitternd aus einem fürchterlichen Alptraum hochgeschreckt war. Edmund war in die Gruft hinuntergeeilt, und dort hatte er den Abt tot vorgefunden; der Körper war unversehrt, aber das Gesicht mit den aufgerissenen, blicklosen Augen und dem offenen Mund war zu einer grausigen Fratze verzerrt. Von dem geheimnisvollen Besucher war nichts zu sehen gewesen.

Edmund hatte die düstere, bedrohlich wirkende Grabkammer betreten und den Sarg betrachtet; das rostige Schloß war gewaltsam aufgebrochen worden, die Ketten lagen am Boden, und der Deckel war ein wenig zur Seite verschoben. Edmund rückte den Deckel an seinen Platz zurück, holte ein neues Schloß und sperrte den Sarg wieder ab.

Er hatte den Blick abgewandt, doch das Bild, das er aus dem Augenwinkel erhascht hatte, erschreckte ihn zutiefst. Im Sarg ruhte der unverweste Leichnam eines hübschen jungen Mannes; die Augen waren geschlossen, und der Jüngling sah aus, als schliefe er fest und friedlich. Edmund schaute sich gründlich im Grabgewölbe um. Er war sich sicher, daß in dem Sarg herumgewühlt worden war, doch er durfte nicht länger zögern.

Er hatte den Hammer und die Brechstange entfernt, die Samson benutzt hatte, und den Leichnam des Abts nach draußen geschleift. Dann hatte er aufs neue die Tür zum Gewölbe abgesperrt und versiegelt. Ohne Hilfe hatte er die Leiche aus den Tunneln herausgezogen und sie im Schutze der Dunkelheit in die Studierstube des Abtes geschleppt, wo ein Diener sie am nächsten Morgen gefunden hatte!

Edmund stöhnte innerlich auf. Warum hatte der Abt das Grab geöffnet? Was war dort passiert? Was hatte er gesehen? Was hatte er getan? Ging es vielleicht um die Marschen, die sich am Fuß des Hügels erstreckten? Hatte

Samson nach Gold gesucht, weil er mit dem neugewonnenen Reichtum den Sumpf trockenlegen und in fruchtbares Weideland verwandeln wollte?

Und wer war dieser mysteriöse Besucher? Edmund wandte sich vom Fenster ab und starrte auf die geschlossene Tür seiner Zelle. Er mußte endlich aufhören mit diesen endlosen Grübeleien; er sonderte sich von den anderen Mönchen ab, und viele begannen bereits zu ahnen, daß etwas nicht stimmte. Er nahm das Kruzifix von seinem Betpult, dem Prie-Dieu, der neben ihm stand, und drückte es gegen seine Brust. Der Sheriff hatte gesagt, Hilfe sei unterwegs, aber was würde passieren, wenn sie eintraf? Abt Samsons Tod und diese brutalen Morde waren schlimm genug, aber was mochten diese königlichen Gesandten anrichten, wenn sie erst anfingen zu verhören und zu drohen?

Der Prior lehnte sich gegen das Betpult und lauschte mit halbem Ohr den Vögeln, die im Dachgebalk des Klosters flatterten und raschelten. Er überlegte, ob er die Dinge nicht vielleicht selbst in die Hand nehmen sollte. Immerhin konnte er sich Lanfranc und Matthew vornehmen und sie auffordern, ihm die geheimen Chroniken zu zeigen. Während er mit den Fingern auf das Holz des Betpults trommelte, dachte er an die eisenbeschlagene Tür und den feuchten, rattenverseuchten Gang, der zur Grabkammer führte. Prior Edmund war ein braver, aber schwacher Mann; fröstelnd beugte er das Haupt und bat Gott um Beistand gegen die Mächte der Finsternis.

Die Besorgnisse und Ängste des Priors hätten sich in blankes Entsetzen verwandelt, hätte er von dem Treffen gewußt, das unweit seines Klosters im Dickicht des Waldes stattfand. Die unheimlichen, in Kutten gehüllten Gestalten waren auf Schleichpfaden in den Wald eingedrungen, und sie hielten erst inne, als sie eine von riesigen Eichen gesäumte Lichtung erreichten.

Inmitten der Lichtung befanden sich längliche Steinsockel, verwittert und mit Moos bedeckt. Einst gehörten sie zu einem großen Altar, auf dem die Druiden ihre Opfer getötet hatten, bevor sie diese an die Äste einer Eiche hängten, als Gabe für die Götter, die sie verehrten.

Nun benutzten die schwarzgewandeten Gestalten die Steine als Bänke; schweigend, in der Dunkelheit kaum auszumachen, hockten sie da. In dem fahlen Licht, das sich durch die Baumkronen mogelte, glichen sie Mönchen, die sich in einer alten Kathedrale zum Gebet eingefunden hatten. Tatsächlich betrachteten sie diesen Ort als eine Kirche, sie nannten ihn das Blutfeld, denn er wurde von bösen Mächten beschützt. Unbeschreibliche Sünden waren hier begangen worden.

An diesem Platz fühlten sie sich sicher; die Dunkelheit schützte sie vor spähenden Augen und gespitzten Ohren. Sie hüllten sich in Schweigen, während die schwächliche, tiefstehende Sonne im Westen von Wolkenbänken verdeckt wurde. Ihr Anführer seufzte – es war der einzige Laut, der in der Stille zu hören war, denn nie wagte sich ein Tier auf diese kleine Lichtung. Kein Vogelgezwitscher erklang je an diesem grünen, düsteren Ort. Abermals stieß der Anführer der Gruppe einen Seufzer aus.

»Wir sind zusammengekommen«, hob er schließlich an, »um gemeinsam neue Kraft zu schöpfen und unser weiteres Vorgehen zu planen. Ich habe eine Nachricht für euch. Bald werden die Abgesandten des Königs hier eintreffen. Ihren Besuch können wir genausowenig verhindern, wie wir uns gegen die Macht dieser sogenannten heiligen Reliquie zu wehren vermögen.«

»Wir hätten das Ding zerstören sollen!« fiel einer seiner Gefährten ein.

»Das geht nicht. Die Reliquie ist zu mächtig, und wenn wir ihr zu nahekommen, könnte sie unsere wahre Natur verraten.«

»Was sollen wir tun?«

»Als erstes müssen wir uns der Reliquie entledigen. Zum anderen müssen wir uns geschickt verstellen. Sollen die Abgesandten des Königs doch Mondstrahlen und Irrlichtern hinterherjagen. Bald werden sie ermüden, und ihr Herrscher wird das Interesse verlieren. Man wird sie wieder abberufen, denn England führt einen Krieg gegen Frankreich, und der König braucht zum Kämpfen jeden Mann. Aber solange sich die Gesandten hier aufhalten, müssen wir auf der Hut sein.«

Er hielt einen Augenblick lang inne und holte tief Luft. »Der Geist unseres Herrn und Gebieters ist nun befreit«, fuhr er fort, »und die Kunde von seiner Rückkehr verbreitet sich mit Windeseile. In Paris, in den großen Städten längs des Rheins und in den Ortschaften jenseits der Donau weiß man über unsere Existenz Bescheid. Bald wird man auch in der angestammten Heimat unseres Meisters von uns hören.«

Der Anführer blickte in die Runde. »Wir versammeln uns auf neue in den heiligen Hainen und schöpfen Kraft aus unseren Gegnern, deren Blut uns als Nahrung dient.« Dann verstummte er und schwieg, bis das letzte Tageslicht zwischen den Bäumen erstarb. »Entzündet die Lichter«, befahl er, als es völlig dunkel war. »Der Schwarze Lord erwartet uns.«

Zunder glühte, und ein jeder der Gesellen zündete die

Fackel an, die er bei sich trug. Alle erhoben sich von den Steinen, auf denen sie gesessen hatten, wanderten wie in einer Prozession zu einer mächtigen Eiche und stellten sich dort im Kreis auf.

Die Äste stießen wie schwarze, verkrüppelte Finger in den Himmel, und in den natürlichen Höhlungen dieses alten, knorrigen Baums hatten einst die Druiden Weidenkörbe mit den Überresten ihrer Menschenopfer versteckt. Jetzt befand sich in der Baumkrone nur ein einziges Opfer, der Leichnam des Hospitaliters.

Im Gästehaus des Klosters hatte Godfrey seine Taschen ausgepackt; nachdem er sich gewaschen hatte, machte er es sich auf der schmalen Pritsche, die ihm als Bett diente, so bequem wie möglich. Eine Weile sah er sich in der kargen Zelle um und fragte sich, wie lange sie ihm wohl als Heimstatt dienen würde, dann schlummerte er ein.

Nach einer Weile wurde er ziemlich unsanft von Alexander geweckt.

»Aufstehen, Soldat«, rief der Sekretär in munterem Ton. »Es gibt was zu essen!«

Godfrey richtete sich auf und witterte das würzige Aroma, das in der Luft lag. Als er nach unten ging, traf er Mathilda dabei an, wie sie den Tisch deckte. Es gab Wein, Käse, Brot aus feinem, weißem Mehl und für jeden eine Schale mit dampfend heißer Brühe. Hungrig machten sich die Männer über die Mahlzeit her; kaum hatten sie aufgegessen, da betrat auch schon Lady Constance den Speiseraum. In ihrer Begleitung befanden sich die beiden Männer, die Godfrey bereits im Gemach der Äbtissin gesehen hatte.

Der eine war von gedrungener Gestalt, hatte rosige

Wangen wie eine Maid und schütteres blondes Haar. Mit seinem Watschelgang, dem Spitzbauch und der vorgewölbten Brust, erinnerte Sir Oswald Beauchamp, Sheriff von Oxford, Alexander an einen fetten Täuberich, den er sich einmal als Haustier gehalten hatte. Doch nur auf den ersten Blick wirkte der Sheriff gemütlich, die unsteten Augen und die schmalen, verkniffenen Lippen verrieten ein berechnendes Wesen. Er hatte die lästige Angewohnheit, ständig an seiner Nasenspitze zu kratzen, bis sich die Haut dort abschälte.

Sein Begleiter, Nicholas Ormiston, Aufsichtsführender an der Universität, war ein altväterischer Typ. Obwohl er nicht mehr als dreißig Jahre zu zählen schien, war sein hageres Gesicht tief zerfurcht; er hatte eine Glatze, und vom vielen Studieren war sein Rücken krumm geworden. Doch seine flinken, dunklen Augen schauten offen und freundlich drein.

Lady Constance machte die Männer miteinander bekannt; dann schickte sie Mathilda in die Klosterküche zurück und schloß hinter der Magd die Tür.

»Habt Ihr gut gespeist und getrunken?« fragte sie, während sie am Kopfende des Tisches Platz nahm. »Schön, schön«, fuhr sie fort, ohne eine Antwort abzuwarten, und schlug sorgsam die langen Ärmel ihres Gewandes zurück. »Als Abgesandte des Königs werdet Ihr von Dingen erfahren, die in ihrer Art ungeheuerlich sind. Entsetzliche Morde sind hier geschehen, und wir befürchten, daß noch mehr begangen werden. Ist es nicht so, Sir Oswald?«

»Gewiß, gewiß«, entgegnete der Sheriff geflissentlich; er zog ein kleines Stück Pergament aus der Tasche und warf es auf den Tisch.

Alexander nahm es in die Hand und las die sechs Namen, die darauf geschrieben standen.

»Was hat das zu bedeuten?«

»Das sind die Namen der Studenten von Stapleton Hall in Turl, die während der letzten Monate verschwunden sind.«

»Verschwunden?« Alexander schnippte mit den Fingern. »So mir nichts, dir nichts? Ohne eine Spur zu hinterlassen?«

»Als hätten sie sich in Luft aufgelöst«, mischte sich der *proctor* mit seiner angenehm tiefen Stimme ein. »Die wenigen Habseligkeiten, die sie besaßen, nahmen sie mit. Offenbar wurden noch ein, zwei Studenten von irgendwelchen Leuten gesehen, wie sie die High Street entlangmarschierten, ehe sie spurlos verschwanden. Die jungen Burschen stammen aus unterschiedlichen Gegenden Englands, mit Ausnahme eines gewissen Guido, der Flame war. Ihre Angehörigen sind äußerst besorgt, denn niemand hat die jungen Leute seitdem gesehen, noch hat man von ihnen gehört.«

»Aber es hat doch noch mehr Vorkommnisse gegeben«, unterbrach Godfrey ihn, »außer daß diese Studenten vermißt werden?«

»Und ob. Während der letzten Monate ist in mehreren Häusern im Ort eingebrochen worden«, erwiderte der Sheriff. »Obwohl das nicht der richtige Ausdruck ist, denn weder Türen noch Fenster wiesen Spuren von Gewalteinwirkung auf. Es war immer das gleiche: Jede Person in dem betreffenden Haus, ob Mann, Weib oder Kind, wurde getötet; man schlitzte ihnen die Kehlen auf und ließ die Körper ausbluten. Doch immer verschwanden die Täter so still und unbemerkt, wie sie gekommen waren.«

»Stehen die Familien, die getötet wurden, in irgendeiner Verbindung zueinander?« fragte Godfrey.

»Nein. Es läßt sich keine Verbindung feststellen.«

»Wurden die Häuser geplündert?«

»Die Verbrecher ließen goldene und silberne Münzen mitgehen; sonst wurde nichts gestohlen.«

»Gibt es Spuren, die beweisen, daß sich die Opfer gewehrt haben?«

Beauchamp schüttelte den Kopf. »Das ist ja das Verwirrende an den ganzen Geschichten. In den Häusern finden sich Blutlachen, aber keine Anzeichen dafür, daß jemand Widerstand geleistet hat. In keinem einzigen Fall hat ein Nachbar Kampfeslärm gehört. Es ist, wie wenn . . .« Nervös rieb sich der Sheriff die Nasenspitze. »Es ist, wie wenn Dämonen durch Wände und Türen gehen, in aller Stille töten, das Blut trinken und verschwinden.«

»Waren die Opfer ältere Menschen?« fragte Godfrey. »Jüngere Männer hätten doch sicherlich Gegenwehr geleistet.«

»Eine Familie hatte zwei Söhne«, antwortete der *proctor*.

»Der eine Knabe war fünfzehn, der andere siebzehn Jahre alt. Sie starben wie alle anderen.«

»Werden die Straßen des Nachts bewacht?« erkundigte sich Godfrey.

»Wir haben Herolde, die der Universität unterstehen, und Soldaten aus der Burg, die bei Nacht durch den Ort patrouillieren«, warf Beauchamp gereizt ein. »Doch jetzt sind sie zu ängstlich, um sich bei Dunkelheit hinauszuwagen. Ich wüßte auch nicht, was eine bewaffnete Wachmannschaft nützen sollte, Sir Godfrey. Niemand, weder ein Bettler noch eine Hure, hat zuvor etwas Verdächtiges bemerkt.«

»Es muß Hexerei im Spiel sein«, meinte Lady Constance. »Satansanbeter, die sich mit den alten Legenden befaßt haben.«

Der Sheriff schüttelte den Kopf. »Nein, Lady Constance, das glauben wir nicht. Wir haben von diesem Verdacht gehört, aber es steckt wohl nichts Handfestes dahinter. Es sind lediglich Legenden.«

Alexander stellte seinen Becher mit Wein beiseite und stützte die Ellenbogen auf die Tischplatte. »Ich sammle Legenden«, verkündete er lächelnd. »Besonders mag ich die Geschichte von Oengus und seinem Hund.«

»Hier geht es um etwas ganz anderes«, versetzte die Äbtissin kurz angebunden. Sie holte tief Luft. »Vor vielen Jahren«, begann sie, »kurz nachdem der Eroberer dieses Land unterwarf, kam ein junger Mann nach Oxford, das damals noch ein winziges Dorf war. Er stammte aus dem Osten. Er war kein Sarazene und auch kein Türke, seine Heimat lag nördlich von Griechenland, eine wilde, gebirgige Gegend mit finsteren Wäldern. Er schien ein freundlicher Mann zu sein, der Gott diente und gute Werke vollbrachte. Andere fühlten sich zu ihm hingezogen, und bald scharte er eine Gruppe von Anhängern um sich. Sie nahmen Besitz von einem alten, verfallenen Turm, holten sich Material aus dem hiesigen Steinbruch und bauten den Bergfried wieder auf.«

Lady Constance seufzte. »Damals herrschte in England große Unruhe, und viele Fremde kamen ins Land. Anfangs achteten die Einheimischen diesen Neuankömmling und seine Gesellen, die viel beteten und sich um die Armen kümmerten. Besondere Sorge verwandten sie auf die Reisenden, die die Straße in Richtung Norden entlangkamen, und auf die Barken, die den Fluß benutzten. Sie bauten sogar eine Brücke über den Cherwell. Doch ungefähr ein Jahr nach der Ankunft des Fremden passierten merkwürdige Todesfälle; man fand Männer, Frauen und Kinder mit durchschnittenen Kehlen, und die Leichen waren völlig ausgeblutet.«

Die Äbtissin strich mit den Fingerspitzen über die Tischplatte. »Um eine lange, grausame Geschichte abzukürzen, sei nur dies gesagt: Nachdem viele Monate lang etliche Menschen auf diese grausige Weise ums Leben kamen, machte man den Fremden und seinen mysteriösen Orden, den er gegründet hatte, für die Greueltaten verantwortlich.« Sie befeuchtete ihre Lippen. »Man wandte sich um Hilfe nach London. Der König schickte Soldaten gen Norden, und nach einer heftigen, blutigen Schlacht brannten sie den Turm nieder und töteten seine Bewohner.« Ihre Stimme wurde immer leiser, und sie senkte den Blick.

»Was wurde aus diesem Fremden?« fragte Alexander.

»In der Legende heißt es, Sir Hugo Mortimer, der normannische Kommandant, dessen Nachkommen immer noch Ländereien in dieser Gegend besitzen, habe den Bergfried bis auf die Grundmauern schleifen lassen. Unter dem Donjon befanden sich angeblich geheime Gänge und Stollen. Sir Hugo befahl, den bösartigen Fremden mit Ketten gefesselt in einen bleiernen Sarg zu legen und ihn in einem dieser unterirdischen Gewölbe lebendig zu begraben.«

Die Äbtissin legte eine Pause ein. Godfrey fiel auf, wie still es im Gästehaus geworden war. Von draußen hörte man nur das Plätschern des Wassers, das aus der Regenrinne lief. Fasziniert hatte Alexander der Geschichte gelauscht. Der Sheriff und der Aufseher von der Universität blickten betroffen drein.

»Und was sagt Ihr dazu, Lady?« fragte Godfrey.

»Ich bin noch nicht fertig. Die Legende besagt, an der

Stelle, wo der Turm stand, wurde ein Mönchskloster errichtet, in das die Trinitarier einzogen. Jahrhunderte vergingen, und durch Messen und Gebete seien die alten Sünden ausgelöscht und das Böse besiegt worden.«

»Und Ihr meint, der Fluch sei zurückgekehrt?« fragte Alexander.

»Ja.« Sie lächelte andeutungsweise. »Ich studiere die Sterne und ihre Konstellationen. Gewiß, ich weiß, daß die Kirche die Astrologie verdammt, aber die Planeten stehen in einer unheilvollen Konfiguration, und der Geist dieses verfluchten Fremden weilt wieder unter uns.«

»Welchen Beweis habt Ihr dafür?« fragte Godfrey.

»Keinen, außer der Mordserie, und vielleicht noch den Tod von Abt Samson.« Sie befeuchtete ihre spröden Lippen. »Obwohl der Abt des Trinitarierklosters ein gesunder Mann war, starb er plötzlich und unter mysteriösen Umständen, wie mir scheint. Sein Körper wurde mit unziemlicher Hast in einen Sarg gelegt und vor dem Hochaltar beigesetzt.« Sie zuckte mit den Achseln. »Der Sheriff und ich wohnten der Totenmesse bei. In dem Kloster der Trinitariermönche gehen seltsame Dinge vor sich.«

»Ich möchte noch einmal auf die verschwundenen Studenten zurückkommen«, wandte McBain ein. »Der Leiter und die Mitglieder des jeweiligen Kollegiums haben doch sicherlich Nachforschungen angestellt?«

»In der Tat, aber sie fanden nichts heraus«, antwortete Ormiston.

»Sir Oswald«, mischte sich nun Godfrey in das Gespräch ein, »bei unserer Ankunft in Oxford fiel uns auf, daß das Stadtgefängnis schwer bewacht ist. Wieso?«

»Gestern nacht«, erwiderte der Sheriff, »wurden wieder drei Menschen ermordet – eine unverheiratete Frau und ihre beiden Schwestern, Näherinnen aus der Pfarrgemeinde St. Thomas à Becket.«

»Was ist passiert?«

»Unweit des Hauses fand man einen Studenten, Eudo Lascalle, ein gebürtiger Brabanter. Er lag total betrunken in einer Gasse, ohne Waffen, unverletzt, aber von Kopf bis Fuß mit Blut besudelt. Man brachte ihn ins Gefängnis.«

»Hat er die Tat gestanden?«

»Nein. Er sagt lediglich, er habe in der Schenke *Zum Hahnenschrei* zu tief in den Krug geschaut.«

»Was ist mit dem Haus, in dem die Morde begangen wurden?«

»Man hat es verriegelt, und es wird bewacht. Ihr müßt wissen«, fuhr der Sheriff fort, »daß bis jetzt nur Gerüchte in der Stadt umherlaufen, die Leute tuscheln miteinander, ohne daß man jemandem etwas nachweisen könnte. Wenn die Geschichte von gestern nacht bekannt würde, könnte es sehr wohl geschehen, daß alte Streitereien neue Nahrung bekämen. Die Stadtbewohner und die Mitglieder der Universität sind sich nicht besonders grün.« Er zuckte mit den Schultern. »Unruhen könnten ausbrechen, und das ist weder im Sinn der Stadtoffizialen noch der Leiter der Universität.« Sir Oswald stand auf. »Wir haben getan, was wir konnten.« Seine Stimme schwankte. »Wir haben die Wachen verstärkt und Patrouillen ausgeschickt. Doch die sind mittlerweile selbst außer sich vor Angst.«

»Und warum befaßt Ihr Euch mit diesen Mordfällen?« wandte sich Alexander an Lady Constance, wobei er sie mit einem strahlenden Lächeln bedachte.

Die Äbtissin errötete leicht, wie ein junges Mädchen, dem man schmeichelt.

»Ich bin eine einsame Frau, und Sir Oswald und Master Nicholas geben mir oft die Ehre, mit mir zu speisen. Anfangs hielt ich die Morde für schreckliche Vorkommnisse, wie sie sich nun mal im Leben ereignen; doch als die Mordserie nicht abriß, fielen mir die alten Legenden ein. Die Magister der Universität erlaubten mir großzügigerweise, Einsicht in gewisse Manuskripte zu nehmen, die in der Kirche St. Mary aufbewahrt werden. Nachdem ich die Schriften gründlich geprüft hatte, kam mir der Verdacht, hier könne eine uralte, böse Macht am Werke sein. Also schrieb ich an den König und an den Erzbischof.« Sie schluckte krampfhaft. »Den Rest kennt Ihr ja.«

»Sind die drei Frauen, die gestern nacht getötet wurden, aus dem Haus entfernt worden?« erkundigte sich Godfrey.

»Nein, noch nicht«, entgegnete Sir Oswald. »Ein vorbeiziehender Händler, der allerlei Tand verkauft, entdeckte sie rein zufällig. Auch er sitzt nun vorsichtshalber im Gefängnis. Wir lassen die Leichen erst nach Einbruch der Nacht wegbringen, wie üblich.«

Godfrey erhob sich von seinem Platz. »Zuvor möchte ich sie mir ansehen.«

Der *proctor* schüttelte den Kopf. »Ich komme nicht mit«, flüsterte er leise. »Dieses sinnlose Morden ... das viele Blut.«

»Ich führe Euch hin«, erbot sich Sir Oswald. Er blickte den Ritter und den Sekretär mahnend an. »Hoffentlich könnt Ihr den Anblick ertragen.«

Sie verabschiedeten sich von der Äbtissin, holten ihre Pferde aus den Klosterstallungen und ritten in die Stadt zurück. Die ermordeten Frauen hatten in der Nähe von Carfax gewohnt. Zwei Soldaten in Uniformen der Stadt standen vor der Haustür Wache. Die Männer sahen blaß und abgespannt aus und waren sichtlich erfreut, den Sheriff mit seinen Begleitern zu sehen. Unverzüglich unterbrachen sie ihr im Flüsterton gehaltenes Gespräch, das sie mit einem Priester geführt hatten; der Geistliche trug ein dunkles Gewand und hielt sich im Schatten der Mauer auf.

»Müssen wir noch lange hierbleiben?« fragte ein Soldat, während der andere die Zügel der Pferde nahm.

Sir Oswald stapfte durch den Dreck und Kot der aufgeweichten Straße.

»So beherrscht Euch doch!« schnauzte der Sheriff die Bewaffneten an. »Die Toten können Euch nichts zuleide tun.«

»Aber diejenigen, die sich heimlich durch die Dunkelheit stehlen, können es!« entgegnete der Soldat, der die Rösser hielt.

»Paßt lieber auf die Pferde auf!« herrschte Sir Godfrey den Mann an.

»Vater Andrew!« rief Sir Oswald erstaunt. »Ihr habt die Nachricht also vernommen?«

Der Priester trat aus dem Schatten der Hauswand heraus. Er war ein jüngerer, mittelgroßer Mann mit angenehmen Gesichtszügen, doch sein dunkles Haar war frühzeitig ergraut. Godfrey bemerkte die müde dreinblickenden Augen, aber er sah auch die Lachfältchen um den festen Mund und das Kinn.

»Allerdings«, erwiderte der Priester. Er blickte Godfrey und Alexander prüfend an.

Sir Oswald stellte die Männer einander vor.

»Ihr seid höchst willkommen«, sagte Vater Andrew. Er streckte die Arme aus, als wollte er die Männer segnen. »Wie der heilige Petrus sagt, man muß ständig auf der

Hut sein. Satan ist in dieser Stadt eingekehrt und hinterläßt seine Spuren.«

Sir Oswald gab einen knurrenden Laut von sich, zückte seinen Dolch und durchschnitt die Siegel an der Haustür. Dann nahm er einen Schlüssel aus seinem Beutel und schloß auf.

Gefolgt von Vater Andrew, betraten Godfrey und Alexander die finstere, muffige Stube. Alexander spürte, wie sich seine Nackenhaare sträubten, und ganz deutlich empfand er das Wirken einer bösen Macht in diesem Raum.

Sir Oswald entzündete eine Öllampe, welche die Düsternis ein wenig zerstreute. Dann flammte eine Pechfackel in einem eisernen Wandhalter auf.

Alexander blickte in die Runde und wäre um ein Haar in Ohnmacht gefallen. Die Kammer war einfach eingerichtet – der Boden bestand aus festgestampftem Lehm, und mitten im Zimmer stand ein klobiger Tisch. An den weißgetünchten Wänden waren ein paar Holzbretter angebracht. In einer Ecke befand sich eine kleine Feuerstelle, und in der weißen Asche stand ein Kessel. Von den Deckenbalken hing ein Brotkorb, zum Schutz vor den Mäusen. Die Regale enthielten nicht viel, nur die Dinge des täglichen Bedarfs: ein paar Krüge, eine Tonschüssel, ein Becher aus Zinn, Messer und Küchenbeile.

All diese einfachen Dinge erhöhten nur Alexanders Entsetzen, denn die Wände waren mit Blutspritzern übersät, auf dem Tisch glänzte blutiger Schleim, und auf dem Fußboden lagen die Frauen wie abgeschlachtete Stücke Vieh. Die Köpfe waren wie nach hinten geklappt; in den Kehlen klafften grausige Wunden, wie ein zweiter Mund. Die schlichten Wollkleider waren mit Blut verkrustet.

Ein Blick auf die bläulich-weißen Gesichter, und Alexander konnte nicht mehr; während er die Hand vor den Mund hielt, folgte er dem gleichfalls schockierten Priester auf die düstere Gasse hinaus.

In der Mordstube wandte der Sheriff sich an Sir Godfrey und starrte ihn an. Auch der Ritter war blaß geworden, obwohl ihm der Anblick von Blut und Gewalt nicht neu war. Sein schmales Gesicht glänzte vor Schweiß, und die Augen waren vor Schreck geweitet. Er lehnte sich gegen die blutverschmierte Wand und schloß die Augen.

»Kyrie eleison, Christe eleison, Kyrie eleison.« Mit leiser Stimme sprach er die Worte der Messe. »Herr erbarme dich unser.«

Dann öffnete er wieder die Augen und schaute zu den Deckenbalken empor, von denen noch die Stricke herabhingen. Er sah auch die anderen Enden der Seile, mit denen die Füße der Opfer zusammengebunden waren.

»So habt Ihr sie gefunden?« fragte er.

»Ja, an die Sparren gehängt wie geschlachtete Hühner.

»Habt Ihr sonst noch etwas bemerkt?«

»Es wurde nichts gestohlen und nichts verwüstet. Oben befindet sich noch eine Kammer, aber in der ist auch nichts Auffälliges zu finden.«

»Haben die Nachbarn denn nichts gehört?«

»Bei Gott, Sir, nicht den geringsten Laut.«

»Und was ist mit diesem Studenten Lascalle?«

»Man fand ihn am Eingang der Gasse, bis zur Bewußtlosigkeit betrunken.«

Sir Godfrey drehte sich um und ging wieder nach draußen; in tiefen Zügen sog er die frische Nachtluft ein. Der Sheriff folgte ihm und sperrte hinter sich die Tür ab.

»Habt Ihr genug gesehen?«

Alexander lehnte an der Hauswand und würgte immer noch. Vater Andrew tätschelte ihm sacht den Rücken.

»Jesus Christus«, keuchte der Schotte. »Ich bete darum, daß mir solch ein Anblick nie wieder zuteil wird. Wie fühlt Ihr Euch, Sir Godfrey?«

Der Ritter schloß die Augen. »Ich war dabei, als Städte im Sturm erobert wurden«, sagte er. »Ich sah, wie ganze Dörfer gebrandschatzt und Frauen und Mädchen vergewaltigt wurden. Aber bei Gott, in diesem Raum hat sich etwas unvorstellbar Böses abgespielt. Keine Spur von Unordnung oder gar Chaos, nur diese drei Leichen und überall Blut.«

»Habt Ihr die Körper untersucht, Sir Oswald?

»Mein Arzt, Gilbert Tanner, hat sie inspiziert. Er fand weder Blutergüsse noch Abschürfungen, aber ehe die Frauen starben, wurden sie geknebelt.«

»Der Herr sei uns gnädig«, flüsterte Vater Andrew. »Meine Herren, ich muß jetzt gehen. Master Sheriff, falls es noch etwas gibt, das ich tun kann . . .«

Der Priester eilte die Gasse hinunter. Sir Godfrey sah ihm hinterher. »Was haltet Ihr von Ihm, Sir Oswald?«

»Vater Andrew ist ein gutherziger Mann. Er wirkt als Priester in St. Peter, das ist die Kirche unweit der Burg. Seit fünf Jahren lebt er hier, und seine besondere Fürsorge gilt den Armen. Auch er glaubt, daß bei diesen Verbrechen finstere Mächte im Spiel sind.«

Sie begaben sich zu den Soldaten, die ihre Pferde ziemlich weit von dem Mordhaus weggeführt hatten, als hätten sie eine möglichst große Entfernung zwischen sich und den Ort des Grauens bringen wollen. Die Männer saßen auf. In kurzangebundenem Ton erinnerte Sir Oswald die Soldaten noch einmal an ihre Pflichten, dann ritten sie schweigend zum Kloster zurück. Am Haupttor zügelte der Sheriff sein Pferd und drückte zuerst Sir Godfrey und dann Alexander fest die Hand.

»Morgen komme ich zurück, meine Herren. Heute läßt sich nichts mehr bezwecken. Außerdem glaube ich, daß Ihr gleich die Exorzistin kennenlernen werdet. Gott sei mit Euch.«

Godfrey und Alexander verabschiedeten sich und ritten in den düsteren Klosterhof ein.

»Wollt Ihr noch etwas essen?« fragte Godfrey den jungen Alexander, als ein Pferdeknecht ihnen die Rösser abnahm.

Alexander jedoch blieb stehen und spitzte die Ohren.

»Könnt Ihr es auch hören, Sir Godfrey?« fragte er, ohne eine Antwort zu geben. »Die Nonnen sind beim Vespergottesdienst.« Er lächelte verschmitzt. »Vielleicht erhaschen wir einen Blick auf die schöne Emily.« Aber gleich darauf wurden seine Züge wieder ernst. »Ich möchte heute abend in die Kirche gehen. Mir scheint, wir haben Gottes Beistand bitter nötig.«

Sir Godfrey zuckte mit den Schultern und folgte ihm den verschlungenen, gepflasterten Pfad entlang, der zur Klosterkirche führte. Eine Laienschwester ließ sie ein. Das Mittelschiff lag im Dunkeln, lediglich eine einzige Fackel verbreitete einen flackernden, matten Schein. Die Laienschwester führte die beiden Männer an den finsteren Säulen vorbei zu einer Bank, die vor der Schranke zwischen Chor und Langhaus stand.

Im Allerheiligsten dahinter strahlte der Hochaltar im Glanz von vielen Kerzen; zu beiden Seiten sangen die Nonnen Davids Psalme. Alexanders Blick glitt forschend über die Versammlung hinweg; unwillkürlich lächelte er, als er Emily entdeckte. Sie saß neben der Äbtissin, ein hellblauer Schleier bedeckte ihr blondes Haar.

Das Mädchen hob den Kopf, merkte, daß sie beobachtet wurde, und erwiderte scheu das Lächeln. Alexanders

Herz tat vor Freude einen Sprung. Versonnen betrachtete er die anderen, dunkelgewandeten Gestalten, und seine Furcht kehrte zurück. Aus den Augenwinkeln schielte er zu Sir Godfrey hinüber; der Ritter hatte die Augen geschlossen, und seine Lippen bewegten sich. Alexander lauschte dem Gesang der Nonnen, machte gleichfalls die Augen zu und fing leise an zu beten.

»Herr, erlöse uns von dem Bösen«, flüsterte er, »und bewahre uns vor dem Übel, das die Menschen heimsucht.«

In der Eremitenzelle, die in die Mauer der Klosterkirche eingelassen war, dachte die Exorzistin, Lady Edith Mohun, über ihren Aufenthalt in Oxford nach. Für sie war es eine große Umstellung, ihre winzige, steinerne Zelle in der Londoner Kirche zu verlassen und ihren gewohnten Tagesablauf aufzugeben. Normalerweise bestand ihr Leben aus Gebeten, kargen Mahlzeiten, Exerzitien und Schlafen.

Auf dem harten Fußboden kniend, gestand Edith ihren Hochmut und ihre Feigheit ein. In London hatte sie sich sicher gefühlt; dort wurde sie nicht heimgesucht von schrecklichen Visionen und grausigen Alpträumen, in denen es von Dämonen mit riesigen Köpfen, langen Hälsen, wilden Augen und feuerspuckenden Rachen nur so wimmelte. Nun würde sie auch wieder jene kehligen, furchteinflößenden Stimmen hören, die sie immer dann quälten, wenn sie sich mit dem Bösen befaßte, das mitten unter den Menschen weilte.

Edith konnte das drohende Unheil körperlich spüren. Namenlose Schrecknisse lauerten in den dunklen, stinkenden Straßen Oxfords auf sie, eine heimtückische

Macht, der sie bereits begegnet war – doch dieses Mal war sie noch wirklicher und bedrohlicher. Hier hatte sie es nicht mit irgendeinem armen Menschenkind zu tun, das von Dämonen besessen war, sondern mit einer weitaus gefährlicheren Macht. Es ging um den fürchterlichen Pakt, den Menschen aus freien Stücken mit den Mächten des Bösen schlossen.

Was die Äbtissin ihr erzählt hatte, erinnerte Edith an die finsteren Wälder und einsamen, unheimlichen Täler in der Walachei und in Moldawien. Dort gab es Orte, in denen das Kreuz und die Macht Christi noch wenig Einfluß hatten. In diesen abgeschiedenen Gegenden hatte sie das wahre Böse kennengelernt und war davon verfolgt worden.

Sie fragte sich, wie sich die Mächte der Finsternis wohl zerstören ließen. Wer sollte das Werkzeug der Vernichtung sein? Lediglich drei Menschen, ein Ritter, ein Sekretär und eine Eremitin, die ihr Augenlicht verloren hatte, weil man ihr einst die Lider zunähte, damit sie nie wieder die Sonne sähe?

Edith kauerte auf dem kalten Fußboden. Welche Gestalt würde das Böse dieses Mal annehmen? Wo versteckte es sich? In ihrer Jugend hatte Edith die beliebten Bilder gesehen, die Satan als ein Ungeheuer mit Habichtnase und Schlangen im Haar darstellten.

Aber sie wußte es besser. Satan war ein hübscher junger Mann mit einer silberhellen Stimme, stets bestrebt, allen gefällig zu sein. Nie durfte sie vergessen, daß der äußere Schein oftmals trog. Satan vermochte aus der Heiligen Schrift zu zitieren, deshalb mußte sie auf der Hut sein.

Sie berührte das hölzerne Kreuz, das an ihrem Hals hing, und sinnierte bedrückt über das, was die Äbtissin

Constance ihr erzählt hatte. Sie wußte alles über die Strigoi, diese lebenden Toten, aber Edith konnte es nicht fassen, daß sie hier in England sein sollten, einem Land, in dem es Kirchen in Hülle und Fülle gab, wo das Kreuz die heiligen Eichen, die steinernen Opferkreise und die Magie der Druiden verdrängt hatte. Vielleicht, schloß sie, verschwand das Böse nie, sondern sank nur unter die Oberfläche, wo es darauf lauerte, wieder ans Tageslicht zu treten.

Sie hob den Kopf, als es an ihrer Tür klopfte.

»Es fängt an«, flüsterte sie. »Es fängt an.«

KAPITEL 3

Sir Godfrey und Alexander beendeten ihre abendliche Mahlzeit, bestehend aus Rinderbrühe, Käse und Brot, als es an der Tür klopfte und die Äbtissin hereingerauscht kam. Höflich standen Alexander und Godfrey auf.

»Ich habe einen Gast«, sagte die Äbtissin. »Lady Edith Mohun.«

Aus der Dunkelheit trat eine graugewandete Frau ins Zimmer. Offenen Mundes starrte Alexander sie an. Die blinde Exorzistin war mittelgroß. Das schneeweiße Haar hing offen über ihre Schultern, und eine dunkelblaue Binde bedeckte ihre Augen. Sie hatte den hellen, zarten Teint eines jungen Mädchens.

»Müßt Ihr dastehen und mich angaffen wie Tölpel?« fragte die blinde Frau und lächelte. Sie drehte sich um. »Gerade von Euch hätte ich etwas mehr Beherrschung erwartet, Sir Godfrey Evesden. Immerhin seid Ihr ein berühmter Turnierkämpfer und enger Berater des Königs. Von Eurer Tapferkeit habe ich gehört.«

Der Ritter wischte sich mit dem Handrücken den Mund ab und stotterte eine Begrüßung. Die Äbtissin verließ das Gästehaus wieder und schloß leise hinter sich die Tür. Edith Mohun trat an den Ritter heran und ergriff seine Hand.

»Es war nicht so gemeint, Sir, ich wollte Euch keinesfalls in Verlegenheit bringen.« Sie wandte sich an Alexander. »Master McBain, Schotte und Sekretär des Königs, Sie haben in Cambridge studiert. Wenn ich für jedes Mal, da Ihr Euch verliebt hattet, eine Münze bekäme –« sie lächelte breit »– könnte ich die Armen von London speisen.« Sie ging zu dem Sekretär hin und streckte die Hände aus. Alexander beugte das Knie und küßte der Dame ehrerbietig die Hand. Die Exorzistin streichelte sein Gesicht. »Ihr beide seid tapfer«, sagte sie leise, »aber Ihr werdet noch all Euren Mut brauchen, denn wir haben es nicht mit gewöhnlichen Verbrechen zu tun. Doch nun laßt mich Euer Mahl mit Euch teilen.«

Sie begab sich an das Kopfende des Tisches. Eilends rückte Alexander ihr einen Stuhl zurecht und sah neugierig zu, wie Edith Platz nahm. Man merkte der Exorzistin keineswegs an, daß sie blind war.

»Was starrt Ihr mich so an, Master McBain?« fragte sie.

»Mylady«, stammelte Alexander. »Könnt Ihr sehen?«

Die Exorzistin lächelte. »In gewisser Weise schon. Wenn man nur will, dann kann man auch trotz Blindheit eine Menge tun.« Sie nahm den Weinpokal in die Hand, den Alexander ihr zuschob. »Außer lesen, natürlich. Ich vermisse die Welt der Bücher. Wenn das alles vorbei ist, Alexander, wollt Ihr mir dann vorlesen?«

»Woraus, Mylady?«

»Aus den Schriften, die Ihr sammelt. Ich brenne darauf, die Geschichten Eurer großen Helden zu hören, Macbeth, Malcolm Canmore.«

»Selbstverständlich lese ich Euch vor«, sicherte Alexander ihr zu.

Lady Mohun nickte. »Seid Ihr unterrichtet, womit wir es hier zu tun haben?« wechselte sie abrupt das Thema.

»Ich bin im Bilde«, erwiderte Sir Godfrey. »Aber Alexander ist noch nicht gänzlich eingeweiht.«

Die Dame wandte sich an den Schreiber. »Der Sheriff und der *proctor* haben sich eingehend mit den Mordfällen befaßt, aber sie begreifen nicht, welcher Art das Böse ist, das Oxford heimsucht. Sie gehören zu den Menschen, die nur an das glauben, was sie sehen, hören, anfassen, schmecken und riechen können. Gewiß hat die Äbtissin Euch davon erzählt, wie vor vielen Jahren eine finstere Macht die Meere überquerte und sich hier eine Heimstatt suchte. Damals war Oxford noch keine Universitätsstadt. Die dunkle Macht wurde niedergeschlagen, aber nicht ausgerottet. Aber etwas Böses, das nicht vernichtet, sondern nur unterdrückt wird, ist wie Rauch, es sucht sich einen Durchlaß und taucht immer wieder auf.« Sie legte eine Pause ein. »Alexander McBain, fürchtet Ihr Euch vor dem, was Ihr nicht sehen könnt?«

»Mylady, darüber habe ich mir noch keine ernsthaften Gedanken gemacht.«

»Dann sagt mir, was Ihr seht.«

»Vielleicht nur die Hälfte von dem, was existiert«, gab der Sekretär in scherzendem Tonfall zurück.

»Die Angelegenheit ist zu ernst, um darüber zu spaßen«, ermahnte Edith Mohun den jungen Mann. »Angenommen, es steckt mehr hinter der Welt, wie wir sie sehen. Der äußere Schein, den wir mit unseren Sinnen wahrnehmen, ist vielleicht nicht alles. Wir sind wie eine Fliege, die auf einer Scheibe Brot landet und glaubt, nur das, was sie sehen und schmecken kann, sei wirklich. In Gottes großem Garten sind wir winzige Geschöpfe, Alexander, doch in unserem Hochmut ziehen wir den Schluß, nur das, was wir sehen und anfassen können, existiere.«

Die Exorzistin hob ein wenig die Stimme. »Aber wir als Christen wissen es besser. Die Kirche lehrt uns, daß unsere Wirklichkeit nur ein Teil eines allumfassenden, großen Ganzen ist. Es gibt spirituelle Wesen, die von den gleichen Mächten angefochten werden wie wir. Der Apostel selbst sagt, daß wir nicht gegen Geschöpfe aus Fleisch und Blut kämpfen, sondern gegen die Mächte der Hölle.«

»Die Kirche lehrt uns aber auch«, wandte Alexander

ein, »daß Christus immer bei uns ist und uns mit seinen Kräften beisteht.«

»Am Ende wird Jesus Christus obsiegen, aber wir müssen unterscheiden zwischen einzelnen Schlachten und dem endgültigen Sieg. Wir neigen dazu, den Ursprung des Bösen im Menschen zu suchen – es gibt Räuber, Ehebrecher, Mörder –, aber es gibt eine Form von Bösartigkeit, die in einer anderen Dimension geboren wird. Sie entsteht, wenn Menschen einen Pakt mit den Mächten der Finsternis schließen.«

Die Dame tätschelte sanft Alexanders Hand. »Ich will Euch keine Predigt halten, aber was Ihr heute abend in Oxford gesehen habt, ist nur ein schwaches Beispiel für das, was ich erleben mußte.« Ihre Stimme wurde leiser; in Gedanken beschwor sie die Schatten ihrer eigenen Vergangenheit herauf. »Früher einmal«, begann sie, »war ich jung und recht ansehnlich.«

»Das seid Ihr immer noch, werte Dame.«

Edith lächelte. »Schmeichelei ist der süßeste aller Weine, Alexander. Aber nun möchte ich Euch meine Geschichte erzählen. Ich war das einzige Kind meines Vaters, meine Mutter verstarb früh. Mein Vater war ein Ritter und besaß Ländereien, die sich bis an die Küste von Northumberland erstreckten. Mir mangelte es an nichts, ich war ein verwöhntes junges Ding. Im örtlichen Kloster erhielt ich eine ausgezeichnete Erziehung. Eines Tages, ich war fünfzehn Jahre alt, besuchte mich mein Vater. Stephen Mohun begleitete ihn.« Sie lächelte in sich hinein. »Ich verliebte mich auf Anhieb in Stephen, und ich verstand es, meinen Kopf durchzusetzen. Ein Jahr später verließ ich das Kloster und wurde Stephens Gemahlin.

Sie wandte ihr Gesicht Sir Godfrey zu. »Stephen war der jüngste Sohn einer großen Familie. Wir lebten bei meinem Vater, der Stephen zu seinem Erben bestimmte. Ich hatte auch einen Onkel Simon, der einem Hospitaliter-Orden vorstand.« Edith Mohun schüttelte den Kopf. »Es war eine schöne Zeit. Wir hörten Geschichten von heldenmütigen Rittern und von Karl dem Großen. Als dann Papst Johannes und andere Kirchenfürsten zu einem Kreuzzug aufriefen, fackelten wir nicht lange. Mein Vater lieh sich Geld, wobei sein Grundbesitz als Sicherheit diente, und wir schlossen uns den Hospitalitern an, die den Franken in Griechenland zu Hilfe kommen wollten.« Sie seufzte tief auf. »Wie töricht wir damals waren. Wir wurden Söldner und kämpften Seite an Seite mit den Hospitalitern, die in die Walachei zogen, um die christlichen Gemeinden dort zu beschützen. Kennt Ihr dieses Land?«

»Nein«, antwortete Alexander.

»Eine düstere Gegend; von tiefen Schluchten zerklüftete Berge, finstere, endlose Wälder und tückische, wildschäumende Flüsse.« Die Exorzistin hielt inne und hob wie lauschend den Kopf. »Ich weiß es noch, als wäre ich erst gestern dort gewesen. Manchmal träume ich davon. Es ist ein schrecklicher, von Dämonen bevölkerter Ort. Der Trupp, dem wir uns angeschlossen hatten, geriet in einen Hinterhalt, und fast alle wurden niedergemetzelt. Ein Hospitaliter und ich konnten entkommen, doch bald darauf starb der Mann an einer Wunde in seinem Nacken.«

Sie schwieg eine Weile. Ihr Atem ging schnell, und Alexander und Godfrey spürten, daß sie nicht beschreiben wollte, auf welche grausige Weise sie ihren Gemahl und ihren Vater verlor. Schließlich riß sich die Exorzistin aus ihrer Versunkenheit.

»Eine Zeitlang irrte ich wie ein Tier durch die Wälder.

Anfangs glaubte ich, die einzige Gefahr drohe mir von den Türken, den Wölfen und den Bären, die in den Wäldern hausten, aber gegen die wahren Fährnisse, die dort auf mich lauerten, waren die fremden Soldaten und die wilden Tiere geradezu harmlos.« Sie unterbrach sich und lachte ein bißchen. »Damals war ich hochmütig. Ich kannte die griechischen Mythen und die Geschichten von den Lamien, grausamen Frauen, die hübsche Kinder verschleppten, ihr Blut tranken und sich von ihrem Fleisch nährten. In den finsteren Wäldern der Walachei erfuhr ich, daß es solche entsetzlichen Vorkommnisse wirklich gibt, daß sie nicht nur Legenden sind, sondern auf Wahrheit beruhen.«

Sie holte tief Luft und begann von neuem. »Eines Tages erreichte ich ein Dorf und bettelte dort um Essen und Trinken. Man lud mich ein, an der Beerdigung eines jungen Mannes teilzunehmen, der von einem Baum gestürzt war. Der Leichnam war aufgebahrt, und in seiner Nähe fand der Leichenschmaus statt. Ausgehungert wie ich war, aß und trank ich, soviel ich konnte. Später wurde der Tote auf einem kleinen Friedhof neben der Kirche beigesetzt. Ich schlug mich wieder in die Wälder und hatte das Begräbnis bald vergessen. Ich wollte nicht in dem Dorf bleiben, weil ein Trupp türkischer Spahis – also berittene Soldaten – die Gegend unsicher machten. Doch als ich eines Nachts ganz allein vor einem kleinen Feuer saß, trat eine dunkle Gestalt aus dem Dickicht auf mich zu. Waffen vermochte ich nicht zu entdecken, und der Mann streckte in einer Geste des Friedens die Hände aus.«

Dame Edith schüttelte den Kopf. »In meiner Ahnungslosigkeit lud ich den Mann ein, näher ans Feuer heranzukommen und sich aufzuwärmen. Es war dunkel, und ich konnte sein Gesicht nicht erkennen. Als er sich zu mir auf den Boden setzte, schlugen die Flammen plötzlich hoch auf, und ich erstarrte vor Schreck. Sein Gesicht war leichenblaß, und die rotgeränderten Augen lagen tief in ihren Höhlen; es war derselbe Mann, an dessen Beerdigung ich erst eine Woche zuvor teilgenommen hatte. Stumm hockte er da, glotzte mich an, und ich war wie gelähmt. Vor Angst konnte ich gar nichts tun. Auf einmal grinste er, indem er die Zähne fletschte wie ein Wolf; er stand auf und huschte still wie ein Schatten in das Dickicht zurück, aus dem er gekommen war.«

Alexander rutschte unruhig auf seinem Stuhl hin und her; die Geschichte erinnerte ihn an sein eigenes unheimliches Erlebnis in der Stadt.

»Zuerst redete ich mir ein«, fuhr Dame Edith fort, »ich hätte ein Phantom gesehen, doch am nächsten Morgen sah ich die Fußabdrücke, die der Mann im weichen Waldboden hinterlassen hatte. Die Stelle, wo er am Feuer gehockt hatte, war noch genau zu erkennen. So schnell ich konnte, lief ich ins Dorf zurück und sprach dort mit dem Gemeindevorsteher. Ich dachte mir, der junge Mann sei vielleicht nur scheintot gewesen, und man hätte ihn lebendig begraben.« Die Exorzistin biß sich nervös auf ihre Lippe. »So etwas kommt manchmal vor – jemand fällt in eine tiefe Ohnmacht, und es scheint, als hätte das Herz aufgehört zu schlagen. Der Scheintote wird beerdigt, doch wenn das Grab flach genug angelegt ist, kann er sich mitunter befreien, wenn er rechtzeitig aus seiner Bewußtlosigkeit erwacht.« Edith Mohun schwieg und schien den nächtlichen Geräuschen draußen zu lauschen. Alexander kämpfte gegen seine eigenen Ängste an, die plötzlich in ihm wach wurden.

»Fahrt mit Eurer Geschichte fort, Mylady«, bat er leise.

»Der Dorfälteste hörte mir aufmerksam zu, und ich

merkte ihm an, wie erschrocken er war. Sofort ließ er alle Männer von den Feldern holen, und im Dorf ordnete er eine nächtliche Ausgangssperre an. Er erzählte mir, der junge Mann, den ich im Wald gesehen hätte, sei ein Strigoi geworden, ein Untoter.« Dame Edith befeuchtete ihre Lippen und senkte die Stimme zu einem kaum hörbaren Flüstern. »Natürlich glaubte ich ihm nicht, ich hielt den Dorfältesten für einen abergläubischen Bauern. Und aus meiner Skepsis machte ich keinen Hehl. Darauf hieß der Dorfälteste mich warten. Der Dorfrat trat zusammen, und mit dem Einverständnis des örtlichen Priesters öffnete man das Grab des jungen Mannes. Ich war dabei, und den Anblick, der sich mir bot, werde ich nie vergessen. Der Körper schien noch warm zu sein, er wirkte lebendiger als bei seiner Aufbahrung, und er wies keinerlei Verwesungsspuren auf. Die Glieder ließen sich biegen, und der Kopf lag seitwärts, wie wenn der Mann schliefe. Der Dorfälteste schien mit dem, was er sah, zufrieden zu sein. Ein zugespitzter Pfeil wurde gebracht und mitten durch das Herz des jungen Mannes getrieben.«

Die Exorzistin öffnete und schloß ein paarmal den Mund, ehe sie ihre Stimme wiederfand. »Der Schrei, den er ausstieß, gellt immer noch in meinen Ohren. Er zerriß einem die Seele und ging durch Mark und Bein.« Dame Edith seufzte. »Hinterher verbrannte man den Leichnam. Bis heute weiß ich nicht, ob der Mann, der an mein Lagerfeuer kam, ein Geist oder ein Dämon war.«

Als sie weitersprach, klang ihre Stimme härter. »Ein paar Tage später wurde ich von den Türken gefangengenommen. Sie versuchten, mich zu mißbrauchen. Doch weil ich mich so heftig wehrte, blendeten sie mich mit einer rotglühenden Eisenstange.« Jählings verstummte Edith Mohun. »Hört Ihr sie auch?« fragte sie leise.

Alexander und Sir Godfrey, die wie gebannt der Geschichte gelauscht und dabei auf nichts anderes geachtet hatten, spitzten die Ohren.

»Nein, was ist es denn, Mylady?« fragte der Ritter.

Edith hob einen Finger an ihre Lippen. »Horcht genau hin!« forderte sie die Männer auf.

Sie strengten sich an, und dann vernahmen sie das feine Quieken draußen in der Dunkelheit.

»Fledermäuse«, meinte Sir Godfrey.

»Wahrscheinlich verstecken sie sich tagsüber unter den Dachbalken.«

»In der Walachei«, fuhr die Exorzistin sinnend fort, »sagt man, die Fledermäuse seien Abgesandte der Strigoi, die Herolde dieser blutrünstigen Kreaturen, die durch die Nacht pirschen.«

Alexander schüttelte den Kopf. »Mylady, als nächstes behauptet Ihr noch, auch diese Fledermäuse seien von bösen Mächten ausgesandt worden.«

»Es wäre gut möglich.«

»Aber wie denn? Glaubt Ihr im Ernst, diese Strigoi lauern hier irgendwo in der Nähe? Wenn ja, dann werden wir sie jagen und töten, wie der Dorfälteste in der Walachei es mit ihnen tat.«

»Ihr kennt erst die halbe Geschichte, McBain«, sagte Lady Mohun in mahnendem Ton. »Das Schlimmste kommt noch. Ich wurde also von den Türken gefangengenommen, man blendete mich und nähte mir die Augenlider zu. Als Sklavin mußte ich auf den Feldern schuften, ärger als die dortigen Bauern, und die Bauern in der Walachei werden von ihren Herrschern benutzt wie Arbeitstiere, das könnt Ihr mir glauben. Anfangs hielt ich das Landvolk für primitiv und unwissend, doch von diesen einfachen Menschen erfuhr ich Dinge, die mir kein englischer Magister und keine noch so reiche Klosterbibliothek vermitteln konnte.

»In meinem vierten Jahr der Gefangenschaft suchten noch bösartigere Dämonen das Dorf heim, in dem ich lebte. Man hatte drei grausame Verbrecher hingerichtet, wahre Söhne Satans. Der Dorfpriester, ein frommer Mann, drängte darauf, die Leichname dieser drei Bösewichte zu verbrennen. Doch der türkische Kommandant lachte ihn aus, und man ließ die Toten am Galgen hängen.«

Edith Mohun schwieg eine Weile und schien in sich hineinzuhorchen. »Eine Woche später erfolgte der erste Angriff. Man fand ein junges Mädchen mit aufgeschlitzter Kehle; in dem Körper befand sich kein einziger Blutstropfen mehr. Ein Mord folgte dem nächsten, eine Tat war schrecklicher als die andere. Die Türken ließen Soldaten anrücken, Spahis und sogar einen Trupp Janitscharen. Sie durchkämmten die Gegend, doch von den Mördern fanden sie keine Spur.«

Sie griff nach Alexanders Hand. »Eines Tages war ich im Wald und pflückte Beeren – das tat ich, um die mir verbliebenen Sinne zu schärfen und meine Blindheit zu bewältigen. Ein junger Bursche aus dem Dorf hatte mich hingebracht. Plötzlich zerrte er an meinem Umhang und flüsterte mir zu, ich solle mich hinter ein Gesträuch ducken. Ich tat es, und der Junge erklärte mir, er habe einen Spahi gesehen, der wiederum von irgendwelchen Leuten verfolgt würde. Sie hätten sich in den Bäumen verborgen und lauerten ihm nun auf. Ich hörte, wie sich etwas bewegte, und dann wieherte ein Pferd. Dann vernahm ich einen entsetzlichen Schrei. Der Junge neben mir fiel in Ohnmacht.« Die Exorzistin drückte Alexanders Hand. »Ungefähr eine Stunde lang blieb ich bei dem Jungen, hilflos in meiner Blindheit, und mußte die grauenhaftesten Geräusche mitanhören.« Unvermittelt hielt die Dame inne und hob wie lauschend den Kopf.

»Was ist?« fragte Alexander.

»Ich dachte, ich hätte von draußen etwas gehört. Aber ich bin mir nicht sicher. Wie dem auch sei, schließlich kam der junge Bursche wieder zu sich, und wir kehrten ins Dorf zurück. Zwei Tage lang versteckte er sich in seiner Hütte, unfähig zu sprechen. Erst dann berichtete er uns, was er beobachtet hatte.

Er sagte, eine Holzfällerfamilie, bestehend aus einem Ehepaar und ihrem ungefähr siebzehn Jahre alten Sohn, hätten den Spahi angegriffen. Die Leute sahen völlig normal aus, doch die Attacke erfolgte mit einer ungeheuren Wildheit. Sie sprangen den Spahi an und brachten Roß und Reiter zu Fall. Der Sohn durchbiß die Kehle des Soldaten, wie ein Fuchs ein Huhn reißt. Dann hängten sie den Leichnam ins Geäst eines Baumes und ließen ihn ausbluten. Als sie anfingen, das Blut zu trinken, fiel der Dorfjunge in Ohnmacht.«

Wie vom Donner gerührt starrte Alexander abwechselnd die Exorzistin und Sir Godfrey an. Er hätte die Geschichte ins Reich der Fabel verwiesen, doch man merkte Edith Mohun die innere Aufgewühltheit und das Entsetzen an. Auf ihrer Stirn perlte der Schweiß in feinen Tröpfchen.

Sir Godfrey hatte schon viele Menschen gesehen, die sich fürchteten, doch die Angst der Exorzistin überstieg alles, was er bisher erlebt hatte.

Mit schwankender Stimme fuhr sie fort: »Zuerst wollte niemand dem Jungen Glauben schenken, dennoch ließ man die Hütte des Holzfällers beobachten. Die Familie benahm sich völlig normal. Nur eines fiel dem örtlichen Priester auf: Obwohl die Familie des Holzfällers die Kirche nach wie vor aufsuchte, nahmen sie nie mehr das Sakrament ein, und stets stellten sie sich so hin, daß sie während der Messe nicht den Altar anzuschauen brauchten.« Noch einmal drückte die Dame Alexanders Hand. »Master McBain und Sir Godfrey, behaltet gut in Eurem Gedächtnis, was ich Euch erzähle. Die Altweibergeschichten über die Macht des christlichen Kreuzes und die abschreckenden Kräfte von Knoblauch und anderen Kräutern dürft ihr getrost vergessen, sie sind samt und sonders Humbug. Meine Geschichte kann Euch jedoch einiges lehren.«

»Und wie ging es weiter?« fragte Alexander. Edith Mohuns Hand fühlte sich eiskalt an, und langsam griff die Kälte auf seinen Körper über.

»Ein neuer türkischer Kommandant wurde ernannt, ein weiser, älterer Mann. Er ordnete an, den Holzfäller mitsamt seiner Familie zu vernichten. Sie sollten getötet, verbrannt und ihr Haus dem Erdboden gleichgemacht werden.«

»Wurde dieser Befehl ausgeführt?« wollte Sir Godfrey wissen.

»Ja. Bei Sonnenaufgang zog ein Trupp Soldaten los. Aber die Holzfällerfamilie kämpfte wie eine Schar Dämonen. Sie schienen übernatürliche Kräfte zu besitzen. Der Dorfälteste, der ein Augenzeuge der Geschehnisse war, berichtete, der junge Mann allein hätte acht Janitscharen getötet, ehe man ihn überwältigen konnte.« Die Exorzistin stieß einen lauten Seufzer aus. »Doch sobald der junge Bursche tot war, begann der Terror erst richtig. Ihr seid ein Soldat, Sir Godfrey, wenn Euer Feind fällt, vergeßt Ihr ihn.«

»Stand der junge Mann etwa wieder auf, nachdem man ihn bereits tot wähnte?«

»Schlimmer noch. Plötzlich wandte sich ein Janitscharen-Offizier gegen seine eigenen Leute und fing an, sie umzubringen. Die Türken erkannten, daß sie nicht gegen Menschen aus Fleisch und Blut kämpften, sondern gegen Geisterwesen, die sich verschiedener Körper bemächtigen konnten. Starb ein Mensch, so verließen sie dessen Leib und suchten sich eine neue Heimstatt.«

Sir Godfrey schüttelte den Kopf. »Mylady, das ist unmöglich!«

»So, glaubt Ihr meine Geschichte nicht? Als Christus einmal bei einem Manne einen Dämon austrieb, bat ihn diese Ausgeburt der Hölle um eine neue Heimstatt! Ich habe oftmals einen Exorzismus durchgeführt, und die Prozedur ist immer dieselbe. Man fordert den Dämon auf, seinen Namen zu nennen, und dann beginnt das feierliche Ritual. Meistens kreischt der Dämon, man solle ihm eine neue Bleibe zuweisen, und jedesmal lautet die Antwort des Exorzisten: ›Fahr dahin in den finsteren Abgrund der Hölle!‹ Was ich in der Walachei erlebte, war jedoch etwas anderes. Die Geisterwesen, die dort mordeten, waren Fürsten der Unterwelt; sie besaßen die Macht, von einem toten Leib in einen lebendigen Körper zu schlüpfen. Deshalb nannten die Bauern sie Strigoi; es sind Untote, Geister, die sich eines Menschen bemächtigen und ihn zu fürchterlichen Taten anstacheln.«

»Aber wieso trinken sie Blut?«

Edith faßte an das Kruzifix, das sie an einer Kette um den Hals trug. »Der Dämon wohnt in einem menschlichen Körper und veranlaßt diesen, zu morden. Er braucht das Blut als Nahrung, aus dem Blut beziehen die Strigoi ihre entsetzlichen Kräfte.« Sie atmete tief durch. »Der türkische Kommandant tat etwas sehr Mutiges. Er ließ die Attacke abbrechen und forderte den Priester auf, das Ziborium mit einer geweihten Hostie zu holen. Der Priester kam seinem Wunsch nach, und während des zweiten Angriffs hielt er das Ziborium hoch. Nachdem der Holzfäller und seine Frau tot waren, verbrannte man sie sofort, und zwar benutzte man griechisches Feuer. Wenn man sich mit dem Verbrennen der Leichname beeilt, scheint der Exorzismus leichter zu glücken, und die Dämonen müssen in die Finsternis zurückkehren.«

Die Dame verstummte, und Alexander starrte grübelnd ins Leere. »Meint Ihr, hier hätten wir es mit solchen Dämonen zu tun, Lady Mohun?« fragte er.

»Ja, Alexander. Wir kämpfen nicht gegen Fleisch und Blut, sondern gegen die Herren der Hölle höchstselbst.«

»Gibt es denn keine Möglichkeit, die besessenen Kreaturen zu entdecken?«

»Nein. Sie reden, singen, weinen, essen und trinken wie alle anderen Menschen. Sie verhalten sich völlig gewöhnlich, egal, aus welchem Stand sie stammen. Aber eines weiß ich: Sie können während der Messe das Sakrament nicht nehmen. Wenn man sie bloßstellt, und das ist gewiß nicht einfach, zeigen sie alsbald ihre wahre Natur.«

»Wie viele könnten hier in Oxford ihr Unwesen treiben?« fragte Alexander.

»Das weiß ich nicht. Es könnte lediglich ein einzelner sein, aber genausogut könnten wir es mit einer Gruppe von zehn, zwanzig und mehr Wesen zu tun haben.«

»Kann ihre Anzahl wachsen?«

»Das glaube ich nicht. Aber sie wird auch nicht geringer. Wenn ein Körper, der von einem Strigoi besessen ist, nicht gleich nach seinem Tod verbrannt wird, fährt der Dämon in einen anderen Menschen hinein, um ihn zu beherrschen. Es ist wie eine fürchterliche Krankheit, die zum Tode führt und weitergegeben wird.«

Alexander schloß die Augen und sprach in Gedanken ein kurzes Gebet.

Ihm schauderte immer noch, wenn er an die grausige Szene in dem Mordhaus dachte. »Ihr habt mich immer noch nicht ganz überzeugt«, sagte er dann. »Vielleicht steckt doch etwas anderes hinter diesen Schandtaten. Woher wollt Ihr wissen, daß die Mörder, die sich hier herumtreiben, Strigoi sind?«

»Aus zwei Gründen. Die hiesige Universität verfügt über ein umfangreiches Archiv. In einem befindet sich eine Chronik, die ein Mönch aus Osney geschrieben hat. Sie ist voller seltsamer Geschichten – der Mönch berichtet von Erscheinungen, von wundersamen Heilungen und fürchterlichen Geschehnissen. Die Chronik entstand ungefähr fünfzig Jahre nach der Eroberung Englands durch die Normannen, und es wird ein sonderbarer Orden erwähnt, dessen Mitglieder in Kent an Land gingen und dann nach Oxfordshire weiterzogen. Sie nahmen Besitz von einem halbzerfallenen, alten Turm in der Wildnis und setzten ihn instand. Der Orden gab sich den Anschein, als bestünde er aus gottesfürchtigen Männern und Frauen, aus Pilgern, die irgendeinen heiligen Eid geschworen hatten – bis dann das Morden begann.«

»Und sie alle waren Strigoi?« unterbrach Alexander jetzt Edith.

»Ja. Sie kamen aus der Walachei oder einem nahegelegenen Ort, Moldawien, einem Fürstentum auf dem Balkan. William, der erste normannische König, ließ den Turm, in dem sie hausten, schleifen . . .«

»Was wurde aus den Strigoi?«

»Das weiß Gott allein, aber ich befürchte, daß nicht alle mit Stumpf und Stiel vernichtet wurden.«

»Wie kommt Ihr darauf?«

»Es könnte sein, daß ihr Anführer in einem unterirdischen Gang begraben wurde. Vielleicht hat jemand ihn befreit, und sein dämonischer Geist kann nun nach Belieben umherstreifen.«

»Das hieße aber doch, daß wir es nur mit einem einzigen Strigoi zu tun hätten«, wandte Sir Godfrey ein.

»Mag sein, doch dieser ist ein Fürst der Hölle und kann seine Vasallen zu Hilfe rufen.«

»Könnten wir sein Versteck nicht ausräuchern?« schlug Alexander vor.

Edith Mohun lächelte kurz. »Dazu müßten wir wissen, wo es sich befindet. Der Schaden ist ohnehin angerichtet – der Geist dieses Ungeheuers ist frei, vielleicht sogar sein Körper.«

»Wie suchen sich die Strigoi ihre Opfer aus, die sie in Besitz nehmen?«

Die Exorzistin setzte eine nachdenkliche Miene auf. »Gemeinhin nimmt man an, nur böse Menschen würden diese Dämonen anziehen. In manchen Fällen mag das stimmen, aber oftmals trifft es die charakterlich schwachen Menschen, die einem Angriff nichts entgegenzusetzen haben. Und jeder, der nicht regelmäßig das Sakrament zu sich nimmt, ist anfällig für die Mächte der Finsternis.«

Sir Godfrey ergriff das Wort. »Aber Eure Geschichte ist immer noch nicht beendet, nicht wahr, Lady Mohun?«

Alexander merkte, wie die Exorzistin vor Angst zu zittern begann.

»Da ich mit dazu beigetragen hatte, die Holzfällerfamilie als Dämonen zu entlarven, ließ es der türkische Kommandant zu, daß die Hospitaliter ein Lösegeld für mich zahlten, und ich durfte nach England zurückkehren. Bevor ich jedoch aufbrach, erzählte mir der Kommandant, der ein gläubiger Moslem war, etwas sehr Merkwürdiges.« Sie befingerte die Binde, die sie um die Augen trug.

»Was sagte er Euch?«

»Kurz bevor der letzte Strigoi in dem Gemetzel bei der Hütte des Holzfällers vernichtet wurde, stieß er einen fürchterlichen Fluch aus. Der Dämon schrie: ›Die Blinde soll wissen, daß wir uns eines Tages wiederbegegnen werden. Dann wird sie alt sein und sich in Begleitung eines Königssohns befinden!‹«

Alexander sperrte Mund und Augen auf.

»Versteht Ihr endlich«, flüsterte Edith. »Euer Name, McBain, bedeutet ›Sohn eines Königs‹. Als die Nachricht von den Morden in London eintraf, und der Kanzler mich in Kenntnis setzte, wer mir beistehen würde, erfuhr ich Euren Namen, Alexander McBain. In diesem Augenblick wurde mir klar, welche Dämonen mich in Oxford erwarten.«

Alexander bemühte sich, seine aufkeimende Panik zu verbergen.

»Dann kannten die Strigoi mich also, noch ehe ich geboren wurde?«

»Sie wußten, daß jemand mit Eurem Namen eines Tages ihr Feind sein würde.«

»Aber sagt, wie können die Strigoi aus der Walachei dieselben sein, die jetzt die Straßen von Oxford unsicher machen?«

»Ich werde versuchen, es Euch zu erklären, McBain. Ihr fragtet mich bereits, ob sich die Strigoi vermehren. Nein, das können sie nicht. Stellt sie Euch als eine feindliche Macht vor, die ein großes Gewässer überquert und am anderen Ufer einen Brückenkopf errichtet, damit andere ihres Schlages nachrücken können.« Die Exorzistin brachte ihr Gesicht dicht an Alexanders Antlitz heran. »Wenn wir die Strigoi, die in England Fuß gefaßt haben, nicht zerstören, dann werden sie ihre Macht ausweiten, und andere werden ihnen folgen.« Sie umklammerte sein Handgelenk. »Glaubt mir, Alexander, uns stehen schlimme Tage bevor.«

Abrupt stand Dame Edith auf und verließ das Refektorium. Zurück blieben Alexander und Sir Godfrey, zu Tode erschrocken. Alexander holte tief Luft, trat an das Fenster heran und schaute zu den Sternen empor.

»Ich vertraue auf meinen Gott«, murmelte er und sprach das Gebet des Heiligen Patrick. »Möge Jesus mich begleiten, immerdar und auf allen meinen Wegen.«

Sir Godfrey stimmte in das Gebet ein. Er erhob sich gleichfalls von seinem Platz, stellte sich mit dem Gesicht gen Osten und beugte das Knie. Dann bekreuzigte er sich und begab sich schweigend nach oben in seine Kammer.

Alexander blieb noch eine Weile am Feuer sitzen und beobachtete die Flammen, die wie winzige Teufelchen in ihrer eigenen kleinen Hölle tanzten.

»Alexander«, flüsterte er zu sich selbst, »deine Zeit ist gekommen!« Grimmig lächelte er in sich hinein. »Du wirst ein Held sein, Alexander! Sprich nur immer fromm deine Gebete und behalte die Hand fest am Schwertknauf.«

Leise summte Alexander vor sich hin. Er wurde schläfrig, doch kurz bevor er einnickte, fielen ihm die Worte eines berühmten gälischen Heldengedichts wieder ein: »Die da gegen Ungeheuer kämpfen, müssen achtgeben, daß sie nicht selbst zu Ungeheuern werden; denn wer in den Schlund der Hölle schaut, der wird auch von der Hölle entdeckt!«

KAPITEL 4

Am nächsten Morgen nahmen Alexander und Sir Godfrey das Frühstück im kleinen Refektorium des Gästehauses ein. Die stets gutgelaunte Mathilda brachte ihnen feines Weizenbrot, würzigen Schafskäse und zwei Humpen Ale. Sir Godfrey hatte sein Gebet bereits gesprochen; vor dem Bett kniend, hatte er all sein Tun den fünf Wunden Christi geweiht und die Heilige Jungfrau um Schutz gebeten.

Der praktischer veranlagte Alexander betete, während er sich ankleidete. Nun saßen beide Männer am Tisch, stopften Brot mit Käse in sich hinein und dachten über das nach, was die Exorzistin ihnen am vergangenen Abend erzählt hatte. Alexander nahm sich eines der hellen kleinen Brote, brach ein Stück davon ab und sagte:

»Man sollte nur Weizenbrot essen. Ein jüdischer Arzt aus Salerno erzählte mir einmal, Roggenbrot verwandele die Eingeweide zu Wasser und mache schlechte Träume.«

»Wir sind bereits mitten in einem Alptraum«, knurrte Sir Godfrey. »Die drei hingemetzelten Frauen, dann Ediths Geschichte . . . Was haltet Ihr eigentlich von der Exorzistin, Alexander?«

»Ich habe in Cambridge studiert, Sir Godfrey. Ich wurde in Logik sowie in den Fächern des Quadrivium und des Trivium unterrichtet. In meiner Welt darf es nur das geben, was man sehen, anfassen oder zweifelsfrei aus bestimmten Voraussetzungen erschließen kann. Aber . . .« Er stockte und kratzte sich am Kopf. »Aber der Heilige Paul sagt auch, daß wir nicht nur gegen Fleisch und Blut kämpfen, sondern auch gegen die Heerscharen des Teufels, die von den Fürsten der Lüfte befehligt werden. Diese Kreaturen ziehen durch Gottes Schöpfung, stets bereit, das Werk des Bon Seigneur zu zerstören.«

Sir Godfrey brummelte etwas in seinen Bart.

»Habt Ihr etwas gesagt?« Alexander beugte sich vor.

»Ich kämpfe gegen Fleisch und Blut«, entgegnete der Ritter. »Und gestern abend sahen wir das Werk von Fleisch und Blut.«

Alexander schüttelte den Kopf. »*Sic et non*, wie der große Abelard sagen würde. Ja und nein, Sir Godfrey. Was wäre, wenn die Menschen, die diese Morde begingen, entweder tatsächlich von Dämonen besessen sind oder allen Ernstes daran glauben, jemand anders zu sein?«

»Wie meint Ihr das?« fragte der Ritter schroff.

»Nun, in Cambridge gab es einen Mann, den die Leute für einen Idioten hielten. Er hauste in den Kellergewölben einer Taverne an der Straße nach Trumpington. Er behauptete, der Engel Gabriel zu sein, und nichts und niemand konnte ihn vom Gegenteil überzeugen.«

»Ja, und?«

Alexander grinste. »Was ist, wenn er wirklich der Engel Gabriel war?«

Sir Godfrey steckte sich ein Stück Käse in den Mund und achtete nicht auf Alexanders schelmisches Augenzwinkern. Der junge Sekretär trank sein Bier aus.

»Sir Godfrey, wer immer die Mörder sein mögen, wir stehen im Begriff, das Tal des Todes zu betreten. Aber . . . Alexander konnte sich einen leicht schalkhaften Ton nicht verbeißen, ». . . wir haben Euer Schwert, meinen Verstand und Ediths Gebete.«

»Ich weiß nicht, ob das ausreicht.«

Überrascht blickten der Ritter und der Sekretär zu

Edith Mohun auf, die in der Tür stand. Verlegen standen beide Männer auf. Alexander bemerkte, daß Dame Edith heute ein elegantes, standesgemäßes Gewand trug. Das dunkelblaue Kleid hatte einen silbernen Besatz, und ein dazu passender Schleier bedeckte ihr Haupt. Wieder staunte Alexander über Ediths jugendliches Gesicht. Der Teint war zart, die vollen, roten Lippen wirkten wie die eines jungen Mädchens.

»Gott hat uns nicht dazu geschaffen, daß wir leiden und uns elend fühlen«, sagte sie und betrat das Refektorium.

Alexander errötete und biß sich auf die Lippe. Die Exorzistin schien seine Gedanken erraten zu haben. Er wunderte sich, mit welcher Sicherheit und Zielstrebigkeit sich die Frau trotz ihrer Blindheit bewegte. Anmutig, wie eine Hofdame der Königin selbst, nahm sie am Kopfende des Tisches Platz. Sie streckte die Hand aus.

»Habt Ihr gut gegessen?« Sie nahm sich einen kleinen Brotlaib und brach ihn durch.

»Frischgebackenes Brot und Käse, Mylady«, antwortete Sir Godfrey. »Dazu kräftiges Bier; etwas Besseres gibt es nicht.«

Die Exorzistin lachte fröhlich. »Ihr habt recht, Sir Godfrey. Ihr tut gut daran, Euch zu stärken. Der Teufel weiß einen leeren Magen und einen matten Geist zu seinem Vorteil zu nutzen. Habt Ihr Eure Gebete gesprochen?« fragte sie ernst.

»Ja, Mylady.«

»Und habt Ihr Euch schon einen Plan zurechtgelegt?«

Die Männer tauschten verwirrte Blicke aus.

»Bevor man einen dunklen Raum betritt«, sagte die Exorzistin, »sollte man nach der Wand tasten. Was wißt Ihr bereits?«

Alexander schob seinen Krug beiseite. »Möchtet Ihr Ale trinken, Mylady?«

»Gern, aber nur einen kleinen Krug voll.«

Alexander stand auf, füllte seinen Krug bis zum Rand mit Bier und brachte ihn der Exorzistin.

»Eure Hände sind ganz warm«, meinte sie lächelnd, als sie seine Finger berührte. »Das Blut fließt heiß in Euren Adern, Alexander McBain, und das ist gut so. Doch nun beantwortet bitte meine Frage.«

»Wir wissen nur sehr wenig«, erwiderte Sir Godfrey, während er die Exorzistin prüfend musterte. Ihn beschlich das unheimliche Gefühl, sie könne trotz ihrer Blindheit jede seiner und Alexanders Bewegungen genau verfolgen.

»Und was gedenkt Ihr zu tun?«

»Es gibt verschiedene Anhaltspunkte, die wir näher verfolgen müssen. Zuerst sollten wir eigene Nachforschungen über die Studenten anstellen, die spurlos verschwunden sind. Außerdem sollten wir die sonderbaren Vorgänge im Trinitarierkloster näher in Augenschein nehmen.«

Die Exorzistin nickte beifällig.

»Immerhin wurde das Kloster an derselben Stelle erbaut, an der früher der Bergfried der angeblichen Strigoi stand«, fuhr Sir Godfrey fort. »Vielleicht gibt uns auch der plötzliche und offenbar mysteriöse Tod des Abtes einige Aufschlüsse. Alsdann sollten wir der Familie Mortimer einen Besuch abstatten.« Er wandte sich an Alexander. »Wo wohnt sie?«

»In der Nähe von Woodstock.«

»Es könnte recht nützlich sein, dem Studenten, der zur Zeit im Stadtgefängnis sitzt, einige Fragen zu stellen. Vielleicht weiß er etwas.«

Edith Mohun wischte sich die Finger an einem Tüchlein ab. »Dann sollten wir gleich mit den Nachforschungen beginnen.«

Verdutzt sahen die Männer sich an.

»Ich komme mit Euch«, verkündete die Exorzistin in einem Ton, der keinen Widerspruch duldete. »Auch wenn ich blind bin, kann ich Euch von Nutzen sein.« Ihr Gesicht nahm einen ernsten Ausdruck an. »Ihr hört nur mit den Ohren, meine Herren, aber ich vermag mit der Seele zu lauschen.« Sie stand auf und hob eine Hand. »Ich gebe Euch mein Wort, sobald ich Euch behindere, kehre ich um.«

Alexander sah Sir Godfrey an. Der zuckte die Achseln und spreizte die Finger.

»Dann begleitet uns, Mylady«, sagte der Ritter. »Aber Ihr dürft Euch nicht in Gefahr begeben.«

»Gefahr?« Die Exorzistin schmunzelte. »Edler Ritter, mein ganzes Leben lang war die Gefahr mein ständiger Begleiter.«

In diesem Augenblick klopfte es erneut an der Tür. Die Äbtissin trat ein und brachte einen ziemlich abgerissen aussehenden Soldaten mit; seine Stiefel waren mit Kot bespritzt, und sein schäbiger Rock wies zahlreiche Flecken auf. Der Bursche verbeugte sich, und Alexander fiel auf, daß er von der Exzorzistin ganz hingerissen zu sein schien. Die Äbtissin, die hinter ihm stand, verzog angewidert das Gesicht. Der Kerl stank nach Pferdeschweiß und wischte sich die laufende Nase ständig mit dem Handrücken ab.

»Der Sheriff hat ihn geschickt«, erklärte die Äbtissin. »Was ist, Mann? So sprecht schon.«

»Sir Oswald«, der Bote schloß die Augen, »Sir Oswald übersendet seine, seine . . .«

»Komplimente?« half Godfrey gereizt aus.

»Nein, Sir, seine Grüße. Er wünscht Eure Anwesenheit auf der Burg. Sofort.«

»Weshalb?« fragte Alexander.

Der Soldat machte die Augen wieder auf. »Ich weiß es nicht, Master, aber heute früh brachte man einen Leichnam. Er war in ein Leichentuch gewickelt, und als man ihn herbeitrug, tropfte das Blut auf den Boden. Sir Oswald befahl, ihn in das Kellergewölbe zu schaffen.«

»Noch ein Mord«, flüsterte die Exorzistin. »Vielleicht sollten wir mit unseren Nachforschungen in der Burg beginnen.«

Der Bote wurde entlassen; Godfrey und Alexander legten ihre Umhänge um und griffen nach den Schwertern. Die Exorzistin wechselte noch ein paar Worte mit der Äbtissin, die sich nach eventuellen Wünschen erkundigte.

»Ich brauche ein Pferd«, sagte die Exorzistin. »Ein fügsames, aber kräftiges Reittier, einen Zelter, wenn Ihr einen in Euren Stallungen habt.«

Die Äbtissin führte sie zu den Ställen. Als sie am Garten vorbeikamen, hörten sie ein Mädchen singen. Alexander blieb stehen.

»Ist das nicht ein französisches Lied? ›*La belle dame sans merci*‹; die Dame ohne Mitleid.«

Alexander fackelte nicht lange; kurzerhand schlüpfte er durch eine Lücke in der Hecke, die die Sängerin vor ihren Blicken verbarg. Sein Gesicht nahm einen zärtlichen Ausdruck an, als er Lady Emily erkannte; das junge Mädchen stand neben einem kleinen Brunnen, auf ihrer behandschuhten Hand saß eine weiße Taube. Lady Emily streichelte sanft die Brust des Tieres und sang dabei selbstvergessen vor sich hin.

Sir Godfrey ging Alexander hinterher. Beide Männer gafften in sprachlosem Staunen, denn die frühe Morgensonne fing sich in dem offenen Haar des Mädchens und schmückte es mit einem Strahlenkranz. In ihrem purpurroten Kleid, das von einem silbernen Gürtel gerafft wurde, erinnerte sie Alexander an eine Märchenprinzessin aus einem Legendenbuch, das er in Cambridge gelesen hatte.

»Ein Traumbild«, murmelte er.

Das Mädchen sang unbekümmert weiter. Godfrey fragte sich, wieso sein Herz plötzlich stockte, sein Blut rauschte und sein Puls zu rasen anfing.

Potztausend, dachte er. Ich habe sie erst zweimal gesehen und benehme mich wie ein liebestrunkener Tölpel.

Nun gesellten sich Constance und Edith zu den Männern. Die Taube schlug mit den Flügeln. Emily hörte auf zu singen, als sie merkte, daß sie beobachtet wurde. Behutsam setzte sie die Taube auf den Boden und blickte die Gruppe aus Zuschauern kokett an.

»Guten Morgen«, grüßte sie leise.

Alexander ging auf sie zu. Seine Stiefel knirschten auf dem Kies. Die Taube erhob sich flatternd in die Höhe und kreiste über dem Mädchen. Alexander machte eine tiefe Verbeugung.

»Mistress, vergebt meine Kühnheit, aber noch nie habe ich gehört, daß dieses Lied so schön gesungen wurde.«

»Meine Mutter hat es mich gelehrt.«

Alexander schaute zu dem kreisenden Vogel hinauf. »Ist es eine zahme Taube?«

»Ja.«

Er blickte dem Vogel hinterher, der sich strahlendweiß gegen den blauen Himmel abhob.

»Dann beneide ich sie.«

»Warum, Sir?« Lady Emily klimperte mit den Augenwimpern, während sie ihn spitzbübisch lächelnd ansah.

»Weil sie in Eurer Nähe sein darf.«

Das Mädchen errötete. Die Äbtissin räusperte sich vernehmlich, doch die Exorzistin lachte vergnügt.

»Habt Ihr Lady Edith Mohun schon kennengelernt?« Sir Godfrey fand, seine Stimme klänge lauter als nötig.

Dame Constance übernahm die Vorstellung. Emily trat unbefangen vor und küßte die Exorzistin sanft auf die Wangen.

»Ihr müßt sehr schön sein«, meinte Edith. »Und Eure Stimme klingt einfach herrlich.« Sie wandte sich an Alexander. »Kennt Ihr dieses Lied wirklich?« fragte sie.

Alexander ergriff die Gelegenheit, um sich in Pose zu werfen. Er stellte ein Bein vor, streckte die Brust weit heraus und stemmte die Hände in die Hüften.

»Vielleicht möchte Lady Emily mich begleiten? Wie lautet der erste Vers?«

»La nuit devient trop tard.«

Mit einem wohltönenden Bariton fing Alexander an zu singen. Bei der dritten Zeile fiel Emily ein. Ein hübscheres Duett hatte Sir Godfrey noch nie gehört. Als das Lied zu Ende war, blickte selbst die gestrenge Constance milde drein. Die Exorzistin klatschte in die Hände, doch Sir Godfrey stand stocksteif da, hin und hergerissen zwischen seinem Neid auf Alexander und seiner Bewunderung für das bildschöne, lebhafte Mädchen.

»Das reicht jetzt!« nahm Lady Constance das Heft wieder in die Hand. »Master McBain, der Sheriff erwartet uns.«

Alexander nahm Emilys Hand und führte sie an seine Lippen. Sein Mund ruhte ungebührlich lange auf der glatten, seidigen Haut, und dabei spähte er dreist zu Emilys

Gesicht hinauf. Emily tat so, als ob sie sich zierte; als die Etikette und Constances grimmiger Blick es verlangten, entzog sie Alexander schließlich die Hand.

»Mistress«, säuselte Alexander, »Ihr solltet viel öfter singen.«

»Aber nur, wenn Ihr die Güte hättet, mich zu begleiten«, konterte Emily verschmitzt.

Alexander trat einen Schritt nach hinten und machte eine formvollendete Verbeugung. Anstatt sich danach umzudrehen und von dannen zu eilen, entfernte er sich rückwärts gehend, als könnte er den Blick nicht von Emily abwenden. Emily fing an zu kichern. Die Äbtissin übernahm die Führung und marschierte los, während die Exorzistin nach Alexanders Hand griff.

»Kommt mit, Sir«, tuschelte sie ihm zu. »Die Äbtissin mag Euch, aber treibt Euer Spiel nicht auf die Spitze.«

Sir Godfrey wartete ab, bis Alexander und die beiden Frauen auf der anderen Seite der Hecke verschwanden. Dann ging er auf Emily zu. Gern hätte er eine gefällige Miene aufgesetzt, doch er wußte, daß sein Lächeln gekünstelt ausgefallen wäre, deshalb behielt er seinen ernsten Ausdruck bei. Emily sah ihn verwundert an. Sie erkannte das Feuer der Leidenschaft in seinen Augen und wußte, daß dieser Mann nichts von oberflächlichen Tändeleien hielt. Sie faltete die Hände.

»Und Ihr habt es nicht eilig, Sir Godfrey?«

Der Ritter streckte die Hand aus, und Emily ergriff sie. Mit einer Verbeugung drückte Sir Godfrey ihr einen Kuß auf die schmalen Finger. Nachdem er die Hand kurz gestreichelt hatte, ließ er sie wieder los.

»Mylady, ich bin Euer ergebenster Diener.«

Emily errötete. Dieses Mal jedoch nicht aus Koketterie, sondern weil die feurige Leidenschaft in Sir Godfreys

Blick sie verwirrte. Sie öffnete den Mund, um etwas zu sagen, doch Sir Godfrey machte auf dem Absatz kehrt und schloß sich Alexander und den beiden Damen an, die bereits zu den Ställen vorausgegangen waren. Die Reitknechte hatten einen stämmigen grauen Zelter auf den Hof geführt, und Alexander half der Exorzistin beim Aufsitzen. Sie wandte ihr Gesicht Sir Godfrey zu.

»Ich weiß, was Ihr denkt, Sir Godfrey«, rief sie in forschem Ton. »Aber obwohl ich blind bin, bin ich noch lange nicht hilflos. Ich kann ein Pferd so sicher reiten wie jeder andere.« Sie berührte den hölzernen Knauf des langen Dolches, den sie normalerweise unter ihrem Umhang trug, der jetzt jedoch in einer Scheide am Sattelhorn befestigt war. »Und sollte es zu einem Scharmützel kommen, so vermag ich Hiebe auszuteilen.« Ein vieldeutiges Schmunzeln begleitete diese Worte. »Aber gebt gut acht, daß Ihr mir nicht zu nahe kommt. Manchmal fällt es schwer, Freund von Feind zu unterscheiden.«

Alexander lachte schallend über diese kurze Ansprache, während er und der Ritter sich gleichfalls auf ihre Rösser schwangen.

»Sir Godfrey«, rief die Äbtissin, »der Sekretär sagte mir, Ihr wolltet die Familie Mortimer besuchen?«

»Ja. Haben sie ihren Wohnsitz nicht in der Nähe von Woodstock?«

Die Äbtissin schüttelte den Kopf. »Hier lebt niemand mehr, der den Namen Mortimer trägt. Es tut mir leid, ich hätte es Euch schon früher erzählen sollen. Der letzte Abkömmling der Familie ist Sir Oswald Beauchamp, der Sheriff. Ich dachte, Ihr wüßtet es.«

Sir Godfrey schüttelte den Kopf. »Ich hatte nicht die geringste Ahnung.«

Sie ritten aus der Klosteranlage heraus; Alexander

führte das Pferd der Exorzistin am Zügel. Kurz darauf mußten sie ausweichen, als ein plumper Karren vorbeirumpelte; die Gerichtsdiener der Stadt beförderten den Leichnam eines Selbstmörders nach Eastgate, wo er in ungeweihter Erde verscharrt werden sollte.

Dann ging es weiter die High Street hinauf in Richtung der Burg. Nach den schweren Regengüssen vom Vortag waren die Wege aufgeweicht, und die Abflußrinne, die in der Straßenmitte verlief, quoll über. Doch die Aussicht auf besseres Wetter, das Geläut der Glocken von verschiedenen Kirchen und die ausgelassenen Rufe der Scholaren hatten die Menschen nach draußen gelockt.

Benediktinermönche in schwarzen Kutten, weißgewandete Karmeliter, dazu Scharen von Studenten, pflügten sich durch die dichtgedrängte Menge. Manche Studenten hatten sich farbenfroh aufgeputzt, andere wiederum gingen in Lumpen; ihre gelben Gesichter wirkten verbittert, und eine Hand ruhte beständig am Dolchgriff.

Diener trotteten vorbei, um dickleibige Bücher zu den Lateinschulen zu schleppen. Ein Priester, dem ein silbernes Kreuz vorangetragen wurde, murmelte Gebete für die Seele des Toten, den man auf einem holpernden Fuhrwerk wegkarrte. Hin und wieder erspähte Alexander auch Lehrende: Die Doctores trugen Mäntel aus karmesinrotem Tuch, die Theologen hatten sich pelzverbrämte Kapuzen übergestülpt, und die Magister der freien Künste fielen durch ihre glänzendweißen Mützen auf.

Die meisten Menschen machten einen zielstrebigen Eindruck, wenn sie in den zahlreichen Hallen, die die High Street säumten, ein und aus gingen oder sich in die Garküchen zwängten, angelockt vom Duft geschmorten Fleisches und gebratener Zwiebeln.

Bauern in derben Holzpantinen und mit braunen oder

grünen Kapuzen rempelten reiche Bürger in wollenen Mänteln an. Emsige Dienstmädchen eilten mit ihren Körben die Stände entlang und kauften für ihre Herrschaft ein.

Alexander hielt Augen und Ohren offen. Ihm entging nicht, daß zwischen den Vertretern der Stadt und denen der Universität eine mehr oder minder offene Feindschaft herrschte. Ganz in der Nähe pöbelte eine Horde Studenten einen Händler an und stieß ihn um ein Haar in die stinkende Kloake. Ein Bürger im dunklen Wams war drauf und dran, sein Schwert zu ziehen, als man seiner jungen Tochter, deren liebliches Gesicht aus einer mit Damast besetzten Kapuze hervorlugte, Unsittlichkeiten zuflüsterte.

Die ganze Zeit über lärmten die Studenten mit rauhen Stimmen, und mitunter schnappte Alexander Fetzen von ihren Liedern auf. Stadtbüttel und Ordnungshüter der Universität hielten ein wachsames Auge auf die rührige Menge. Alle waren mit Stöcken bewaffnet, doch als einer eine Bewegung machte, entdeckte Alexander den Knauf eines Schwerts unter seinem Umhang. Auch Sir Godfrey hatte es gesehen; er lehnte sich im Sattel zurück.

»Es liegt eine Spannung in der Luft«, meinte er, »wie in einer Scheune voller Kampfhähne.«

»In Städten wie Oxford herrscht dauernd eine gespannte Atmosphäre«, erklärte Alexander. »Die Studenten hassen die Bürger, und die Bürger haben einen Pik auf die Studenten. In Cambridge war es nicht anders.«

Nein, dachte Sir Godfrey bei sich, während er sich umsah, es steckt noch mehr dahinter. Hier scheinen die Dinge etwas anders zu liegen. Er fragte sich, ob die geheimnisvollen Morde die unterschwelligen Spannungen zwischen der Stadtbevölkerung und den Studenten verstärkt hatten.

Sie verließen die High Street, passierten St. Martin und ritten weiter zur St.-Peter-Kirche. Dort zügelten sie die Pferde und starrten verblüfft auf das Bild, das sich ihnen bot: Die Kirche war mit Brettern zugenagelt; die Fenster waren verschlossen, und das Hauptportal war zusätzlich mit einem schweren Vorhängeschloß gesichert.

Dafür herrschte in der kleinen Halle neben der Kirche ein reges Treiben. Sir Godfrey betrachtete die zerlumpten Männer und Frauen, die an der Pforte standen und mit Vater Andrew schwatzten, den sie am Abend zuvor kennengelernt hatten. Der Priester hatte am Eingang der Halle einen Stand aufstellen lassen, wo jeder, der wollte, einen Teller Suppe und einen kleinen Laib Brot bekam.

Als der Priester seine Besucher gewahrte, lächelte er. Er reichte die Schöpfkelle an einen jungen Burschen mit strubbeligem Haarschopf weiter und trat an die Reitergruppe heran.

»Guten Morgen.« Der Priester starrte an Alexander vorbei und gaffte Edith an, die in eigene Gedanken versunken schien.

»Vater Andrew.« Alexander ergriff die dargebotene Hand des Priesters und blickte in sein gütiges Gesicht. »Ich möchte Euch Edith Mohun vorstellen.«

»Die Exorzistin?«

»Ja«, antwortete Alexander. »Ihr habt von ihr gehört?«

Der Priester nahm die Hand der Frau und küßte sie sanft.

»Geboren wurde ich im Norden, in Whitby, aber in St. Dunstan's-in-the-Fields diente ich als Hilfsgeistlicher. Schon damals hatte man von Eurem Ruf gehört.«

»Mein Ruf als was?« scherzte Edith Mohun. »Als Einsiedlerin, die sich vor der Welt versteckt?«

Der Priester lachte und trat einen Schritt zurück. »Man kannte Euch wegen Eurer Frömmigkeit und Eurer guten Taten.«

Sir Godfrey deutete auf den Tisch mit der dampfenden Suppenschüssel und die Schlange von ärmlich gekleideten Leuten, die geduldig auf eine Mahlzeit warteten. »Ihr kümmert Euch gleichfalls um die Armen, Vater Andrew.«

»Eine warme Suppe austeilen ist das mindeste, was wir tun müssen«, erwiderte der Priester. »Es kommen viele Menschen nach Oxford. Aber der Preis für Speise und Trank erscheint selbst den Wohlhabenderen unter ihnen hoch. Es ist gut, daß die Kirche hier eingreifen kann.«

Sir Godfrey nickte. Was der Priester sagte, war ihm nicht neu. Er selbst hatte auf seinen Reisen viele umherziehende Menschen getroffen; Handwerker auf der Suche nach Arbeit, arme Studenten, ganze Familien, die ihr Heim verloren hatten. Er entsann sich an die Dispute, die im Großen Rat geführt wurden, der vergangene Ostern auf Geheiß des Königs hin zusammengetreten war. Die Grafen benutzten gutes Ackerland und fette Weiden, um darauf Schafe zu züchten, weil sie durch den Verkauf der Wolle reich wurden. Auf diese Weise sahen sich viele Kleinbauern und Pächter gezwungen, ihre Häuser und Hütten zu verlassen und sich auf Wanderschaft zu begeben.

Die Exorzistin, die den würzigen Geruch der Suppe gewittert hatte, trieb ihren Zelter ein Stück nach vorn.

»Ihr sorgt gut für das leibliche Wohl der Menschen, Vater Andrew. Aber ich höre weder die Glocke, die zur Messe ruft, noch das Knarren einer Kirchentür.«

Vater Andrew lachte.

»Werte Lady, Ihr scheint besser zu sehen als jemand, der seine Augen benutzen kann. Ich ließ die Kirche absperren und verbarrikadieren, weil das Dach einzustürzen droht.« Wieder lachte der Priester. »Die Kirche ist das Tor zum Himmel, aber ganz so wörtlich sollte man diesen Satz besser nicht nehmen.«

Nachdem alle ausgiebig über den Scherz gelacht hatten, verabschiedete man sich voneinander und ritt weiter. Nach einer Weile überquerte Sir Godfrey mit seinem Grüppchen eine Zugbrücke, und sie gelangten auf einen Burghof. Stallknechte nahmen ihnen die Rösser ab, und ein pfiffig dreinschauender Bediensteter führte sie in ein behaglich eingerichtetes Gemach im zweiten Stockwerk der Burg; dort warteten Sir Oswald und *proctor* Nicholas Ormiston bereits auf sie. Höflichkeitsfloskeln wurden ausgetauscht, während ein Bediensteter Becher mit süßem Weißwein und getrocknete und gezuckerte Feigen herumreichte. Als alle um den kleinen Tisch saßen, der in einer Ecke des hellen, luftigen Zimmers stand, kam Alexander schließlich zur Sache.

»Sir Oswald, Ihr seid ein Nachfahre jenes Lord Mortimer, der als erster die Strigoi angriff und vernichtete?«

Sir Oswald scharrte mit den Füßen und senkte ein wenig verlegen den Blick.

»Ich rede nicht gern darüber«, erwiderte er. »Meine Mutter war die letzte Mortimer und nur allzu glücklich, den Namen meines Vaters annehmen zu dürfen.«

»Hat man Euch auch erzählt, Master McBain, daß ich gleichfalls mit den Mortimers verwandt bin?« mischte sich der *proctor* ein. »Wenn auch nicht in gerader Linie.«

Edith Mohun hatte den Kopf leicht schräg geneigt und hörte aufmerksam zu. Alexander sah sie verwirrt an: Sie war alt und wirkte dennoch jung. Obschon sie als eine fromme, unnahbare Frau galt, konnte sie mitunter so derb reden wie ein Landsknecht. Dazu besaß sie einen scharfen, praktischen Verstand. Vater Andrew hat ganz recht, dachte Alexander, sie sieht mehr als die meisten Menschen mit gesunden Augen. Die Exorzistin kehrte Alexander ihr Gesicht zu und lächelte. Ihm fiel auf, wie ebenmäßig und weiß ihre Zähne waren.

»Ich höre genau zu und bin ganz hingerissen«, sagte sie zu Alexander gewandt, als hätte sie gespürt, daß er soeben über sie nachgedacht hatte. Dann richtete sie das Wort an den Sheriff. »Sagt, Sir Oswald, gibt es in Eurer Familie Legenden über die Strigoi?«

Beauchamp zuckte die Achseln. »Es wurde nichts aufgeschrieben«, antwortete er nachdenklich. »Aber es gibt Geschichten, die mündlich von einer Generation an die nächste weitergegeben wurden. Sir Hugo war ein wackerer Kämpfer, der sowohl der Kirche wie der Krone treu diente.«

»Wo liegt er begraben?« fragte Lady Mohun.

»Er stammte aus einem normannischen Geschlecht und besaß Güter zu beiden Seiten des Kanals. Sein Grab befindet sich unter dem Hochaltar zu Caen, in der Normandie.«

»Dann ist er wenigstens sicher aufbewahrt«, flüsterte sie. »Welche Legenden wurden überliefert?« erkundigte sie sich als nächstes.

Sir Oswald stützte die Ellenbogen auf die Armlehnen seinen hohen Stuhls ab und hob den Blick zur Zimmerdecke.

»Eigentlich sind es nicht viele«, erwiderte er stockend. »Mir kommen sie eher vor wie ein Alptraum, an den man sich nur bruchstückhaft erinnert. Natürlich kannten wir alle die Geschichte, wie Hugo den Turm der Strigoi niederbrannte. Meistens verwies man die Überlieferungen in den Bereich der Legende, der frei erfundenen Phantasien. Aber zuweilen kam doch die Befürchtung auf, der Fluch der Strigoi könne auf Wahrheit beruhen und die Gegend erneut heimsuchen.«

»Es gibt da eine bestimmte Geschichte, die ich ganz besonders interessant finde«, mischte sich der *proctor* ein. »Wißt Ihr, welche ich meine, Sir Oswald?«

»Und ob!« Der Sheriff schloß die Augen und kaute auf seiner Lippe. »In der Familie Mortimer gab es einen alten Spruch, eine Art Warnung. Er lautet: ›Mortimer, sei auf der Hut, wenn der Teufel aus dem alten Turm zu dem Felsen unweit der neuen Burg kommt!‹« Er machte die Augen wieder auf und zuckte mit den Schultern. »Dieser Spruch wird seit Generationen in der Familie Mortimer weitergegeben.«

»Und was bedeutet er?« fragte Alexander.

»Ich weiß es nicht, bei Gott. Sonst würde ich es Euch sagen.«

Die Exorzistin wandte sich in die Richtung des *proctor*. »Seid Ihr ein Doktor der Theologie, Sir?«

»Jawohl, Lady.«

»Seid Ihr auch in den Fächern Philosophie und Logik geschult?«

Ormiston lächelte verschmitzt. »Ich glaube schon, Lady. Manche loben meine Fähigkeiten, andere wiederum kritisieren mich. In Oxford gibt es viel Gelehrsamkeit, aber nur wenig Gnade. Warum fragt Ihr?«

Die Exorzistin spitzte die Lippen. »Es muß Euch gewiß schwerfallen, an Teufel und Strigoi zu glauben, die ihre Gestalt verändern und sich von Menschenblut ernähren.«

Ormiston hob die Augenbrauen. »Als ich noch jung war, glaubte ich in der Tat nicht an solche Kreaturen«, gab er zu. »Doch nun bin ich fest davon überzeugt, daß es die Mächte der Finsternis gibt. In manchen abgelegenen Landstrichen, Lady, gehen Menschen sonntags zur Kirche, die noch in der Nacht zuvor auf mondbeschienenen Waldlichtungen getanzt und Cernunnos, dem gehörnten Gott, Opfer gebracht haben.« Unruhig rutschte Ormiston auf seinem Stuhl hin und her. »Vor drei Jahren trug es sich zu, daß ich hier in Oxford über einen Studenten zu richten hatte, der sich aus dem Fett eines Gehenkten ein Abbild seines Gegenspielers formte und dieses mit Nadeln durchstach.«

»Solcherlei Dinge kommen häufig vor«, meinte Alexander.

Ormiston warf ihm einen tadelnden Blick zu.

»Aber er wurde nicht verurteilt, weil er diese Puppe formte. Das Gericht fand es nur merkwürdig, daß an demselben Morgen, als der Student dem Abbild die Beine brach, sein Widersacher einen schweren Unfall hatte. In Carfax kam er unter ein Fuhrwerk, und seine beiden Beine wurden zerquetscht.«

Der *proctor* beugte sich vor. Er wandte sich der Exorzistin zu, als glaube er wirklich, sie könne ihn sehen.

»Ich glaube an das Böse, Lady Mohun. Satan ist nicht nur auf mondbeschienenen Waldlichtungen zu finden, er kann auch durch die Gassen von Oxford wandeln.«

Die Angesprochene richtete ihrerseits das Wort an Beauchamp.

»Wie ist es mit Euch, Sir Oswald. Habt Ihr Zweifel?«

Der Sheriff wand sich vor Verlegenheit. »Lady Mohun, ich bin ein Vertreter der Krone. Ich mache Jagd auf Gesetzlose, ich verfolge Verbrecher und bringe Mörder an den Galgen. Ich bin mir nicht sicher, was Ihr mit Strigoi, diesen angeblichen Teufelsanbetern, meint.« Er wedelte mit den Händen. »Für mich sind sie nichts weiter als gemeine, grausame Mörder.«

Alexander war auf die Antwort der Exorzistin gespannt. Er hegte ähnliche Zweifel wie der Sheriff und wunderte sich, wieso Sir Godfrey, ein Mann, der wahrhaftig mit beiden Beinen fest auf dem Erdboden stand, noch keine Bedenken über Ediths Meinung geäußert hatte.

»Ihr habt insofern recht«, entgegnete die Exorzistin, »als wir es hier mit Mördern zu tun haben; aber ob Ihr es glaubt, oder nicht, sie handeln nicht aus eigenem Antrieb, sondern weil eine höhere, finstere Macht es ihnen befiehlt. Sie glauben fest daran, daß Menschenopfer und das Trinken von menschlichem Blut ihrer Sache dienen. Das sind die Strigoi, Dämonen, die ihre Gestalt verändern können. Manche würden diese Kreaturen auch als Vampire bezeichnen.«

Sir Oswald erhob sich.

»Wie immer man sie nennen mag«, knurrte er, »sie haben jedenfalls wieder getötet. Kommt alle mit und seht es Euch an.«

Er nahm zwei Fackeln aus den eisernen Wandhaltern und reichte eine davon Sir Godfrey. Edith stützte sich auf Alexanders Arm. Dann ging es eine schmale Wendeltreppe hinunter, die in die Kellergewölbe der Burg führte.

KAPITEL 5

Der Sheriff schickte die beiden Soldaten fort, die vor einer schweren, rostigen Tür Wache standen. Dann schloß er auf und ging voran in das hohe, übelriechende Gewölbe.

Die Zelle war sauber gefegt; auf dem Steinfußboden standen zwei längliche Kisten. Edith Mohun wimmerte und blieb in der Nähe der Tür; Alexander spürte, wie sehr sie sich ängstigte.

Mit abgewandtem Gesicht öffnete der Sheriff die beiden behelfsmäßigen Särge. Die Leichen, die darin lagen, boten einen erschreckenden Anblick. Ormiston verließ fluchtartig die Zelle. Alexander schloß die Augen und kämpfte gegen den aufsteigenden Brechreiz an. Allein Sir Godfrey trat einen Schritt nach vorn und blickte auf die menschlichen Überreste.

Die Kehle des Mädchens wies eine tiefe Bißwunde auf. Ihr Körper war völlig blutleer. In dem flackernden Lichtschein sah sie aus wie ein Gespenst.

Der Mann war fast bis zur Unkenntlichkeit verstümmelt; seine Kehle war aufgeschlitzt, und sein Körper wies sonderbare Verletzungen auf, als habe jemand versucht, mit einem Messer eine Art Hirschgeweih in seinen Leib zu schnitzen.

»Das genügt«, murmelte Sir Oswald. »Wir sollten die Särge wieder schließen.«

Aber Sir Godfrey starrte immer noch unverwandt auf die Leichen. Auf den Schlachtfeldern in der Normandie hatte er schon Schlimmeres gesehen, doch diese beiden Morde waren höchst seltsam. Plötzlich fiel es ihm nicht mehr schwer, Ediths Behauptungen Glauben zu schenken. Er hatte das Böse in allen möglichen Gestalten angetroffen, hier indessen begegnete ihm etwas Neues: Diese Menschen waren abgeschlachtet worden, damit einem grausigen Ritual Genüge getan würde; hier waren nicht nur simple Mörder am Werk, sondern hinter diesen Metzeleien steckte eine teuflische Macht.

»Jetzt könnt Ihr die Kisten wieder verschließen«, ordnete Sir Godfrey an. Er blickte in Alexanders bleiches Gesicht. »Hinaus mit euch«, befahl er. »Hier können wir ohnehin nicht reden.«

Sir Oswald sperrte das Gelaß wieder zu und führte sie in die Kammer zurück. Ein Diener mußte die leeren Becher mit Wein füllen.

Ormiston und Alexander schauten drein, als wären sie kurz davor, sich zu übergeben. Sir Oswalds Hände zitterten, als er die Becher an seine Gäste verteilte. Edith Mohun saß wie versteinert da, die bleichen Lippen waren zu einem schmalen Strich zusammengepreßt.

»Wieso glaubt Ihr, die beiden Menschen, die wir gerade sahen, seien auf dieselbe Weise ums Leben gekommen wie alle anderen Opfer?« fragte Alexander. »Wenn ich recht verstanden habe, dann wurden sie nicht in der Stadt gefunden.«

»Man entdeckte sie in den Wäldern, die sich in Richtung Norden erstrecken. Das Mädchen lag nahe einer Furt. Die Jäger, die sie fanden, stießen auch auf den Leichnam des Soldaten. Man hatte ihn an die Äste einer Eiche gehängt, wie ein erlegtes Tier.«

»Haben die Orte, an denen man die Leichen fand, irgendeine besondere Bedeutung?« erkundigte sich Sir Godfrey.

»Die Furt wird von vielen Menschen benutzt. Und die Waldlichtung . . .? Na ja, es gibt Legenden, daß sie einstmals als Versammlungsplatz heidnischer Priester diente, lange, bevor die Römer nach England kamen.«

»Und die Jäger haben die beiden Opfer durch Zufall entdeckt?«

»Ihre Hunde spürten sie auf. Vermutlich witterten sie das Blut und führten die Jagdgesellschaft direkt zu den Toten.«

»Ihr sagt, der Mann sei Soldat gewesen«, hakte Alexander ein. »Aber er war doch nackt, wie Gott ihn geschaffen hat. Kanntet Ihr ihn, Sir Oswald?«

»Das will ich wohl meinen«, erwiderte der Sheriff und lehnte sich in seinem Stuhl zurück. »Jedenfalls dachte ich, ich würde ihn kennen. Als er in diese Burg kam, gab er sich als Reginald Bouilang aus. Er zog durch die Lande und bot seine Dienste mit dem Schwert jedem an, der ihn angemessen bezahlen konnte. Wenn man ihn nach seinem Lebenslauf fragte, behauptete er, früher einem großen Lord in Frankreich gedient zu haben.« Er sah Sir Godfrey an und zuckte mit den Schultern. »Ihr kennt diesen Menschenschlag, Sir Godfrey. Die Straßen sind voll davon. Sie ziehen von einer Burg zur anderen und verdingen sich dem Meistbietenden. Aber er schien recht tüchtig zu sein. Er fügte sich in die Truppe ein, als hätte er schon immer dazugehört, und die anderen fanden nichts an ihm auszusetzen. Gestern schickte man ihn zu einem Müller hinaus, bei dem er sich nach den Preisen für Getreide und Mehl erkundigen sollte.«

»Sagtet Ihr vorhin, Ihr *dachtet*, Ihr würdet den Mann kennen?« fiel Sir Godfrey ihm ins Wort.

»Ja, richtig.« Der Sheriff holte eine kleine Pergamentrolle hervor. »Ungefähr zur gleichen Zeit, als man seinen Leichnam und den des Mädchens hierherbrachte, erhielt ich dieses Schriftstück vom Sheriff aus London. Darin geht es um einen Verfemten, einen gewissen Jean

Mabille.« Er wedelte mit dem Pergament. »Jean Mabille war ein Mitglied des Hospitaliterordens in Clerkenwell, unweit von London. Offenbar machte er sich dort aus dem Staub, nachdem er einen Beutel voller Gold und – was noch viel bedeutsamer ist – einen kostbaren Reliquienschrein stahl. In dem Schrein befand sich ein Stück des echten Kreuzes, an das man unseren Herrn Jesus Christus schlug. Die Beschreibung dieses Jean Mabille paßt haargenau auf den toten Bouilang.«

Sir Godfrey seufzte.

»Ich nehme an, Ihr habt die Sachen des Soldaten durchsuchen lassen«, mischte sich Alexander ein.

»Selbstverständlich. Nicht daß er viel besessen hätte. Eine zerbeulte Satteltasche voller Kleinkram, ein paar Hosen und einen Wams zum Wechseln, zwei Stilette und einen leeren Geldsäckel. Von Gold oder gar einem Reliquienschrein keine Spur.«

»Könnte er das Diebesgut nicht irgendwo versteckt haben?«

Sir Oswald zuckte die Achseln. »Daran dachte ich natürlich auch schon. In der Burg habe ich mich selbst umgeschaut, ich kenne hier jeden Stein. Und von seinen Kameraden hat niemand bemerkt, daß er sich irgendwie verdächtig benahm. Natürlich könnte er die Sachen überall im Freien vergraben haben, auf einem Feld oder unter einem Baum im Wald.« Sir Oswald warf die Pergamentrolle auf den Tisch. »Ich werde dem Sheriff in London antworten, daß Mabille tot ist und daß das Gold sowie der Reliquienschrein verschwunden sind.«

»Einen Augenblick noch!« Edith Mohun hob eine Hand. »Hier haben wir es mit zwei Todesfällen zu tun. Das Mädchen kam in der Nähe einer Furt ums Leben. Ist so etwas schon früher passiert, Sir Oswald?«

»Nein, noch nie. Sämtliche Morde geschahen innerhalb der Stadt.«

»Und der Soldat«, fuhr Edith fort, »wurde nicht nur draußen im Wald ermordet, sondern auch noch als Opfer in irgendeinem uralten Ritual benutzt.« Sie hielt inne und legte die Fingerspitzen gegeneinander.

»Worauf wollt Ihr hinaus, Lady Mohun?« fragte Alexander.

»Benutzt Euren Verstand, Herr Sekretär, Ihr habt Euch doch mit Logik befaßt. Alle anderen Morde wurden innerhalb der Stadtgrenzen begangen, und auf einmal werden gleich zwei Menschen draußen in den Wäldern getötet. Ein junges Mädchen und ein Soldat, der eine unschätzbar wertvolle Reliquie gestohlen hat – ich gehe davon aus, daß sie echt ist und keine Fälschung wie die Sachen, die diese Ablaßkrämer landauf, landab verscherbeln. Der Soldat war ein kampferprobter Mann, er würde sein Leben teuer verkauft haben, wenn nicht irgend etwas ihn daran gehindert hätte, sich zu wehren Offenbar wurde er in einen Hinterhalt gelockt. Ich vermute, daß seine Mörder, die Strigoi, ihm eine Falle stellten und ihm auflauerten. Das arme Mädchen hatte nur Pech gehabt, sie befand sich zur falschen Zeit am falschen Ort.«

»Glaubt Ihr, der Soldat wurde wegen der Reliquie getötet?«

Edith lächelte ein wenig und schüttelte den Kopf.

»Die Strigoi würden sich vor einer Reliquie fürchten, wie vor dem Sakrament. O nein, hätte der Soldat die Reliquie bei sich gehabt, wäre ihm nichts geschehen. Sie hätten es nicht gewagt, sich ihm zu nähern. Ich denke, der Soldat, der diesen Reliquienschrein in diese Gegend brachte, verursachte den Strigoi höchstes Unbehagen, und deshalb bestraften sie ihn mit dem Tod.« Sie holte tief Luft. »Wir sollten versuchen, den Reliquienschrein zu finden, das könnte uns auf die Spur der Mörder bringen. Sir Oswald, habt Ihr eine Vorstellung, wo man mit der Suche beginnen könnte?«

Der Sheriff dachte nach. »Mabille schlief im Wachhaus zusammen mit seinen Kameraden. Wie ich bereits sagte, waren seine Besitztümer spärlich, und ich habe sie gründlich durchsucht. Doch über seine Schlafstelle hatte er ein paar Worte in die Wand geritzt, als wollte er sie ständig vor Augen haben. Sie lauten: *Le chevalier outre mer*. Der Ritter, der übers Meer gefahren ist.« Sir Oswald hob die Schultern. »Was sie bedeuten, ist mir jedoch ein Rätsel.«

Er stand auf, begab sich zur Tür und flüsterte dem Waffenträger, der dort postiert war, etwas zu. Dann trat er an den Tisch zurück.

»Ich will Euch noch den eingekerkerten jungen Burschen vorführen«, erklärte er, »einen Brabanter namens Lascalle. Er ist der Student, den man unweit des Hauses fand, in dem die drei Frauen ermordet wurden. Er war von oben bis unten mit Blut besudelt, bleibt jedoch dabei, er habe sich nichts zuschulden kommen lassen, außer daß er in der Taverne *Zum Hahnenschrei* zu tief ins Glas schaute.«

»Und was ist Eure Meinung über den Kerl, Sir Oswald?« fragte der Ritter.

»Ich habe mich in seinem Kollegium über ihn erkundigt«, mischte sich der *proctor* ein. »Als besonders eifriger Student gilt er nicht. Im Gegenteil, er ist ein trinkfreudiger Raufbold, öfter berauscht als nüchtern, der seine Studien arg vernachlässigt. Aus Dordrecht stammt er, und er genießt die Protektion eines Ritters der Königin.

Im Grunde ist er ein ziemlich gewöhnlicher Geselle, etwas Bemerkenswertes läßt sich an ihm nicht feststellen.«

»Hängen soll er!« donnerte Sir Oswald. »Angeblich kann er sich an nichts erinnern. Dabei fand man ihn beim Haus, sein Dolch fehlte, und er war voller Blut.«

»Sir Oswald, Ihr als Sheriff dürft nicht über ihn richten«, versetzte der *proctor*. »Er wird entweder von der Kirche oder von der Universität verurteilt.«

Der Sheriff gab ein rüdes Geräusch von sich, aber Alexander merkte ihm an, daß er nicht auf seinem Wunsch bestehen wollte. Das Gespräch brach ohnehin ab, als die Tür aufgerissen wurde und zwei Bewaffnete Lascalle hereinschleppten, dessen Hände und Füße mit Ketten gefesselt waren.

Er bot einen abstoßenden Anblick. Sein von Warzen verunstaltetes Gesicht war dreckig, die Augen hatten vom Schlafmangel rote Ränder, und das schmutzstarrende Haar stand ihm wirr vom Kopf ab. Das zerlumpte Gewand war mit Blut, Erbrochenem und Kot aus dem Verlies besudelt. Stumm starrte er den Sheriff an; als er dessen grimmige Miene gewahrte, fiel er auf die Knie, hob die Arme und flehte um Gnade. Dabei bediente er sich eines breiten Patois – ein normannisch-englisches Sprachgemisch –, so daß Alexander Mühe hatte, ihn überhaupt zu verstehen.

»Sprecht Englisch!« fuhr Ormiston ihn an. »Master Lascalle, man beschuldigt Euch, Ihr hättet drei Morde auf dem Gewissen!«

»Ich bin unschuldig«, jammerte der Student. »So wahr mir Gott helfe, ich habe nichts verbrochen. Ich leiste jeden Eid!«

Alexander stand auf, ging zu dem Gefangenen hin und packte seinen Ellenbogen.

»Nur Mut!« raunte er ihm zu. »Um Gottes willen, Mann, stellt Euch auf Eure Füße und beantwortet die Fragen.«

»Hier führe ich das Verhör!« schnauzte der Sheriff.

»Nein, die Fragen stellen wir«, widersprach ihm Sir Godfrey. »Der König hat Master McBain und mich damit beauftragt, die Ermittlungen durchzuführen.«

Als Lascalle das hörte, fing er an zu zittern und wäre beinahe wieder in die Knie gesunken, hätte Alexander ihn nicht festgehalten. Der Sekretär rümpfte die Nase ob der üblen Düfte, die der Gefangene verströmte. Sir Godfrey näherte sich dem Studiosus und wies mit dem Zeigefinger auf ihn.

»Ich werde Euch zuhören«, sagte er leise. »Wenn Ihr mir die Wahrheit sagt und ich zu dem Schluß komme, daß Ihr unschuldig seid, verlaßt Ihr diese Burg als freier Mann. Aber wenn Ihr mich anlügt, dann gnade Euch Gott! Eine falsche Aussage, und ihr hängt von der Mauer dieser Burg, egal, ob Ihr mit sämtlichen Kardinälen Roms verwandt seid.« Er packte das unrasierte Kinn des Burschen und drückte es leicht. »So, und nun heraus mit der Wahrheit.«

Lascalle schöpfte tief Atem. »In der vorletzten Nacht ging ich in die Schenke *Zum Hahnenschrei*. Dort bedient ein junges Mädchen, Roseanna, die eine Vorliebe für junge Studenten hat.« Lascalle leckte sich die Lippen. »Normalerweise ist sie sehr freigebig mit ihrer Gunst, aber an jenem Abend zeigte sie mir die kalte Schulter. Ein junger Lord hatte es ihr angetan. Also setzte ich mich allein auf eine Bank und fing an zu trinken. Doch lange blieb ich nicht für mich. Ein junger, sehr gut gekleideter Student gesellte sich zu mir. Er hatte ein Säcklein voller Silber dabei, und er lud mich zum Zechen ein. Ein Humpen Bier folgte dem anderen. Ich erinnere mich nur noch, daß ich nach draußen ging, um in die Senkgrube zu kotzen.«

»Und was geschah weiter?«

»Als nächstes stieß mir ein Bursche von der Stadtwache den Stiefel in die Rippen, zerrte mich auf die Füße und fesselte meine Hände. Ich wurde in ein Verlies geworfen und beschuldigt, einen Mord begangen zu haben. Gott weiß, warum. Mein Dolch ist übrigens weg.« Lascalle schaute blinzelnd in die Runde. »Ich habe noch nie in meinem Leben jemanden getötet«, wimmerte er. »Gott sei mein Zeuge, ich habe nicht die geringste Ahnung, woher das Blut an meinen Kleidern stammt.«

»Wer war dieser Student, mit dem Ihr gezecht habt?« mischte sich die Exorzistin ein.

Lascalle starrte sie an. Sir Godfrey mit seinen scharfgeschnittenen Gesichtszügen schüchterte ihn ein, doch die weißhaarige Frau mit der Augenbinde machte ihm eine Heidenangst.

»Was soll dieses Verhör?« jammerte er. Flehentlich blickte er den *proctor* an. »Wer sind diese Leute überhaupt? Wieso werde ich von einem Abgesandten des Königs befragt?«

Sir Godfrey richtete sich in voller Größe vor ihm auf.

»Ihr sollt Fragen beantworten und keine stellen«, fuhr er den jungen Burschen an.

»Ich weiß nicht, wer dieser Student war. Er ist klein, hat rotbraunes Haar und ein glattrasiertes Kinn.«

»Das trifft auf tausend andere Studenten auch zu«, bemerkte Alexander trocken.

»Was ist?« schnauzte Sir Oswald. »Sollen wir ihn hängen?«

»Wartet!« Edith Mohun erhob sich und ging sicheren Schrittes zu dem Gefangenen. Sie streckte die Hand aus und berührte sachte sein Gesicht. »Sir Oswald«, sagte sie, »verfügt diese Burg über eine Kapelle?«

»Selbstverständlich.«

»Und wird dort das heilige Sakrament aufbewahrt?«

»Natürlich.«

»Dann laßt Euren Hofkaplan eine Hostie hierherbringen.«

Sir Oswald wollte protestieren, doch Sir Godfrey nickte, und er verließ eilends den Raum.

Die übrigen Männer im Raum schwiegen. Lascalles unsteter Blick wanderte überallhin, nur nicht zu dieser sonderbaren Frau mit der Augenbinde. Wie eine Statue stand sie da, sie wich nicht einmal zurück, als Lascalle die Arme und Beine bewegte und dabei einen unerträglichen Gestank von altem Schweiß verbreitete. Endlich kam Sir Oswald zurück, gefolgt von einem Priester; der Geistliche war in einen Chorrock gewandet, und in den Händen hielt er eine kleine Monstranz.

»Nun, Lascalle«, begann Edith, »seid Ihr bereit, das Sakrament zu nehmen und darauf zu schwören, daß Ihr unschuldig seid?«

Der Bursche nickte. Der Priester trat näher, öffnete die Monstranz und hielt die Oblate hoch.

»Ecce Corpus Christi«, stimmte der Geistliche an.

Lascalle schloß die Augen, legte den Kopf zurück und öffnete den Mund. Um ein Haar hätte der Priester ihm die Oblate auf die Zunge gelegt.

»Halt!« Edith griff nach dem Arm des Geistlichen. »Es tut mir leid, Vater, ich wollte keine Gotteslästerung begehen. Aber vielleicht ist Lascalle nicht in der rechten Verfassung, um das Sakrament zu erhalten.«

Der Priester legte die Hostie in die Monstranz zurück und trat ein paar Schritte beiseite. Sir Oswald bedeutete ihm, er könne gehen.

»Warum habt Ihr das getan?« fragte Sir Godfrey.

»Edith faßte die eisernen Handschellen an, mit denen Lascalle gefesselt war.

»Er ist kein Strigoi«, sagte sie leise, »und auch kein Mörder. Sir Oswald, laßt ihn ein Bad nehmen und sich saubere Bekleidung anziehen; dann gebt ihm um der Barmherzigkeit Christi willen eine warme Mahlzeit und schickt ihn fort.«

Sir Godfrey schloß sich ihrer Meinung an. Während man Lascalle aus dem Zimmer führte, erging er sich in Dankesbezeugungen und schwor, für Lady Mohun tausend Kerzen anzuzünden.

»Wenn er ein Strigoi wäre«, erklärte Edith, »hätte er das Sakrament nicht nehmen können. Glaubt mir, werte Herren, er hätte getobt wie ein Wahnsinniger, als die Monstranz in seine Nähe kam. Alles, was heilig ist, schwächt nämlich ihre dämonischen Kräfte.«

»Das glaube ich nicht«, erwiderte Ormiston kopfschüttelnd.

Edith Mohun lachte. »Nein? Dann sagt mir, könntet Ihr auf das Sakrament schwören und Eure Unschuld beteuern, wenn Ihr ein schreckliches Verbrechen begangen hättet?« Sie ging zu ihrem Stuhl zurück. »Habt Ihr jemals gesehen, wie Christen Juden mit einem Stück Schweinefleisch ködern, oder wie man Christen dazu bringt, das Kreuz unseres Herrn zu verleugnen? Nein, nein«, flüsterte sie und deutete auf ihren Kopf. »Hier drin wirken Engel oder Teufel, je nachdem, in welchem Zustand man sich befindet.«

»Was sollen wir tun?« fragte der Sheriff gereizt. »Jedermann in Oxford dazu auffordern, in aller Öffentlichkeit das Sakrament zu nehmen?«

Die Exorzistin wandte ihm ihr Gesicht zu. »Dazu mag es sehr wohl kommen, Sir Oswald. Die Situation könnte einen solchen Schritt erforderlich machen.«

Kurze Zeit später verließen Alexander, Sir Godfrey und Edith Mohun hoch zu Roß die Burg. Sie durchquerten Great Bailey und gelangten auf die Newington Hall Street. Vor Trillocks Taverne wurde die Straße breiter, und Sir Godfrey zügelte sein Pferd.

»Ich würde gern über das reden, was wir vorhin erlebt haben«, sagte er in verhaltenem Ton zu seinen Begleitern. »Aber wer weiß, wer uns hier vielleicht belauscht.« Er zeigte auf die Menge von Studenten, Gelehrten und Händlern, die sich wie ein Strom an den drei Reitern vorbeischob. »Wohin reiten wir als nächstes?«

Alexander war müde. Am liebsten wäre er in das Kloster St. Anne zurückgekehrt, nicht nur, um dort zu essen, zu trinken und sich auszuruhen, sondern um vielleicht auch Lady Emily wiederzusehen. Während Sir Godfrey die Exorzistin nach ihren Wünschen befragte, betrachtete Alexander versonnen die Fachwerkgebäude, in denen sich das Kollegium von St. Mary befand. Er fühlte sich an seine eigene Studienzeit in Cambridge erinnert, wo er ein ausgelassenes, glückliches Leben geführt hatte.

Die ganze Geschichte gefällt mir nicht, dachte er bei sich. Bei Gott, wer weiß, was alles noch auf uns zukommt! Wehmütig dachte er an seine Zeit in der königlichen Kanzlei zurück: In London hatte er ein höchst angenehmes Leben geführt. Er hatte bei wichtigen Entscheidungen mitgewirkt und das Gefühl genossen, sich in der Nähe von bedeutenden, mächtigen Menschen aufzuhalten. In seiner freien Zeit war er durch die Stadt geritten oder hatte sich mit Freunden in den Alehouses und Schenken von Southwark getroffen.

Plötzlich verspürte er Heimweh nach seiner gemütlichen Wohnung, die in der Gegend um St. Paul über einem Laden lag. Er sehnte sich nach seinen Büchern, seinen Manuskripten und nach dem eingefahrenen, angenehmen Tagesablauf. Morgens ging er zur Messe, dann frühstückte er in einer der Garküchen. Es folgte ein anstrengender, aber befriedigender Arbeitstag, wenn er Briefe verfaßte oder Dokumente versiegelte. Abends besuchte er Freunde, manchmal fuhr er auch mit einer Barke flußabwärts, wo die großen Stadtpalais lagen. Sein Status als Sekretär verschaffte ihm Zugang zu den vornehmsten Häusern, wo er nach Belieben speisen und trinken konnte.

Wenn er Lust darauf hatte, sang er auch im Chor von St. Paul mit; es gefiel ihm, auf der Empore aus glänzend poliertem Holz zu stehen und das Salve Regina anzustimmen.

Ein Bettler, der ihn um ein Almosen anflehte, riß ihn aus seiner Versunkenheit. Das Gesicht des Mannes war mit eitrigen Geschwüren bedeckt; ein Bein war ihm gleich unter dem Knie abgetrennt worden, und mit Hilfe eines Stockes humpelte er die Straße entlang. Das Gesicht des Mannes war schmerzverzerrt, er wimmerte erbärmlich und streckte eine skelettartige Hand aus. Alexander trieb sein Pferd dicht an ihn heran und warf ihm einen Penny zu.

»Das ist alles?« meinte der Bettler verächtlich.

Alexander gab ihm noch eine Münze, und ohne ein Wort des Dankes oder sich noch ein einziges Mal nach ihm umzusehen, humpelte der Kerl davon.

Die Welt muß verrückt geworden sein, sinnierte Alexander. Ritualmorde, Teufelsanbeter, wohin soll das noch führen?

»Alexander!«

Der Sekretär erschrak und drehte sich um. Sir Godfrey sah ihn mit einem merkwürdigen Ausdruck in den Augen an.

»Alexander, fehlt Euch etwas? Geht es Euch nicht gut?«

Kümmert's dich wirklich, fragte sich Alexander mit einem Blick auf das gutgeschnittene, aber harte Gesicht des Ritters. Hast du denn keine Angst, fuhr er in Gedanken fort, besitzt du kein Heim, nach dem du dich zurücksehnst, keine Lieben, die sich jetzt vielleicht um dich sorgen?

Der Ritter starrte grimmig zurück. »Alexander McBain, habt Ihr den Verstand verloren? Wir müssen weiter. Lady Mohun meint, wir sollten unbedingt Stapleton Hall aufsuchen. Von dort sind die Studenten verschwunden ...« Mit einer ärgerlichen Handbewegung bedeutete Sir Godfrey dem Sekretär, er möge weiterreiten. »Beeilt Euch! Ihr träumt wie ein Milchmädchen bei Tag vor Euch hin.«

Alexander versagte sich eine freche Entgegnung. Die Exorzistin beugte sich zu ihm herüber und zauste freundlich sein Haar, als sei sie seine Mutter.

»Seid nicht ungehalten, Alexander«, sagte sie tröstend. »Wir sind alle erschöpft. Auch wir haben Angst, und je eher die leidige Geschichte vorüber ist, um so rascher sind wir wieder zu Hause.«

Alexander nickte und ergriff die Zügel ihres braven Zelters. Mit Sir Godfrey an der Spitze bogen sie in die Chane Lane ab, und schlugen die Richtung nach Stapleton Hall ein. Durch einen Seiteneingang gelangten sie in die Gebäudeansammlung. Ein Pförtner rief Pferdeknechte herbei, welche die Rösser in die Stallungen brachten; dann führte der Mann sie über den quadratischen, grasbewachsenen Innenhof zu der Kammer des Kollegiumsvorstehers in Palmer's Tower.

Niemand war da. Ein Bediensteter sagte ihnen, der Vorsteher sei in der Bibliothek. Also stiegen sie die schmale, hölzerne Treppe weiter empor.

Der Himmel hatte sich bewölkt, und es sah nach Regen aus. Das langgestreckte Bibliothekszimmer war von Kerzen erhellt, die auf einem unter die Decke gezogenen Wagenrad standen. Durch den Raum verlief ein langer Tisch mit Bänken zu beiden Seiten. Wandhohe Schränke, deren Türen offenstanden, zeigten in Leder und dunkles Velin gebundene Bücher, die durch starke Ketten gesichert waren. Der Diener entfernte sich und schloß hinter sich die Tür. Edith Mohun setzte sich auf einen Stuhl. Godfrey blieb stehen, während Alexander durch den staubigen, düsteren Raum schlenderte.

»Gefällt Euch unsere Bibliothek?«

Alexanders Herz stockte, als eine in ein dunkles Gewand gehüllte Gestalt aus dem Schatten trat. Eine krallenartige Hand schlug die Kapuze des Umhangs zurück und enthüllte einen spitzen, fast kahlen Schädel, dessen schütteres graues Haar nach hinten gekämmt war. Das Gesicht war schmutzigbraun, die Augen von einem intensiv leuchtenden Grün, und über den schmalen, blutleeren Lippen hing eine lange, gekrümmte Nase. Der Mann streckte die Hand aus.

»Thomas Wakeham«, stellte er sich vor, »Vorsteher und Kämmerer von Stapleton Hall.«

Alexander lächelte gezwungen und machte sich und seine Begleiter mit dem Kollegiumsvorsteher bekannt. Lady Mohun erregte Wakehams unverhohlene Neugier.

Für Sir Godfrey hatte er nur eine abwertende Handbewegung übrig, als wäre ein Mann, der Waffen trug, seiner Aufmerksamkeit nicht würdig. Dann wandte er sich wieder Alexander zu.

»Master McBain«, sagte er mit säuerlichem Lächeln, »wir haben Euch schon erwartet. *Proctor* Ormiston erklärte mir den Grund für Euren Besuch.«

Edith Mohun räusperte sich. Sir Godfrey nahm ihre Hand und tätschelte sie. »Schweigt lieber still«, raunte Sir Godfrey ihr zu.

»Ich hatte nicht vor, etwas zu sagen«, flüsterte sie zurück.

Sir Godfrey ließ sie stehen und ging zu Wakeham.

»Nun sind wir also hier«, sagte er resolut. »Vermutlich seid Ihr auch davon in Kenntnis gesetzt worden, daß wir die Bevollmächtigten des Königs selbst sind.«

Wakehams Überheblichkeit war mit einem Schlag wie weggeblasen.

»Wir müssen Euch ein paar Fragen stellen«, fuhr Sir Godfrey fort. »Ein paar Scholaren, die in diesem Kollegium wohnten und studierten, sind ohne Erklärung und ohne eine Spur zu hinterlassen, verschwunden. Wie kann so etwas passieren?«

»Ich weiß es nicht«, erwiderte Wakeham in trotzigem Ton. »Natürlich haben wir unsere eigenen Nachforschungen betrieben, und wir ersuchten sowohl den Sheriff wie den *proctor* um Rat.« Er zuckte mit den mageren Schultern. »Die Studenten sind und bleiben verschwunden.«

Sir Godfrey hatte das Gefühl, der Vorsteher wolle ihm abermals den Rücken zukehren.

»Master Wakeham!« sagte er mit schneidender Stimme. »Eure Zeit ist begrenzt, aber die meine auch. Wir handeln im Auftrag des Königs, also werdet Ihr die Güte haben, unsere Fragen geduldig zu beantworten!«

Wakeham schielte verstohlen zu Alexander hinüber, befeuchtete seine Lippen und gelangte wohl zu dem Schluß, daß Nachgeben hier die bessere Lösung wäre. Er stützte sich mit dem Hinterteil am Tisch ab und verschränkte die Arme vor der Brust.

»Gewiß, Sir, aus diesem Kollegium sind Studenten verschwunden. Eine Spur, die über ihren Verbleib oder ihr weiteres Schicksal Auskunft gäbe, haben wir trotz angestrengten Suchens nicht gefunden. Aber –« Er schaltete eine Kunstpause ein – »zwischen diesen jungen Burschen gibt es eine Verbindung. Allesamt gehörten sie einem Geheimbund an, der sich die *Luminosi* nannte – die Erleuchteten.« Während er Alexander ansah, fuhr Wakeham fort: »Wie Master McBain weiß, wimmelt es in Oxford und Cambridge von solchen Geheimbünden. Junge Männer versuchen, sich geheimnisvolles, abseitiges Wissen anzueignen. Sie forschen nach dem Stein der Weisen, beschäftigen sich mit Alchimie, studieren die kabbalistischen Schriften von Verfassern wie Roger Bacon. Auf Anhieb könnte ich Euch mindestens dreißig Namen solcher geheimen Gesellschaften in Oxford und Cambridge nennen.« Er hievte sich auf den Tisch. »Habe ich recht oder nicht, Master McBain?«

»Ei, gewiß habt Ihr recht«, erwiderte Alexander grinsend. »Als ich in Cambridge war, schloß ich mich einer Gruppe an, die sich die *Scelerati* oder die Sünder nannte. Wir waren auf der Suche nach einer ganz neuen Form von Wissenschaft.«

»Es muß doch noch mehr Angehörige dieser ›Erleuchteten‹, wie sie sich selbst nannten, in diesem Kollegium geben«, wandte Sir Godfrey ein. »Die verschwundenen

Studenten werden doch sicherlich Freunde gehabt haben.«

»Ich wünschte, dem wäre so«, erwiderte Wakeham bedauernd. »Aber leider muß ich Euch enttäuschen. Die *Luminosi* waren eine zahlenmäßig sehr geringe Gruppe, die sich bewußt von den anderen Studierenden absonderte. Sie besuchten Vorlesungen und nahmen an Disputationen teil. Da sie keine Raufereien anzettelten und Zechgelagen fernblieben, ließ man sie links liegen.«

»Und ihre Habseligkeiten?« fragte Alexander.

»Sie besaßen nicht viel«, antwortete Wakeham. »Schreibzeug, ein paar Bücher, Bekleidung, Rosenkränze. Ihr persönlicher Besitz wurde mittlerweile an die Angehörigen zurückgeschickt.«

»Fandet Ihr etwas Auffälliges zwischen der Habe?«

»Allerdings. Jeder dieser Studiosi war im Besitz eines Briefes, auf Pergament geschrieben und vom Sheriff oder *proctor* ausgestellt. Der Brief des Sheriffs erlaubte es ihnen, auch nach der Sperrstunde noch die Stadt zu verlassen.«

»Und welchen Zweck hatte das Schreiben des *proctors*?«

»Es berechtigte sie, die Universitätsbibliothek in der Kirche zu St. Mary zu benutzen.«

Sir Godfrey warf Alexander einen fragenden Blick zu.

»Merkwürdig«, ließ sich Edith Mohun vernehmen. »Davon haben uns weder der Sheriff noch der *procotor* etwas erzählt.«

»Nun ja«, sagte Wakeham und zupfte an den weiten Ärmeln seines Gewandes, »mehr weiß ich auch nicht zu berichten.« Er stand da und schürzte die Lippen.

Sir Godfrey und Alexander bedankten sich höflich,

halfen Edith Mohun beim Aufstehen und verließen die Bibliothek. Über das feuchte Gras des Innenhofs schritten sie zum Haupttor. Der Himmel war dunkler geworden, und ein eisiger Wind peitschte ihnen ins Gesicht. Um sich aufzuwärmen, stampften sie mit den Füßen, während sie auf ihre Pferde warteten.

»Sind alle Gelehrten so abweisend?« brummte Sir Godfrey. »Meiner Treu, Alexander, man sollte glauben, sie hielten uns für Vertreter der Inquisition.«

»Für Leute wie Wakeham sind wir tatsächlich so etwas wie die Inquisition«, mischte sich Dame Edith ein. »Hier befinden wir uns in Oxford, Herr Ritter, wo man keine Einmischung von außen duldet.«

Stallknechte brachten die Pferde, und durchs Tor ging es auf die Straße hinaus. Plötzlich kam der Pförtner, der sie zum Kollegiumsvorsteher geführt hatte, herbeigehuscht und hielt Alexander am Arm fest.

»Bitte!« flüsterte er nervös. In seinen weitaufgerissenen Augen schimmerten Tränen. »Es geht um die Studenten, die verschwanden. Ich war ihr Diener. Ich weiß zwar auch nichts, nur daß . . .«

»Sprich weiter!« forderte Alexander ihn auf.

»Begebt Euch in die Schenke *Mitra*. Fragt dort nach einem Mädchen namens Laetitia. Sie arbeitet in der Schenke und kannte den Brabanter. Vielleicht kann sie Euch mehr sagen.«

Ehe Alexander eine Frage stellen konnte, machte der Mann auf dem Absatz kehrt und suchte das Weite.

»Sehr sonderbar«, meinte Sir Godfrey, während sie die Straße entlanggingen. »Die Schenke *Mitra* befindet sich in Carfax, nicht wahr?« Über die Schulter blickte er Alexander an.

Der Sekretär nickte.

»Wir gehen gleich dorthin. Hoffentlich fängt es nicht wieder an zu regnen.«

Sie setzten ihren Weg fort, ohne die Gestalt zu bemerken, die sie vom Obergeschoß eines Hauses aus beobachtete. Der Mann stieß das wackelige, mit Ölpapier bespannte Fenster auf und verrenkte sich den Hals, um den beiden Männern und der Exorzistin nachzuschauen. Die Augen des Beobachters waren schwarz wie die Flügel einer Fledermaus, und der Blick war hart und kalt. Wie eine Schlange ihre Beute fixiert, so starrte er den drei Menschen nach, einen Gassenhauer summend, den er in einer Taverne aufgeschnappt hatte.

»Sie gehen weiter«, sagte er leise zu einem anderen Mann, der in dem leeren, muffigen Zimmer auf einem Stuhl hockte. Diese Person trug den gleichen Kapuzenumhang wie er. »Sie haben mit Wakeham gesprochen, aber der Kerl ist so dumm und überheblich, daß er ihnen nichts von Belang erzählt hat. Der Diener hingegen könnte uns gefährlich werden. Sollen wir ihn töten?«

»Nein«, antwortete der andere Mann nachdenklich. »Warum sich mit Elritzen abgeben, wenn es im Teich einen fetten Hecht gibt?«

»Müssen wir uns vorsehen?« fragte der Mann am Fenster.

»Und ob. Wir müssen sehr auf der Hut sein. Der Ritter ist einer der besten Kämpfer des Königs. Er kennt kein Erbarmen, und sein Pflichtgefühl ist äußerst ausgeprägt.«

»Und McBain?«

»Ein Hofschranze, ein eitler Stutzer; jedenfalls gibt er vor, einer zu sein. Aber das darf nicht darüber hinwegtäuschen, daß er einen scharfen Verstand besitzt. Ein wenig gleicht er dem Ritter, wenn es ihm auch an Mut mangelt.«

Der Mann schloß das Fenster und sah seinen schwarzgewandeten Meister an. »Vor der Frau müssen wir uns am meisten in acht nehmen, nicht wahr?«

Der Mann, der auf dem Stuhl saß, nickte.

»Ein scheinheiliges, gefährliches Weibsbild!« zischte er. »Früher oder später wird sie wittern, was hier los ist. Die Reliquie ... der Tod des Soldaten ... sie wird zwei und zwei zusammenzählen.«

»Was wollen wir tun?«

Durch die Schlitze seiner Maske sog der Mann tief die Luft ein.

»Bald wird unser Anführer bei uns sein. Deshalb unternehmen wir vorerst gar nichts. Wir halten uns zurück – doch wenn sie uns in die Quere kommen, bringen wir sie alle um!«

KAPITEL 6

Die Schankstube der Taverne *Mitra* war gerammelt voll mit Studenten und Händlern. Die Binsen, die den Fußboden bedeckten, hatten sich in einen breiigen Matsch verwandelt; schwitzende Knechte und Wirte schleppten sich mit Tellern voll gebratenem Fleisch und heißen Pasteten ab, die sie aus einer nahegelegenen Garküche herbeiholten.

Junge Bengel flitzten umher und füllten Krüge und Becher mit Bier oder Wein nach. In einer Ecke grölten fünf Studenten ein Lied. Alexander schmunzelte, als er die Verse hörte. Die Worte waren lateinisch, aber das Lied handelte von den Techtelmechteln des Bürgermeisterstöchterlein und verunglimpfte die lose Moral der Oxforder Frauenzimmer im allgemeinen.

Glücklicherweise verstanden die einheimischen Kaufleute kein Wort von dem anzüglichen Text, den die Studenten breit grinsend und aus voller Kehle schmetterten. Die Bürger waren nur daran interessiert, sich die Bäuche mit gutem Essen vollzuschlagen und über die Geschäfte des Tages zu sprechen.

Bettler humpelten umher und rasselten mit ihren Schellen; Alexander erkannte den Mann, den er bereits auf der Straße gesehen hatte. Zwei müde aussehende Huren in engen gelben Kleidern boten ihre Dienste an, doch die schwarzen Zahnstummel, die sie beim Lächeln entblößten, und die maskenhaft angepinselten Gesichter schreckten jede Kundschaft ab. Alexander grinste und warf jeder von ihnen eine Münze zu. Die Weiber schnappten sich das Geld, ohne ein Wort des Dankes zu äußern, und kämpften sich zu den großen Bierfässern vor, wo der

Schenkenwirt stand und Bestellungen für den Rinderbraten entgegennahm, der hinter ihm in der großen Küche brutzelte.

Alexander und Sir Godfrey hatten Edith Mohun in ihre Mitte genommen. Von allen Seiten wurden sie gestoßen und angerempelt. Der Sekretär sah, wie Sir Godfrey langsam die Geduld verlor – die Hand des Ritters ruhte bereits auf dem Schwertknauf. Alexander fackelte nicht lange und hielt eines der vorbeihastenden Mädchen, die Essen und Bier austrug, fest.

»Bist du Laetitia?« fragte er mit lauter Stimme, um den allgemeinen Radau zu übertönen.

Das Mädel schüttelte den Kopf.

»Sie ist noch nicht hier«, schrie sie zurück. »Sie kommt erst, wenn die Vesperglocke läutet. Sie hat noch anderes zu tun.«

»Meiner Seel!« brüllte Godfrey. »Alexander, miete uns ein Zimmer. Das ist ja nicht zum Aushalten!«

Alexander tat, wie ihm geheißen, und der schwitzende Wirt, der eine schmutzstarrende Schürze trug, führte sie eine wackelige Holzstiege hinauf. Sie gelangten in eine winzige, weißgetünchte Kammer über dem Schankraum. Das Zimmerchen war wenig anheimelnd und nicht besonders sauber, aber wenigstens herrschte hier nicht der Höllenlärm wie drunten. Die Geräusche aus der Schenke drangen nur noch wie ein gedämpftes Summen zu ihnen herauf. Sie bestellten Bier, Brot und Dörrfleisch mit Zwiebeln. Edith aß wie ein Spatz, aber Sir Godfrey und Alexander langten gierig zu.

»Um den Appetit anzuregen, gibt es nichts Besseres, als die Straßen von Oxford auf und ab zu marschieren«, meinte Sir Godfrey.

»Was denkt Ihr, hat dieser Ausflug sich denn gelohnt?«

fragte Alexander. Er wandte sich an die Exorzistin. »Seid Ihr nach all den Strapazen erschöpft, Dame Edith?«

»Ich bin eher verwirrt«, entgegnete sie und lächelte dezent. »Laßt uns zusammenfassen, Master McBain, was wir in Erfahrung gebracht haben. Erstens gibt es eine Legende, die besagt, daß vor Hunderten von Jahren hier ein Strigoi-Meister einen Turm bewohnte und die Bevölkerung terrorisierte. Er und sein Gefolge wurden von Sir Hugo Mortimer vernichtet, einem Vorfahren unseres wackeren Sheriff Sir Oswald Beauchamp. Proctor Ormiston ist ebenfalls mit der Familie Mortimer verwandt, wenn auch nur entfernt.«

Sie legte eine nachdenkliche Pause ein und fuhr dann fort: »Zweitens gibt es Anhaltspunkte dafür, daß jener Anführer der Strigoi, den Sir Hugo Mortimer vor langer Zeit bekämpfte, zurückgekommen ist. Er scheint neue Gefolgsleute um sich versammelt zu haben, die schreckliche Morde begingen. Was wissen wir sonst noch?«

»Daß auf irgendeine Weise Studenten in die unheimlichen Vorfälle verwickelt sind«, antwortete Sir Godfrey und hob den Bierkrug an die Lippen.

»Ja, richtig. Drittens ist eine Gruppe Studenten aus Stapleton Hall, die sich selbst die Luminosi nannten, spurlos verschwunden. Nachforschungen verliefen ohne Ergebnis. Merkwürdig erscheint mir«, betonte Edith, »daß diese jungen Burschen einer nach dem anderen verschwanden, ohne daß ihre Kameraden offiziell um Hilfe ersuchten.«

»Das wissen wir nicht mit Bestimmtheit«, wandte Sir Godfrey ein. »Der Kollegiumsvorsteher Wakeham gab sich sehr zugeknöpft, und Ormiston sowie der Sheriff hätten ruhig ein wenig mitteilsamer sein können. Es muß ihnen doch aufgefallen sein, daß alle Studenten, die verschwanden, um Freibriefe gebeten hatten, die es ihnen erlaubten, die nächtliche Sperrstunde zu umgehen und eine bestimmte Bibliothek zu benutzen. Ich werde die beiden Herren darauf ansprechen. Doch nun fahrt bitte fort, Lady Mohun«, schloß er höflich.

»Viertens«, resümierte die Exorzistin, »schlagen die Mörder des Nachts zu. Sie können einen gesamten Haushalt zugrunderichten, ohne daß die unmittelbare Nachbarschaft Verdacht schöpft. Sie kommen und gehen so heimlich, daß nicht einmal die Nachtwächter ihr Treiben bemerken. Fast hat es den Anschein, als würden sie in die Häuser eingeladen. Master McBain, wem würdet Ihr zu nächtlicher Stunde Einlaß in Euer Heim gewähren?«

»Einer Nonne.«

Dame Edith lachte. »Wie käme eine Nonne dazu, nachts durch die Straßen von Oxford zu wandern?«

»Man würde eine Person hereinlassen«, mutmaßte Sir Godfrey, »die von Amts wegen dazu berechtigt ist, zu jeder Stunde ein Haus zu betreten.«

»Da habt Ihr recht«, räumte Dame Edith ein. »Was wissen wir sonst noch?«

»Fünftens müssen wir die seltsamen Vorkommnisse im Trinitarierkloster untersuchen«, warf Alexander ein. »Mit diesen Vorfällen haben wir uns noch gar nicht befaßt.«

»Das sollten wir unbedingt tun«, pflichtete Edith Mohun ihm bei. »Abt Samsons plötzlichem Tod haftet etwas Mysteriöses an. Außerdem dürfen wir nicht vergessen, daß das Kloster über dem alten Turm der Strigoi errichtet wurde.«

»Sechstens«, ergänzte Sir Godfrey, »gibt es noch diese sonderbare Geschichte mit dem geflohenen Hospitaliter. Weshalb wurde er getötet? Lauerte man ihm in den Wäldern außerhalb der Stadt auf? Wo versteckte er die kostbare Reliquie? Und was hat der Satz *Der Ritter, der übers Meer gefahren ist* zu bedeuten?«

»Seid still!« zischte Edith Mohun und richtete sich kerzengerade auf. Sie spürte, wie ihr Herz stockte und sich die Haare in ihrem Nacken vor Angst sträubten.

Was habt Ihr?«

Die Exorzistin zitterte und verschränkte die Arme vor der Brust. Ihre Kehle schnürte sich zusammen, und der Mund war plötzlich wie ausgedorrt.

»Ich habe ein Geräusch gehört«, flüsterte sie und griff nach Alexanders Hand. »Master McBain, seid so gütig und schaut draußen nach.«

Alexander blickte auf die hölzernen Fensterläden und spitzte die Ohren. Doch außer dem leisen Gemurmel von drunten vermochte er nichts zu hören.

»Da ist nichts«, flüsterte er. »Der Wind frischt auf, ein Fensterladen wird geklappert haben.«

Sir Godfrey erhob sich und schritt ans Fenster. Er öffnete die Läden und starrte hinunter auf die schmutzige mit Kopfsteinen gepflasterte Straße. Aus der halboffenen Tür stahl sich ein Lichtstrahl, und das Wirtshausschild schaukelte leise quietschend an seinen Ketten. Er schaute nach rechts und links. Die kalte Brise fuhr ihm ins Gesicht und zerzauste sein Haar.

»Nichts zu hören oder zu sehen«, verkündete er achselzuckend, doch seine Aufmerksamkeit erlahmte nicht. Er verspürte dasselbe Prickeln in der Magengrube, dieselbe Spannung in den Muskeln wie früher, wenn er in Frankreich des Nachts als Späher unterwegs war und wußte, daß die gegnerischen Häscher ihn bereits umkreisten.

Abermals starrte er nach unten auf die Straße. Zwei Studenten bogen um die Ecke, mit trunkenen Stimmen ein Lied grölend. Die Burschen hielten inne und winkten ihm zu. Sir Godfrey seufzte und schloß wieder die Läden.

Die beiden Studenten drunten wurden schlagartig nüchtern und verkrümelten sich in schattige Winkel. Hoch über ihnen, auf dem schrägen Dach der Schenke balancierend, schmunzelte eine schwarzverhüllte Gestalt in sich hinein. Es war noch einmal gutgegangen. Geräuschlos kroch der Mann den Dachfirst entlang und sprang geschmeidig wie eine Katze auf das angrenzende Haus.

Drinnen in der Stube atmete Edith Mohun auf.

»Was immer es war«, flüsterte sie, »es ist fort.«

»Mylady«, sagte Alexander, »Ihr scheint über beträchtliche geistige Kräfte zu verfügen. Könnt Ihr mit Eurer Seele sehen?«

»Nein, Alexander«, antwortete sie, »zwar wird es von mir behauptet, aber es stimmt nicht. Ich bin nur wie ein winziger Sperling in Gottes Hand. Alles, was ich unternehme, geschieht für unseren Herrn.«

Alexander zog eine Grimasse. »Was ich Euch noch fragen wollte«, fuhr er fort, »bestehen diese Strigoi eigentlich aus Fleisch und Blut?«

Die Exorzistin nickte. »Doch geschwächt werden sie durch mächtige Reliquien; man kann sie durch das Schwert töten und mit Feuer vernichten?«

»Um sie endgültig zu zerstören, bedarf es der Kraft des Feuers«, bestätigte sie. »Denkt daran, Alexander, was ich Euch erzählt habe. Wenn man sie tötet, schlüpft ihr Geist einfach in den Körper eines ihrer Gefährten, der dadurch um so stärker wird. Will man sie mit Stumpf und Stiel ausrotten, muß man sie verbrennen wie trockene Zweige.«

»Würdet Ihr es merken, wenn ein Strigoi in Eurer Nähe ist? Könntet Ihr durch eine Menschenmenge gehen und wissen, daß sich darunter ein Strigoi befindet?«

»Nein, sie verstehen sich trefflich zu tarnen. Doch ist ein Strigoi erst einmal entlarvt, könnte ich es wahrscheinlich fühlen. Ich entsinne mich an einen Vorfall in Frankreich, es passierte in einer Stadt, deren Name mir entfallen ist. Ein verurteilter Mörder wurde über den Marktplatz zu seiner Hinrichtung geführt. Ich hielt mich zufällig in der Nähe auf. Plötzlich verspürte ich ein solches Grauen, daß ich ohnmächtig wurde.«

»Wollt Ihr damit sagen«, mischte sich Sir Godfrey ein, »daß diese Strigoi durch ganz Europa wandern?«

»Allerdings, Sir Godfrey. Es gibt verschiedene Formen von Besessenheit, doch die Strigoi verkörpern die schlimmste. Ich bin sicher, daß der Mörder, der auf dem Marktplatz hingerichtet wurde, ein Strigoi war. Manchmal treten sie vereinzelt auf, aber am mächtigsten sind sie, wenn sie sich um einen Meister scharen. Einer allein kann entdeckt werden, aber wenn sie sich zusammenrotten, sich gegenseitig schützen und nach außen hin eine gefällige Gemeinschaft bilden, können sie jahrelang ihr Unwesen treiben, ohne daß jemand Argwohn schöpft.«

Sie rieb sich die Hände. »Gewiß, mitunter fühle ich das Böse, das einen Strigoi umgibt, doch zuvor muß er sich selbst verraten haben.« Sie schmunzelte. »Ich verfüge nicht über geheimnisvolle Kräfte. Jeder Mensch, der reinen Herzens ist, würde sich in Gegenwart des personifizierten Bösen unbehaglich fühlen.«

Sie unterbrach sich, als es an der Tür klopfte. Der rotwangige Wirt kam hereingewatschelt und zerrte ein mageres Mädchen hinter sich her.

»Das ist Laetitia«, sagte er. »Aber lange kann sie nicht hier oben bleiben.« Er wandte sich an Sir Godfrey. »Kalt ist es im Zimmer. Hat jemand das Fenster geöffnet?«

»Ja, ich war es«, antwortete Godfrey und deutete auf

eine dicke Talgkerze. »Die verbreitet einen üblen Gestank.«

»Die Kerze besteht aus gutem Schweinefett«, protestierte der Wirt beleidigt. Mit der Hand wies er auf ein Erkerfenster, das keine Holzläden hatte, aber aus vielen kleinen Glasquadraten bestand. »Nicht viele Schenken haben Glasfenster. Ihr habt doch nicht etwa versucht, das da zu öffnen?«

Sir Godfrey schüttelte den Kopf.

»Gut!« knurrte der Wirt. »Es könnte nämlich herausfallen.«

Alexander zog eine Münze aus seinem Geldsäcklein und drückte sie dem Wirt lächelnd in die Hand. »Habt Dank, Herr Wirt«, sagte er. »Laßt Laetitia hier.« Sein Lächeln vertiefte sich, als er in das schmale Gesicht des Mädchens blickte. »Keine Angst«, beruhigte er sie. Fürsorglich zog er ihr einen Stuhl heran. Der Wirt stapfte aus der Kammer und schlug die Tür hinter sich zu. Laetitia hockte sich auf die äußerste Stuhlkante und starrte Alexander an. Der junge Mann schien recht freundlich zu sein, aber der Ritter, der ihn begleitete, machte ein grimmiges Gesicht, und die alte Frau mit dem weißen Haar und der Binde um die Augen war ihr unheimlich.

»Was wollt Ihr von mir?« fragte Laetitia, bemüht, ihre Angst zu verbergen.

Sachte berührte Alexander ihre Hand. »Wir möchten dir nur ein paar Fragen stellen.«

»Ich habe nichts Unrechtes getan«, begehrte sie auf. »Ich bin ein gutes Mädchen und arbeite fleißig.«

»Was weißt du über den Brabanter?« fragte Alexander.

»Ach, der ist weg.«

»Machte er dir schöne Augen?«

Das Mädchen zupfte einen losen Faden aus ihrem abgetragenen Gewand und glättete sich dann das strähnige braune Haar.

»Er machte mir kleine Geschenke«, sagte sie. »Schmuck und solche Sachen.« Schüchtern hob sie den Blick. »Falls Ihr wissen wollt, wohin er gegangen ist, dann befragt Ihr die falsche Person. Ich habe nicht den blassesten Schimmer, wo er sich aufhalten könnte.«

»Vielleicht kannst du uns etwas über seine Gefährten erzählen. Sie nannten sich selbst die Luminosi. Einer nach dem anderen verschwand. Hat Guido sich nicht darüber aufgeregt, daß seine Freunde sich so plötzlich davonmachten?«

»O nein. Er erklärte mir, sie seien in verschiedene Landesteile geschickt worden, um irgendwelche geheimen Botschaften zu überbringen. Bei der Gelegenheit machte er sogar eine Andeutung, daß er selbst vielleicht auch bald aufbrechen müsse.«

»Wer schickte die Studenten fort?«

»Er sagte, diese Person sei eine Art Wächter oder Beschützer.«

»Und wer genau verbirgt sich hinter diesem Beschützer, der Studenten als geheime Kuriere benutzt?«

Laetitia befeuchtete ihre Lippen mit der Zunge und knetete nervös ihre Hände. »Ich bin nur ein armes Mädchen«, sagte sie in wehleidigem Ton.

Alexander drückte ihr eine Münze in die Hand. Das Mädchen blickte hoch. In diesem Moment sah sie das weiße Gesicht, das sich von draußen gegen das Fenster preßte. Ohne zu blinzeln, starrte Laetitia geradeaus; das Antlitz war kalkweiß, die großen, dunklen Augen blickten voller Bosheit auf die Menschen im Zimmer. Ein Finger wurde gehoben und an die blutleeren Lippen gelegt, als Zeichen dafür, daß sie schweigen sollte. Laetitias

Kinnlade klappte herunter. Sie blinzelte, und als sie wieder hinschaute, war die Erscheinung am Fenster verschwunden. Edith Mohun spürte ein schmerzhaftes Pochen in ihrem Schädel. Obwohl sie nichts sehen konnte, wandte sie sich dem Fenster zu.

»Was ist los?« fragte sie und griff nach Alexanders Hand.

Laetitia sprang hoch, und ihr Stuhl kippte um.

»Ich muß gehen!« stammelte das Mädchen. »Ich muß sofort wieder nach unten.«

Alexander blickte verwirrt Sir Godfrey an, der hilflos die Schultern hochzog.

»Komm zurück, Mädchen!«

Laetitia stand bereits an der Tür.

»Nein, nein!« kreischte sie. »Wagt es nicht, mich hier festzuhalten. Sonst schreie ich um Hilfe und behaupte, Ihr hättet mir etwas antun wollen.«

»So beruhige dich doch!« Alexander war gleichfalls aufgestanden.

Entschlossen öffnete das Mädchen den Mund.

»Schon gut, schon gut«, wiegelte Alexander ab. »Du kannst gehen, aber verrate uns doch, was dich so erschreckt hat?«

Laetitia schüttelte den Kopf. Alexander schaute zum Fenster hinüber, doch draußen war alles dunkel. Wieder wandte er sich an das Mädchen.

»Hör zu«, sagte er, »geh ruhig, wenn du willst, aber falls du es dir noch anders überlegst und mich sprechen willst, komm ins Kloster St. Anne. Frag dort nach Alexander dem Sekretär. Wenn du mir etwas Nützliches erzählst, gebe ich dir eine Goldmünze.« Das Mädchen nickte und flüchtete aus dem Zimmer.

»Was ist nur plötzlich in sie gefahren?« wunderte sich Sir Godfrey.

Alexander schnitt eine Grimasse.

»Sie hatte Angst«, meinte Edith Mohun und verschränkte die Arme. »Auch ich bin zutiefst beunruhigt. Sir Godfrey, Master McBain, ich schwöre Euch, wir werden beobachtet. Die Strigoi wissen, daß Ihr im Auftrag des Königs in Oxford weilt. Zuerst werden sie versuchen, uns Angst zu machen, um unsere Kräfte zu schwächen. Doch seid auf der Hut, denn die Strigoi schlagen schnell, lautlos und tödlich zu, wie die Schlangen.«

Die ernste Warnung der Exorzistin legte sich dunkel auf ihr Gemüt. Schweigend verließen sie die Taverne und schritten durch die einsamen Straßen, die nur selten von einer trüben Öllampe über einer Tür beleuchtet wurden. Erst als sie die efeubewachsenen Mauern des Klosters St. Anne erreichten, atmeten sie auf. Am Tor begrüßte sie eilfertig der Pförtner.

»Die Äbtissin erwartet Euch bereits«, verkündete er gewichtig. »Den ganzen Tag lang ließ sie nach Euch Ausschau halten.«

Umschweifig hätte er gern noch weiter geredet, doch Sir Godfrey befahl ihm, den Mund zu halten, und warf ihm die Zügel seines Pferds zu. Lady Mohun verkündete, sie sei müde und müsse sich ausruhen. Eine Laienschwester führte sie zur Kirche, während eine andere Sir Godfrey und Alexander in das Gemach der Äbtissin geleitete.

Dame Constance war dabei, eine Anzahl Briefe zu versiegeln; sie zeigte einer bläßlichen Novizin, wie man das Wachs zum Schmelzen brachte und das Pergament so faltete, daß es nicht brach.

Sowie die Laienschwester Sir Godfrey und Alexander angemeldet hatte, schickte die Äbtissin die Novizin fort, die offensichtlich erleichtert das Weite suchte. Lady Constance schob ihren Armstuhl an das Feuer. Dann servierte sie Glühwein; sie mußte ein Tuch nehmen, um den heißen Krug aus der Kaminecke zu holen und die Becher bis zum Rand zu füllen. Nachdem sie den Krug zurückgestellt hatte, nahm sie zwischen den beiden Männern Platz und wärmte ihre schmalen, feingliedrigen Finger am Feuer.

»Hattet Ihr einen erfolgreichen Tag?« erkundigte sie sich.

Sir Godfrey schilderte mit knappen Worten, was sie erreicht hatten. Die Äbtissin nickte.

»Äbtissin«, sagte Alexander, als eine Weile Schweigen herrschte. »Euer Pförtner erwähnte, Ihr hättet schon den ganzen Tag lang auf uns gewartet.«

»Allerdings, mir war sehr daran gelegen, mit Euch zu sprechen. Aber nicht über das Thema, das wir gerade behandelt haben, sondern in diesem Fall geht es um Lady Emily de Vere. Ich werde meine Worte sorgfältig wählen. Lady Emily ist anders, als es den ersten Anschein hat.« Sie legte eine Pause ein und beobachtete, wie ein Holzscheit funkensprühend in zwei Teile zerbarst. »Sie ist Waise und das Mündel des Königs, eine reiche Erbin und bei weitem nicht so naiv und hilflos, wie sie sich gern gibt. Hinter diesem niedlichen Gesicht verbirgt sich ein scharfer Verstand, auf den so mancher Mann neidisch sein könnte, sowie ein eiserner Wille.«

Sie schmunzelte in sich hinein, ehe sie fortfuhr. »Ihre Hartnäckigkeit und ihr Eigensinn haben mir schon arg zugesetzt, wie ich gestehen muß. Sie wählte dieses Kloster als Wohnsitz, weil es in der Nähe ihrer Güter liegt. Sie besteht darauf, daß ihre Verwalter sie regelmäßig aufsuchen und ihr Bericht erstatten. Sogar den König vermag sie um den kleinen Finger zu wickeln – was allerdings kein Kunststück ist. Einem hübschen Gesichtchen konnte unser edler König Edward noch nie widerstehen.«

Constance beugte sich vor und nippte von ihrem Wein. »Für eine so junge Frau versteht Emily sich prächtig aufs Verhandeln, und sie hat den König zu ernsthaften Zugeständnissen bewegt. Wenn sie volljährig wird, erhält sie nicht nur die absolute Verfügungsgewalt über ihre Güter und ihr Vermögen, sie hat dem König zudem noch das Versprechen abgerungen, daß sie aus Liebe heiraten darf und keine Vernunftehe eingehen muß.« Die Äbtissin hüstelte. »Sie gibt sich schüchtern, aber das ist ihr Schutzschild gegenüber der Welt. In gewisser Hinsicht ist sie auch scheu und zurückgezogen. Ihre Mutter starb früh, und sie mußte mitansehen, wie ihr Vater bei einem Turnier in Osney zu Tode kam. Er stürzte vom Pferd und wurde mitgeschleift, und selbst die Ärzte konnten ihn nicht mehr retten. Er starb unter entsetzlichen Qualen, und Lady Emily blieb die ganze Zeit bis zu seinem Ableben bei ihm. Das hat sich natürlich auf ihr Gemüt ausgewirkt.«

»Habt Dank, daß Ihr uns das erzählt habt«, sagte Sir Godfrey. »Aber was hat das mit uns zu tun?« Verstohlen schielte er Alexander von der Seite her an.

»Ich bin eine Braut Christi und habe den fleischlichen Genüssen entsagt«, erwiderte Dame Constance, »aber deshalb bin ich gewissen weltlichen Dingen gegenüber noch lange nicht blind. Ich will nicht viele Umschweife machen, meine Herren; Lady Emily ist ein bildhübsches junges Mädchen, und mir ist aufgefallen, daß Ihr beide hingerissen von ihr seid.«

Verlegen starrten der Ritter und Alexander ins Feuer.

»Gott steh mir bei, was seid Ihr nur für Männer!« sagte die Äbtissin kopfschüttelnd. »Tapfer im Krieg, aber schüchtern in der Liebe.«

»Ihr seid sehr direkt«, meinte Sir Godfrey. »Jeder Mann würde Lady Emily anziehend finden.«

»Aha!« Die Äbtissin raschelte mit den Ärmeln ihres Habits. »So kommen wir der Sache schon näher. Und Lady Emily hat ihr Herz an Euch beide verloren. Da liegt nämlich der Haken an der ganzen Geschichte.«

»Hat sie das gesagt?« Sir Godfrey verwünschte sich im stillen, weil er klang wie ein verliebter Tölpel.

Die Äbtissin lächelte geziert. »Nicht wörtlich. Aber man muß nicht besonders weise sein, um ihre Blicke zu deuten und gewisse Untertöne herauszuhören, wenn sie über Euch spricht.«

Vor Freude hätte Alexander am liebsten laut gejubelt, aber er versagte sich jede auffällige Regung und schmunzelte nur stillvergnügt in sich hinein. Die Angelegenheit, wegen der er sich in Oxford befand, war ihm verhaßt, aber sobald diese leidige Geschichte vorüber war, würde er seine Aufmerksamkeit voll auf Lady Emily richten. Noch einmal dachte er über die Worte der Äbtissin nach. Doch als sein Blick dann zu Sir Godfrey hinüberwanderte, erschrak er über den harten, berechnenden Ausdruck in dessen Augen. Wir sind Rivalen, erkannte er mit gelindem Entsetzen. Gott weiß, wie die Sache enden wird.

Sir Godfreys Gedanken bewegten sich auf ähnlichen Pfaden. Es täte ihm leid, wenn seine Freundschaft mit dem ewig spöttelnden Sekretär ein jähes Ende finden würde, doch er war fest entschlossen, um Lady Emily zu kämpfen. Er, der bis vor kurzem noch geglaubt hatte, nie wieder etwas für eine Frau empfinden zu können, war bis über beide Ohren in das junge Mädchen verliebt.

»Ich kann Eure Gedanken lesen«, murmelte Lady Constance mit einem tiefen Seufzer. Sie nahm die silberne

Kette von ihrem Hals und zeigte sie den beiden Männern. »Schwört auf dieses Kreuz«, beharrte sie, »daß Ihr Euch nicht wegen Lady Emily entzweien werdet. Falls es zu einem Streit um das Mädchen kommt, so verschiebt die Fehde, bis wir die Angelegenheit, wegen der Ihr hier seid, zu einem Ende gebracht haben.«

Sir Godfrey und Alexander starrten die Äbtissin verblüfft an. Ihr Gesicht war sehr ernst geworden. Am liebsten hätte sie damit gedroht, Lady Emily fortzuschicken, doch ein erzwungener Schwur war nichts wert. Ihre Miene wurde weicher.

»Ich bitte Euch«, sagte sie. »Um der Liebe Christi willen, schwört diesen Eid.«

Beide Männer berührten das Kruzifix.

»Ich schwöre«, sagte Sir Godfrey.

»Ich schwöre auch«, erklärte Alexander.

Zufrieden legte sich die Äbtissin wieder die Kette um den Hals. »Nun, dann seid heute abend meine Gäste an der Hohen Tafel. Edith und Emily werden natürlich auch da sein.

In ihrer Zelle in der Klosterkirche wusch Edith Mohun sich sorgfältig den Staub von Händen und Gesicht. Dann band sie sich wieder den seidenen Schal um die Augen und kniete vor dem Kruzifix nieder.

»Ich bin ihnen wiederbegegnet«, flüsterte sie. »Sie waren heute abend da, Herr, irgendwo in der Nähe der Schenke.« Sie zitterte und hob ihr Gesicht dem gequälten Antlitz ihres Heilands entgegen.

»Aber da war noch etwas, Herr. Wenn ich nur wüßte, was es war.« Sie lehnte sich auf den Fersen zurück und ließ ihre Gedanken schweifen. Im Geist wirkten noch einmal die verschiedenen Eindrücke auf sie ein – der Lärm und der Gestank der Stadt, der süßliche Duft von Büchern und Pergament, der in der Bibliothek zu Stapleton Hall in der Luft hing, die schreckliche Angst, die sie plötzlich übermannte, als sie in der Taverne saßen, das Gefühl eines drohenden Unheils ... Ihr Herz stockte. Sie stand auf und biß sich aufgeregt auf die Lippe.

»O Herr!« flüsterte sie. »Das darfst du nicht zulassen!« Sie entsann sich an den Augenblick, als Laetitia sich weigerte zu sprechen. Sofort hatte Edith nach Alexanders Hand gegriffen.

»Meine Hand lag auf der seinen«, wisperte sie. »Sonst fühlt sich seine Haut immer warm und weich an, doch während dieser paar Sekunden war seine Hand so hart und kalt wie Eis.«

Im Zimmer der Äbtissin füllte Lady Constance gerade die Becher ihrer Gäste nach, um den geleisteten Schwur zu feiern, als eine Laienschwester mit wehendem Schleier ohne anzuklopfen hereinstürmte.

»Mutter Äbtissin! Mutter Äbtissin! Ihr müßt sofort mitkommen. Sofort!«

»Um Gottes willen, Veronica!« rief die Äbtissin. »Was ist denn passiert? Sind die Franzosen gelandet? Ist der König zu Besuch gekommen? Wieso seid Ihr nicht in der Krankenstube und verrichtet dort Euren Dienst?«

»Ich war dort, aber ich ging kurz auf den Friedhof, um Blumen auf Dame Richoldas Grab zu legen«, berichtete die Nonne außer Atem. »Ich kann es nicht erzählen, Ihr müßt mitkommen, Mutter Äbtissin – und Eure Gäste auch!«

Constance holte ihren Umhang und entzündete in aller

Ruhe zwei Wachskerzen. Eine davon gab sie der Laienschwester. Gefolgt von dem Ritter und dem Sekretär verließen sie das Kloster, gingen um die Kirche herum und erreichten den Friedhof. Vor ihnen lag das dunkle, öde Gräberfeld. Eine nächtliche Brise raschelte in den Eiben und trieb das welke Herbstlaub über das feuchte Gras. Die Holzkreuze knarrten leise und bewegten sich in ihren Betten aus Erdreich.

Alexander sah sich um und fröstelte. Er unterdrückte einen Fluch, als eine Eule herabstieß und auf der Jagd nach irgendwelchem Kleingetier dicht über ihren Köpfen hinwegstrich. Er sah, wie die gespenstisch weißen Flügel flatterten, dann sackte der Vogel nach unten. Ein dünner Schrei erklang, die Eule schwang sich wieder in die Luft und verschwand im dunklen Geäst eines Baumes.

Veronica eilte voran und blieb mitten auf dem Friedhof stehen, der von einem großen, nach keltischer Art geschnitzten Kreuz überragt wurde. Am Fuß dieses Kreuzes befand sich ein kleiner Steinaltar, und davor lagen drei umgekippte Kreuze.

Dame Veronica zeigte mit dem Finger darauf und wandte sich rasch ab. Sir Godfrey nahm eine Wachskerze in die Hand und bückte sich; Alexander blieb hinter ihm stehen. Der Anblick, der sich ihnen bot, ließ ihnen das Blut in den Adern gefrieren. Alexander bemühte sich, die erschrockenen Ausrufe der Äbtissin zu überhören.

»Wer könnte das getan haben?« zischte Lady Constance. »Ein makaberer Streich.«

»Drei Kreuze«, sagte Sir Godfrey nachdenklich.

Er zog eines ganz aus dem Boden und legte es flach hin. Dann zog er seinen Dolch aus der Scheide und entfernte die tote Fledermaus, die ans Holz genagelt war. Zu seinem nicht gelinden Erstaunen sah er seinen in den Querbalken eingeritzten Namen.

»Drei Kreuze«, wiederholte er sinnend. »An jedes wurde eine tote Fledermaus genagelt, und unsere Namen sind ins Holz gekerbt: Sir Godfrey Evesden, Alexander McBain und Lady Edith Mohun.«

Er stand auf, trat die beiden anderen Kreuze mit dem Fuß aus dem Erdreich und stapelte alle drei übereinander.

»Äbtissin?«

»Ja, Sir Godfrey?«

»Laßt Öl über die Kreuze gießen und sie sofort verbrennen.«

Die Äbtissin stellte keine Fragen und wandte sich sofort an die Laienschwester. »Veronica, Ihr habt gehört, was Sir Godfrey sagte. Lauft rasch in die Küche, holt Öl und zündet die Kreuze an. Laßt Euch dabei von einem Dienstmädchen helfen.«

Lady Constance ging mit ihren Gästen in ihr Gemach zurück.

»Wer mag das getan haben?« überlegte sie. »Ob es ein derber Studentenulk ist?«

»Nein.« Sir Godfrey stand vor dem Kamin, starrte in die Flammen und nippte an seinem Wein. Über die Schulter blickte er Alexander an, der sehr blaß geworden war. »Es fängt an«, sagte er. »Wir haben die Melodie gelernt und uns die Schritte eingeprägt, der Totentanz kann beginnen. Edith Mohun hat recht: Die Strigoi wissen, daß wir in Oxford sind, und haben uns ihre erste Warnung zukommen lassen.«

Bevor die Männer ins Gästehaus gingen, mußten sie Lady Constance versprechen, den Vorfall niemandem gegenüber zu erwähnen. In ihren Zimmern wuschen sie sich und legten frische Kleidung an, wobei jeder größten Wert auf Sauberkeit legte.

Eine Bedienstete kam und brachte sie hinunter in das Refektorium – eine kleine Halle mit einer erhöhten Plattform unter einem blauen und goldenen Baldachin. In der Mitte saß Lady Constance, zu ihrer Rechten Edith und links von ihr Lady Emily. Die Männer nahmen den Frauen gegenüber Platz.

Ein Gespräch kam nur schwer in Gang, und Alexander hegte den Verdacht, daß die Exorzistin ahnte, daß etwas nicht stimmte. Beide Männer hatten jedoch nur Augen für Lady Emily, die wieder hinreißend aussah. Sie trug ein blaues Kleid mit silberner Stickerei und kostbarem Zobelbesatz. Der kurze weiße Schleier auf ihrem Haar wurde von einem Goldreif gehalten. Sie bewegte sich mit vollendeter Anmut, und ihr Parfum, das nach Moschus und süßen Kräutern duftete, übte eine betörende Wirkung auf die Männer aus.

Was sie sagte, klang kokett, und nur mit Mühe verbiß sich Edith Mohun ein Lächeln. Sie ist eine richtige Range, dachte sie bei sich, unter einem samtweichen Äußeren verbirgt sich ein Kern aus reinstem Stahl; sie mag beide Männer sehr gern und macht sich ein Vergnügen daraus, sie gegeneinander auszuspielen.

Nur mit halbem Ohr lauschte Edith dem Gespräch. Sie hoffte, die schöne Maid würde kein Eifersuchtsdrama zwischen den beiden Männern auslösen, denn Edith hatte sowohl den Ritter wie den Sekretär in ihr Herz geschlossen. Es sind wackere Männer, sagte sie sich, jeder hat seine Schwächen und seine Vorzüge, aber sie sind reinen Herzens, gutwillig und tapfer.

Alexander fiel auf, daß die Exorzistin kaum etwas aß. Sie spielte nur mit dem Stück Weißbrot, das auf ihrem silbernen Teller lag. Widerstrebend wandte er seinen Blick von Lady Emily ab und fragte:

»Lady Mohun, Ihr seid so still heute abend.«

»Das kommt daher, weil ich nachdenke.«

»Und worüber?« Alexander schlug einen scherzhaften Ton an und strahlte, als Emily ihm zulächelte. »Seid Ihr mit Euren Gedanken in Oxford oder bei Euren anderen Reisen? Ihr seid mehr in der Welt herumgekommen als jeder andere von uns.«

Die Exorzistin verstand den Wink und erging sich in eine ausführliche Beschreibung der Universitäten zu Padua und Genua, die sie mit der Universität von Oxford verglich. Lady Constance hatte sich mittlerweile von dem Schock über die Blasphemie auf dem Klosterfriedhof erholt, und als sie merkte, daß die Stimmung an der Hohen Tafel sich entspannte, gab sie den Bediensteten ein Zeichen, das hervorragende Mahl zu servieren.

Sie sorgte dafür, daß die Becher des Ritters und des Sekretärs immer mit Wein gefüllt waren. Der mit Honig gesüßte Wein, das schmackhafte Fleisch, die Anwesenheit einer schönen jungen Frau und Ediths Erzählungen ließen die Schrecknisse des Tages allmählich verblassen.

Das Mahl war eine Abfolge von erlesensten Köstlichkeiten: In Chaudron gedünsteter Schwan, Rinderbraten mit einer Sauce aus braunem Zucker, schwarzem Pfeffer, Ingwer und Zimt, dazu Salate aus verschiedenen Gemüsesorten und mit Kräutern gewürzt. Außerdem gab es Lammfleisch in einem Sud aus Knoblauch und Rosmarien, als Beilage grüne Erbsen mit Zwiebeln, und zum Nachtisch wurden geröstete Pinienkerne mit Honig gereicht.

Die Äbtissin betrachtete ihre Gäste, freute sich, daß es ihnen schmeckte, und zu gegebener Zeit erklärte sie, sie wolle sich zurückziehen. Ihre Gäste blieben noch an der Tafel sitzen und plauderten. Edith amüsierte sich köstlich, als Alexander erzählte, wie er versucht hatte, mit unsichtbarer Tinte zu schreiben.

Dame Constance bedankte sich bei ihrer Köchin und den Küchenmädchen und begab sich in ihr privates Gemach.

Eine Dienerin hatte neues Holz aufs Feuer gelegt und einen Krug mit Wein in die Kaminecke gestellt. Die Äbtissin kniete vor ihrem Prie-Dieu, dem Betstuhl, zündete die beiden Kerzen an, die in eisernen Haltern steckten, und begann mit leiser Stimme einen Psalm zu sprechen; als sie plötzlich hörte, wie ihr Name gerufen wurde, glaubte sie, zu träumen.

»Constance! Constance! Ach, Constance, öffne das Fenster!« Die Äbtissin erhob sich und hielt sich erschrocken eine Hand vor den Mund. Viele Jahre war es her, seit man sie das letzte Mal nur mit ihrem Vornamen angesprochen hatte; damals war sie noch ein Kind gewesen, hatte auf dem Gut ihres Vaters gewohnt, und andere Mädchen waren zum Spielen zu ihr gekommen.

»Constance! Constance!«

Sie eilte ans Fenster und öffnete die Läden. Angestrengt spähte sie hinaus in die Dunkelheit. Nahe des Eingangs verbreitete eine Pechfackel einen unruhigen Schein. Aber die Äbtissin konnte niemanden erkennen.

»Constance!«

Die Stimme schien aus unmittelbarer Nähe zu kommen. Der Efeu, der das Fenster einrahmte, bewegte sich raschelnd. Sie blickte nach rechts, und dann entdeckte sie die Gestalten, direkt unter dem Fenster. Sie trugen schwarze Gewänder, die Augen waren schwarz umrandet, und grinsende Münder schienen die bleichen Gesichter zu spalten.

Es muß ein Alptraum sein, schoß es ihr durch den Kopf, und sie wandte den Blick ab. Doch als sie wieder hinschaute, waren die finsteren Gestalten immer noch da – vier, fünf Schatten klammerten sich wie schwarze Fledermäuse an den Efeu und blickten hämisch grinsend zu ihr empor. Mit einem lauten Knall schloß Dame Constance die Fensterläden und stürzte schreiend zu Tür.

EIN GESPRÄCH ZWISCHEN DEN PILGERN

»Beim Henker!« verkündete Harry der Wirt und betrachtete die gespannten Gesichter der Pilger, die um den großen Tisch im *Tabard Inn* saßen. »Beim Henker!« wiederholte er nachdrücklich, »das ist eine wahrhaft grausige Geschichte, edler Ritter. Bitte, erzählt weiter.«

Der Ritter schüttelte den Kopf und deutete auf die Kerze.

»Es ist spät geworden. Für heute abend soll es genug sein, morgen ist ein anderer Tag. Vielleicht kann ich morgen abend nach dem Essen mit der Geschichte fortfahren.«

»Aber wer waren diese Mörder?« fragte der Gerichtsbote mit wildem Blick. »Ich bitte Euch, edler Ritter, spannt uns nicht auf die Folter!«

»Schweigt still!« ermahnte ihn Harry, der Wirt. »Die Regeln sind festgelegt; ein jeder Pilger soll seine Geschichte erzählen, ohne daß ein anderer ihn unterbrechen darf.«

»Gibt es solche Kreaturen denn wirklich?« erkundigte sich der Ablaßkrämer und strich sich das lange, gelbe Haar aus dem grämlichen Gesicht, das an einen Totenschädel gemahnte. »Strigoi, Geschöpfe der Nacht, Ausgeburten der Hölle . . . Ritter, Ihr wollt uns wohl foppen?«

Am Tisch erhob sich zustimmendes Gemurmel.

»Da wäre ich mir nicht so sicher«, wandte der Schreiber aus Oxford ein. »Edler Ritter, Eure Geschichte ruft Erinnerungen in mir wach. Plötzlich entsinne ich mich wieder an Anekdoten und Geschichten, die ich gehört habe. Eure Beschreibung der Universität ist in jeder Hinsicht korrekt. Und ich weiß, daß es in Exeter Hall einen Kollegiumsvorsteher namens Wakeham gab. Ein gewisser Sir Oswald Beauchamp bekleidete eine Zeitlang das Amt des Sheriffs, das geht aus den Schriften im Stadtarchivum hervor.« Der Schreiber dachte kurz nach. »Aber kam er nicht bei einem Feuer ums Leben? Und was wißt Ihr über Proctor Ormiston? Ein Sonderling, der auf rätselhafte Weise aus der Universität verschwand.«

Der Ritter gab ihm einen Wink, und der Schreiber schwieg.

»Was soll das heißen?« fragte der fette Mönch. »Wollt Ihr damit etwa andeuten, die Geschichte könnte wahr sein?«

»Ich erkenne auch einige Namen wieder«, erklärte der arme Pfarrer, der neben seinem schmuddeligen Bruder, dem Pflüger, saß. Er beugte sich vor und umklammerte dabei das Geldsäckchen, das er an einer Schnur um den Hals trug.

»Welche Namen sind das?« wollte der Ritter wissen.

»Nun ja, ich kannte Vater Andrew, den Priester von St. Peter. Als ich noch jung war, diente er als Hilfsgeistlicher in London. Ein frommer Mann, der sich besonders um die Armen kümmerte.«

»Ach ja«, mischte sich der Schreiber aus Oxford unverdrossen ein und streckte seinen knochigen Zeigefinger aus. »Die St.-Peter-Kirche ist mittlerweile ausgebaut worden. Vater Andrew ist tot – ich habe sein Grab vor dem Hochaltar gesehen. Er wurde vielgerühmt ob seiner guten Werke.«

»Dann ist die Geschichte also wahr?« staunte der Freisasse und kratzte sich den schneeweißen Bart.

»Das habe ich nicht gesagt«, erwiderte der Ritter und warf seinem Sohn einen raschen Blick zu. Der junge Mann betrachtete seinen Vater mit einem sonderbaren Ausdruck in den Augen.

»Gibt es denn solche Geschöpfe wie die Strigoi?« bohrte der Advokat hartnäckig nach.

»Ich sagte doch schon«, trompetete die Frau aus Bath, »als ich eine Pilgerreise zum Grab der Heiligen Jungfrau Maria in Köln unternahm . . .«

»Mir scheint, Ihr wart wohl eher unterwegs, um Euch einen neuen Gatten zu angeln«, spottete der Mönch.

»Selbst wenn es so wäre, einen Mann wie Euch würde ich nie nehmen«, gab die Frau schlagfertig zurück. »Aber ich wollte Euch sagen, daß ich von diesen Strigoi, den lebenden Toten, bereits gehört habe.« Mit flinken Fingern rückte sie ihren Schleier zurecht. »Strigoi sind meines Wissens Männer und Frauen, die von bösen Geistern besessen sind. Diese Geister zwingen sie dazu, sich von Menschenblut zu ernähren, das ihre Leiber sowie die Dämonen in den Körpern stärkt.«

Die Frau aus Bath leerte ihren Becher.

»In einem Dorf unweit von Köln hörte ich die Geschichte eines jungen Mannes namens Ulrich. Er war Pflüger. Obwohl er körperlich kräftig und selten krank war, bekam Ulrich plötzlich Atembeschwerden.« Die Frau aus Bath stützte sich mit den Ellenbogen auf dem Tisch ab und strahlte die anderen Pilger an, erfreut, daß sie nun im Mittelpunkt der Aufmerksamkeit stand. »Es begann, nachdem er sich mit seinem Bruder über ein Stück Land gestritten hatte. Ulrich wurde immer schwächer und spuckte Blut. Er starb, und man begrub ihn auf dem örtlichen Friedhof. Sechzehn Jahre später tauchte er wieder im Dorf auf und behauptete, er sei gar nicht tot gewesen. Ein Strigoimeister habe ihn ausgegraben und wieder zum Leben erweckt.«

»Was wurde aus ihm?« fragte die Priorin mit vor Angst weit aufgerissenen Augen.

»Ach, man verbrannte ihn, weil man ihn für einen Hexenmeister hielt. Aber das wichtige an der Geschichte ist, daß sie die Erzählung des Ritters bestätigt; diese Strigoi werden von einer Hierarchie ihrer Meister beherrscht, und sie sterben nie, es sei denn, sie werden verbrannt. Obendrein«, setzte die Frau aus Bath warnend hinzu, »vermögen die Strigoimeister als Engel des Lichts zu erscheinen oder in der Gestalt von Advokaten, Gerichtsboten, ja, selbst Ablaßkrämern.«

»Wer weiß –« mischte sich der Priester mit dünner Stimme ein. »Wer weiß, einer von uns hier könnte ein Strigoi sein.«

»Wäre das denn möglich?« Der Koch, der noch an einem Stück Dörrfleisch kaute, brüllte über den Tisch: »Herr Ritter, wäre so etwas möglich?«

Der Ritter fuhr fort, den Mönch zu betrachten. »O ja«, antwortete er ruhig. »Wie es schon in meiner Geschichte heißt, werden diese Kreaturen nur dann entlarvt, wenn sie es selbst so wollen, oder wenn sie – unabsichtlich – in die Nähe des Sakraments oder einer heiligen Reliquie gelangen. Selbst dann versuchen sie noch, sich zu retten, indem sie Ausreden erfinden. Doch falls ihnen das nicht gelingt . . .«

Der Ritter legte eine Pause ein und lehnte sich auf seinem Stuhl zurück.

Den Pilgern lief ein Schauer über den Rücken, als das Gebälk der alten Taverne ächzte und knarrte.

»Sprecht weiter«, drängte der Kapitän.

»Falls es ihnen nicht gelingt, sich herauszuwinden, geben sie ihre wahre Natur zu erkennen, und das ist wirklich ein erschreckender Anblick.«

Der Mönch, der sein Gesicht in den größten Bierkrug tauchte, den es in Harrys Schenke gab, verschluckte sich, hustete und fing dann schallend an zu lachen. Mit Schwung knallte er den Krug auf den Tisch zurück.

»Unsinn!« röhrte er mit sonorer Baßstimme. »Altweibergeschichten, um kleine Kinder zu erschrecken.«

»Wieso meint Ihr das?« fragte der Ritter.

»Nun, ich war bei den Trinitarierbrüdern in Oxford«, erklärte der Mönch. »Ich wohnte in ihrem Gästehaus. Mir sind keine Legenden über Strigoi, unterirdische Gänge oder leere Gräber zu Ohren gekommen. Wenn es sie gäbe, hätten mich die braven Mönche sicher davon in Kenntnis gesetzt. Fürwahr, ich befaßte mich sogar mit der Historie dieses Klosters und bin auf keinerlei Geschichten dieser Art gestoßen. Deshalb muß alles frei erfunden sein.«

Der Ritter zuckte die Achseln und lächelte. »Ich habe nie behauptet, daß meine Geschichte wahr ist«, stellte er fest. »Der Herr Wirt bat mich, etwas Unterhaltsames zu erzählen. Ob Ihr es glaubt oder nicht, ist Eure Sache . . .« Er schob seinen Stuhl zurück. »Und nun, werte Damen und Herren, werde ich mich zur Ruhe begeben. Ich wünsche Euch allen eine gute Nacht.«

»Erzählt Ihr die Geschichte morgen zu Ende?« fragte der Koch.

»Ja«, versprach der Ritter. »Morgen erfahrt Ihr den Rest.«

Sein Sohn folgte ihm pflichtbewußt aus der Schankstube nach oben, wo sie eine kleine Kammer gemietet hatten. Der Junker zündete die Kerzen auf dem Tisch an und half seinem Vater, das lederne Wams auszuziehen. Aus der Satteltasche nahm er ein sauberes Nachthemd und wollene Beinkleider für den nächsten Tag.

Wie er es schon unzählige Male getan hatte, sah der Junker zu, wie sein Vater am Waschtisch stand und seinen nackten Körper wusch. Und auch jetzt wieder empfand er Mitleid vermischt mit Angst, als er die fürchterlichen Narben und Wunden sah, die den Leib vom Kopf bis zu den Zehen bedeckten. Schon lange hatte er es aufgegeben, den Vater zu fragen, wo er sich diese Verletzungen zugezogen hatte, denn die Antwort lautete immer: »Im Dienste an Gott und zum Ruhm der Kirche.«

»Vater?«

»Was ist?« gab der Ritter zurück, während er seinen Körper trockenrubbelte und sich das Nachthemd über den Kopf zog.

»Vater, ist deine Geschichte wahr?«

»Was glaubst du?«

Der Junker starrte ihn wortlos an, und der Ritter schmunzelte.

»Leg dich schlafen, Sohn. Morgen ist ein anderer Tag, und ich werde meine Geschichte zu Ende erzählen.«

Der Junker zog seine Kleider aus und legte sich auf das schmale Bett. Der Ritter hingegen begann mit jener Zeremonie, die er getreulich jeden Abend vollführte. Er zog sein großes Schwert aus der Scheide, grub die Spitze in den Fußboden und kniete davor nieder, die Hände auf den Griff gelegt. Er sprach den Segen und fing an zu beten.

Das Ritual änderte sich nie: ein Vaterunser, drei Ave Maria und ein besonderes Gebet, in dem der Ritter Jesus Christus bat, ihn von allem Übel zu erlösen. Danach steckte er das Schwert in die Scheide zurück, nahm ein kleines Lederfläschchen mit Weihwasser und segnete sein Bett und das des Sohnes. Zum Schluß schlug er das Kreuz über ihre Nachtlager. Alsdann küßte er den kostbaren Reliquienbehälter, den er am Hals trug, und stieg ins Bett.

Der Junker sah, wie sein Vater die Augen schloß.

»Vater?«

»Ja, mein Sohn?«

»Erzähl mir von meiner Mutter. Wie sah sie aus?«

»Sie war wunderschön, wie die Nacht. Rabenschwarzes Haar, eine Haut wie Seide, strahlend blaue Augen und ein Lächeln, das man nie vergißt.«

»Und sie starb bei meiner Geburt?« Der Junker stellte immer dieselben Fragen.

Der Ritter sah ihn an, und Lachfältchen bildeten sich um seine Augen.

»Mach dir keine Vorwürfe. Sie bekam ein Fieber, wurde immer schwächer und verstarb. Ich trauerte sehr um sie, aber ihre Seele weilt jetzt bei Gott und ihr Geist kehrt zurück, um über uns beide zu wachen.«

»Hast du England deshalb verlassen?«

»Ich befinde mich auf meinem eigenen Kreuzzug. Ich suche nach etwas, und sowie ich es gefunden habe, lasse ich es dich wissen.«

»Was hältst du von unseren Reisegefährten?« fragte der Junker unvermittelt und stützte sich auf einem Ellenbogen ab. »Den anderen Pilgern?«

»Eine bunt zusammengewürfelte Gesellschaft«, antwortete sein Vater. »Gute, schlechte und gleichgültige Menschen sind darunter. Aber ich warne dich – hüte dich vor dem Mönch.«

»Aber warum denn, Vater? Er liebt die Jagd, und er schäkert mit der Priorin, doch welchen Schaden könnte er anrichten?«

»Halte Abstand von ihm«, mahnte der Ritter. »Und jetzt schlaf. Es ist schon spät, und morgen beginnt unsere Reise.«

»Noch eine letzte Frage, Vater.«

»Wie lautet sie?«

»Wieso pilgern wir nach Canterbury? Um dem Märtyrer zu danken?«

»Um ihm zu danken, und um seinen Segen zu erbitten«, entgegnete der Ritter.

»Wirst du dort die Beichte ablegen?« bohrte der Junker nach. »Und um Absolution ersuchen?«

Der Ritter lachte und richtete sich halb auf. »Was weißt du schon über meine Sünden?«

»Nichts.« Der Junker verwünschte sich im stillen. »Aber bevor wir Mister Lovell verließen, hast du am Flußufer einen Mann getötet.«

»Er zog sein Schwert und forderte mich heraus«, erklärte sein Vater. »Mir blieb keine andere Wahl. Ich meldete seinen Tod dem Sheriff, und mein Freisasse schwor einen Eid, daß ich ihn in Notwehr und nicht aus Mutwillen tötete. Und nun gib endlich Ruhe und schlaf!« Der Ritter legte sich wieder hin und zog sich die Decke bis über die Ohren.

Der Junker lag auf dem Rücken und starrte in die Dunkelheit. Doch, er hatte gehört, daß sein Vater diesen Mann am Flußufer tötete, und er wußte auch von anderen Gesellen, die durch das Schwert seines Vaters fielen. Solche Vorfälle passierten immer wieder. Er fragte sich nur, wieso sein Vater bei bestimmten Gelegenheiten hartnäckig darauf bestand, daß die Leichname der Männer, die er getötet hatte, unverzüglich verbrannt würden...

Am nächsten Morgen wachten sie in aller Frühe auf; die trompetenhafte Stimme des Wirts riß sie aus ihrem Schlummer. Sie gesellten sich zu den übrigen verschlafen dreinschauenden Pilgern, die in der Schankstube ihr Frühstück aßen. Es bestand aus Brot, Käse, kaltem Speck und verdünntem Bier. Nach dem Frühstück holten sie ihre Gepäckstücke und warteten auf dem großen gepflasterten Hof darauf, daß die Stallknechte ihre Pferde brachten.

Es herrschte eine unruhige Betriebsamkeit; Rufe schallten hin und her, Rosse wieherten, Pferdegeschirr klirrte. Endlich hatten alle ihre Reittiere bestiegen, und Harry, der Wirt, führte sie zur High Street von Southwark; sie passierten die Kirche St. George und gelangten auf die alte Römerstraße, die nun Watling Street hieß, und die in südöstlicher Richtung nach Canterbury führte.

Es war ein schöner Tag. Anfangs herrschte noch eine gewisse Besorgnis, als man über offenes Land ritt; die Pilger hatten schon allzuoft von den Verfemten und Wolfsköpfen gehört, die Reisenden in einsamen Gegenden auflauerten. Doch Harry, der Wirt, vermochte sie bald zu beruhigen; er wies darauf hin, daß der Ritter bewaffnet war, und daß sich eine Anzahl kräftiger Männer in ihrer Gruppe befand, die jeden Gesetzlosen in die Flucht schlagen konnten.

Im strahlenden Schein der Frühlingssonne ritten sie an

weiten Feldern vorbei, auf denen die ersten grünen Halme zu sprießen begannen. Der Ritter erzählte seine Geschichte, die die Pilger tagsüber unterhalten sollte. Es ging um die Ritter aus Theben, Arcite und Palamon, die zu Rivalen wurden, als sie um die Hand der wunderschönen Schwester der Amazonenkönigin anhielten.

Als sie in St. Thomas Rast machten, war die Geschichte zu Ende. Wegen des Müllers verloren sie viel Zeit. Seit sie das *Tabard Inn* verlassen hatten, mußte er sich immer wieder einen Schluck aus einem Weinschlauch nehmen, und nun war er betrunken. Der Wirt redete ihm gut zu.

»Nein, bei meiner Seel!« protestierte der Müller. »Ich werde nicht den Mund halten! Ich will meine Geschichte jetzt gleich erzählen, und wenn ich jetzt einen Schwips habe, liegt das am Bier, das ich gestern in Southwark zu trinken bekam. Ich erzähle Euch was von einem Zimmermann, der in London lebte, und seinem gertenschlanken Weib Alison, das geilste Frauenzimmer, das es je gegeben hat!«

Der Vogt, der selbst das Zimmermannshandwerk ausübte, hörte das und begann sofort einen hitzigen Wortwechsel mit dem Müller. Das Gezänk dauerte an, bis sie ihre Herberge für die Nacht erreichten. Keiner achtete sonderlich auf den Müller. Er war betrunken, seit er sich der Pilgergruppe angeschlossen hatte, und nach dem Abendbrot hockte er in einer Ecke und schnarchte, die Sackpfeife im Arm. Die Pilger warteten, bis die Bediensteten den Raum verließen, dann baten sie den Ritter, seine Geschichte zu Ende zu erzählen.

Der Ritter stand am Fenster und starrte hinaus in die Dunkelheit; er beobachtete die Schatten zwischen den Bäumen, die die Straße säumten.

»Kommt schon, edler Ritter«, rief Harry fröhlich. »Habt Mitleid mit uns, Sir. Gestern abend fingt Ihr eine Geschichte an, die uns alle bis ins Mark erschreckte. Wir werden nicht eher ruhig schlafen können, bis wir wissen, wie sie ausgeht.«

Nachdenklich blickte der Ritter in die Nacht hinaus. Er hatte das bestimmte Gefühl, daß er aufs genaueste beobachtet wurde, entweder von jemandem, der der Gruppe folgte, oder von einem der Pilger selbst. Welcher seiner Reisegefährten es war, wußte er nicht, aber er hielt ein wachsames Auge auf den Mönch. Er spürte, daß sich unter seinem gutmütigen Äußeren ein dunkles, tiefes Wasser verbarg. Harry, der Wirt, wiederholte seine Bitte. Der Ritter lächelte und kehrte an das Kopfende des Tisches zurück.

»Ich erzähle meine Geschichte zu Ende«, kündete er an. »Hört mir gut zu.«

TEIL III

KAPITEL 1

Das Geschrei der Äbtissin weckte das Kloster auf, und Sir Godfrey und Alexander stürmten aus dem Refektorium herbei. Sie betraten das Gemach der Äbtissin, und eine Weile vermochte Lady Constance kaum zu sprechen; sie saß da und zitterte vor Furcht. Erst nachdem Alexander ihr einen Becher Wein verabreicht hatte, faßte sie sich wieder und beschrieb mit stockenden Worten, welche alptraumhafte Szene sie von ihrem Fenster aus gesehen hatte.

Sir Godfrey befahl, sämtliche Türen und Fenster zu schließen. Eilends begab er sich zum Gästehaus, Alexander folgte ihm hinterdrein. Er legte sein Kettenhemd an und gürtete sein Schwert. Die Klinge in einer Hand, in der anderen einen Dolch, schritt er nach draußen in die Dunkelheit. Ähnlich bewaffnet, ging Alexander ihm nach. Sie umrundeten die Klostergebäude, konnten jedoch nichts Auffälliges entdecken.

Die lastende Stille wurde nur gelegentlich vom Geraschel der Nachtvögel in den Bäumen, dem Heulen eines Hundes oder einem Geräusch, das aus den erhellten Fenstern des Klosters drang, unterbrochen. Sie suchten so lange das Gelände ab, bis Sir Godfrey der Verdacht kam, die Männer, die die Äbtissin Constance gesehen hatte, könnten durch eine hintere Pforte oder ein Fenster ins Kloster eingedrungen sein.

»Geht ins Kloster zurück, Alexander«, befahl er. »Ich suche draußen weiter.«

Sir Godfrey ging zum hinteren Teil der Klosteranlage, vorbei an der Kirche, und begab sich in den großen Obstgarten, der sich bis an die Umfriedungsmauer erstreckte.

Der süßsaure Duft von faulenden Äpfeln, die er mit seinen Stiefeln zertrat, stieg ihm in die Nase. Doch als er tiefer in die Anpflanzung eindrang, spürte er, daß hier Gefahr drohte, und er verwünschte den Wein, den er getrunken hatte, und der nun seine Sinne benebelte.

Den Dolch und das Schwert kampfbereit in den Händen, schritt er vorsichtig durch die Obstplantage. Plötzlich gelangte er auf eine kleine Lichtung, und das Gefühl einer unmittelbaren Bedrohung verstärkte sich. Mit einem Schlag merkte er, was hier draußen nicht stimmte: Es war totenstill geworden, nicht einmal das verschlafene Gezwitscher eines Vogels, der Ruf eines Käuzchens oder das Rascheln von kleinem Nachtgetier im Gras, das auf Beute aus war, störten das Schweigen.

Der Ritter trat in die Mitte der Lichtung. Die Wolkendecke riß auf, und der Mond tauchte die Bäume in einen silbrigen Schein. Sir Godfrey hielt inne. Er lauschte seinen eigenen, schweren Atemzügen, dann gab er einen Schrei des Entsetzens von sich, als sich fünf Gestalten aus der Dunkelheit zwischen den Bäumen lösten und auf ihn zukamen.

Ihre schwarze Bekleidung ließ sie mit der Finsternis verschmelzen. Die Gesichter waren hinter Masken verborgen, und nur manchmal sah Sir Godfrey, daß ein Auge aufblitzte oder ein Stück heller Haut unter dem Mundschlitz sichtbar wurde. Er nahm Kampfhaltung an und widerstand dem Wunsch, ins Kloster zurückzuflüchten.

»Wir wollen Euch nichts zuleide tun, Sir Godfrey Evesden«, erklärte die Gestalt in der Mitte. Doch das höhnische Klickern, das den Worten folgte, verwandelte die feierliche Zusicherung in eine Drohung. »Jedenfalls vorläufig nicht. Was später geschieht, liegt ganz bei Euch.«

Sir Godfrey trat einen Schritt zurück; die Gestalten rührten sich nicht vom Fleck.

»Wer seid Ihr?« fragte Sir Godfrey herausfordernd. »Zu welchem Zweck treibt Ihr Euch hier herum? Was wollt Ihr von mir? Wieso erschreckt Ihr eine Äbtissin mitten in der Nacht halb zu Tode?«

»Kommt, Sir Godfrey«, erwiderte die Stimme. »Wir wissen, weshalb und in wessen Auftrag Ihr hier seid. Begebt Euch zu Eurem Herrn nach London zurück und nehmt den vorwitzigen Sekretär und die blinde Hexe mit Euch. Sagt dem König, dies sei kein Fall für Euch, es handele sich nicht um einen Verrat gegen die Krone oder um eine Art Verschwörung gegen die Mächte, die dieses Land regieren. Und senkt Euer Schwert. Wenn wir Euch töten wollten, wäre dies längst geschehen.«

»Was sind Eure Pläne?« fragte Sir Godfrey mit scharfer Stimme.

»Wir wollen unser Werk hier beenden.«

»Was für ein Werk ist das?«

»Das geht Euch nichts an, Herr Ritter.«

»Aber wie wollt Ihr Euer Werk beenden?« fragte Sir Godfrey erbittert. »Indem Ihr unschuldige Menschen ermordet? Blutbäder anrichtet? Im Schutze der Nacht die abscheulichsten Verbrechen begeht? Menschen die Kehlen aufschlitzt und deren Blut trinkt?«

»Wir tun nichts anderes als Ihr auch, Sir Godfrey«, wandte die Stimme ein. »Habt Ihr nicht auf den Schlachtfeldern Frankreichs gekämpft, wo die Leichen sich zu Bergen türmten? Ihr habt doch gesehen, wie die Toten auf der Themse gleich Abfall dahintrieben. Ein Menschenleben ist billig, Sir Godfrey. Und es ist so leicht und auf so angenehme Weise zu ersetzen.« Es folgte ein hämisches Gekicher.

»Ihr seid vom Teufel besessene Meuchelmörder!« schrie Sir Godfrey.

»Wir dienen verschiedenen Herren, Sir Godfrey, doch jetzt ist genug geredet. Wir haben die Äbtissin, diese alte Hexe, erschreckt. Sie hätte Euch nicht hierherholen sollen. Und wir haben Euch gewarnt, Herr Ritter. Verlaßt Oxford binnen drei Tagen!«

»Und wenn ich bleibe?«

»Dann sehen wir uns wieder!«

Die Gestalten zogen sich zurück und tauchten im Schatten der Bäume unter. Sir Godfrey senkte das Schwert und lehnte sich schweratmend gegen einen Baumstamm. Er wartete, bis er sich von seinem Schreck erholt hatte, dann ging er zum Kloster zurück.

Im Eingangsportal fing Alexander ihn ab. Er schaute dem Ritter prüfend ins Gesicht und meinte: »Ihr seht aus, als hättet Ihr ein Gespenst gesehen.«

»Viel schlimmer, ich bin dem leibhaftigen Teufel begegnet!« Mit wenigen Worten schilderte Sir Godfrey, was im Obstgarten vorgefallen war. Er saß auf einer Bank, lehnte den Kopf gegen die weißgetünchte Wand und starrte auf ein schlichtes, schwarzes Kruzifix. »Sie kamen, um uns zu erschrecken«, murmelte er, »und um uns zu warnen.« Er sah den Sekretär an. »Wenn sie wüßten, wie wenig wir bisher in Erfahrung gebracht haben, hätten sie sich die Mühe sicher nicht gemacht.«

»Die Lösung des Falls hängt von einem Umstand ab«, erklärte Alexander.

»Und der wäre?«

»Wir müssen herausfinden, wie in Gottes Namen die Mörder in die Häuser eindringen können, ohne daß eine Spur von Gewalteinwirkung zu sehen ist und ohne daß die Nachbarn einen Laut hören.«

Alexander ging ins Refektorium und kam mit zwei Bechern Wein zurück. Einen reichte er dem Ritter, während er sich ein Schmunzeln verbiß.

»Lady Constance hat sich zur Ruhe begeben. Edith betet in der Kirche, und ich habe mich persönlich davon überzeugt . . .« Jetzt gelang es ihm nicht mehr, sein Grinsen zu unterdrücken, ». . . daß Lady Emily sich in Sicherheit befindet.« Er legte eine Pause ein. »Wir könnten etwas unternehmen, Sir Godfrey.«

Fragend blickte der Ritter ihn an.

»Wir wissen, daß die Strigoi heute nacht in Oxford sind. Vielleicht planen sie, irgendwem einen Besuch abzustatten. Wir könnten durch die Stadt pirschen, sehen, was in den dunklen Straßen und Gassen passiert. Vielleicht begegnen wir jemandem, der das Licht scheut.«

Sir Godfrey fühlte sich müde. Und nach dem guten Essen und dem starken Wein war ihm nicht nach Taten zumute. Doch er sah ein, daß Alexander recht hatte. Keine Stunde später verließen sie – gestiefelt, bewaffnet und mit vor der Kälte schützenden Umhängen versehen – das Kloster und nahmen ihren Rundgang durch das nächtliche Oxford auf.

Sie wanderten durch die Gassen und hielten sich die Nasen zu, als der Gestank des in den Gräben angesammelten Unrats unerträglich wurde. Sie passierten Smithgate, gingen die Bocardo Lane entlang, kamen an den wuchtigen, finsteren Gemäuern von St. Michael in Northgate vorbei und gelangten in die Fish Street.

Anfangs glaubten sie, die Straßen seien menschenleer, doch hin und wieder begegnete ihnen eine Gruppe Studenten, die die Gäßchen entlanghuschten, aufgeregt miteinander flüsterten und sich darüber amüsierten, daß sie die Regeln ihres Kollegiums durchbrochen hatten. In der

Nähe von St. Aldate stießen sie auf die Stadtwache; eine Schar ziemlich ängstlich wirkender Männer wärmte sich die Hände über einem Becken mit glühenden Kohlen. Ihr Anführer hieß die beiden Männer stehenbleiben, doch als Sir Godfrey ihm erklärte, wer sie seien, durften sie unbehelligt ihren Weg fortsetzen.

Überall trafen sie auf Bettler; bis auf das Skelett abgemagerte, zerlumpte Gestalten flehten mit weinerlichen Stimmen um Almosen oder etwas zu essen. Mitunter flitzten schwarze Schatten über die Straße, doch Sir Godfrey merkte, daß es sich um die üblichen Nachtschwärmer handelte – ein Räuber, der nach einem Opfer Ausschau hielt, ein beschwipster Student oder ein Bürger, der nach einem Zechgelage in einer Taverne heimwärts eilte.

»Nichts«, murmelte Sir Godfrey, als sie in Richtung Kloster umkehrten.

»Nichts, und doch etwas«, entgegnete Alexander.

»Was meint Ihr damit?«

»Nun, die Straßen sind bei weitem nicht so verlassen, wie wir vermutet haben. Es ist möglich, daß eine der Gruppen, denen wir unterwegs begegnet sind . . .« Alexander räusperte sich. »Laßt es mich genauer ausdrücken. Vielleicht tarnen sich die Mörder, indem sie sich bestimmte Rollen zulegen. Sie geben sich für Studenten aus, die sich verlaufen haben und nach dem Weg fragen. Oder sie behaupten, Bürger zu sein, die vor Räubern flüchten. Denkt darüber nach, Sir Godfrey. Welchen Menschen würdet Ihr mitten in der Nacht die Tür öffnen?«

Während der Ritter und der Sekretär nach St. Anne zurückgingen, aßen die Cotterills, eine Familie von Kesselflickern, gerade zu Abend. Ihr Haus stand in einem schmalen Gäßchen, das von der Bocardo Lane abzweigte.

Das Mahl war in angespannter Atmosphäre verlaufen. Isolda, Raouls Frau, hatte die Suppe aus Pilzen und Zwiebeln kaum angerührt. Mit verkniffenen Lippen und säuerlicher Miene saß sie am Tisch. Mißbilligend betrachtete sie ihre Tochter Caterina, ein schönes Mädchen mit glänzendem, schwarzen Haar, einem Teint wie Milch und Honig und lustigen braunen Augen.

Sie bemerkte, wie sich Caterinas Gewand aus dünner Wolle über ihrem üppigen Busen spannte, und daß Raoul, ihr zweiter Gemahl, ständig heimlich dorthinschielte. Isolda hatte guten Grund zur Sorge. Am Nachmittag, kurz nachdem Raoul mit seinem Handkarren vom Markt heimgekommen war, erwischte sie ihn dabei, wie er Caterina in dem kleinen Gärtchen hinter dem Haus umarmte. Die beiden hielten sich umschlungen, wie es sich nicht für Stiefvater und Stieftochter geziemte. Und Caterina war ihr einziges Kind mit ihrem ersten Mann, der nun unter den alten, knorrigen Eiben in einer Ecke des Friedhofs von St. Peter begraben lag.

Mit Raoul hatte Isolda einen Sohn, den sechsjährigen sommersprossigen Robert. Der Knabe spürte die angespannte Stimmung, die bei Tisch herrschte, und sobald er sich von seiner Mutter unbeobachtet wähnte, schlüpfte er ins Obergeschoß des Hauses, um dort mit seinem Lieblingsspiel weiterzumachen. Robert hatte ein winziges Zimmerchen entdeckt, das nicht größer war als ein in die Wand eingelassener Kleiderschrank. In den Kabuff gelangte man durch eine kleine Falltür hinter der eisenbeschlagenen Kupfertruhe, die in dem schmalen Flur vor dem Zimmer seiner Mutter stand.

Wenn er sich hinter die Truhe zwängte und die Falltür

hob, konnte er in das geheime Zimmer kriechen, wo er sich mitunter stundenlang versteckte und sich Spiele mit Drachen und Ungeheuern ausdachte.

Als er nun die Türklappe lupfte, hörte er, wie sein Vater seinen Namen rief. Trotzdem kroch Robert in das Kämmerchen und ließ die Tür hinter sich zufallen. Mit dem Zunder, den er aus dem Laden seines Vaters stibitzt hatte, zündete er eine alte Wachskerze an, die mitten im Zimmer auf dem Fußboden stand. Dann sah er zu, wie die Flamme langsam größer wurde. Leise kicherte er vor sich hin, während er mit Händen und Armen Schattenfiguren an der Wand tanzen ließ.

»Jetzt kommt der Drache«, murmelte er, ballte die kleine Faust und hob sie hoch. Unheimliche Schatten wanderten flackernd über die Wand. Alsdann spreizte er drei Finger. »Und das ist der Ritter auf seinem Pferd, der den Drachen besiegen wird.«

Robert hielt inne; er hatte gehört, wie es drunten an der Haustür klopfte. Seine Mutter lachte, Stühle wurden gerückt, und sein Vater schritt durch die Diele. »Besuch!« flüsterte der Knabe. Er spitzte die Ohren, doch er konnte nur eine einzige fremde Stimme heraushören.

»Bloß ein einzelner Gast«, murmelte er und fuhr mit seinem Schattenspiel fort. Dann hörte er seine Mutter, die nach ihm rief: »Robert, komm herunter!« Doch der kleine Junge blieb einfach sitzen und spielte unverdrossen weiter.

Später mußte er eingenickt sein. Etwas, das sich wie ein leiser, gedämpfter Schrei anhörte, weckte ihn. Drunten ging die Tür wieder auf, und mehr Menschen betraten das Haus. Oder gingen seine Eltern fort? Er vernahm schwere Schritte auf der Treppe. Das wird Vater sein, dachte er, bestimmt geht er jetzt auf den Speicher hinauf und holt ein Fäßchen von seinem besten Bier.

Türen wurden geöffnet und wieder zugeschlagen. Jemand stand in dem schmalen Flur und atmete keuchend. Plötzlich bekam der kleine Junge Angst. Er beugte sich vor und blies die Kerze aus. Zusammengekauert hockte er im Dunkeln. Die Furcht überwältigte ihn, kroch in jede Faser seines Körpers. Seine Beine schlotterten, die Hände fühlten sich schwer und kalt an, wie die großen Eisblöcke, die er letzten Januar mit seinem Vater vom zugefrorenen Fluß herbeigeschleppt hatte.

Draußen, vor dem Kabuff, befand sich etwas Entsetzliches. Hinter der Wand stand eine groteske Kreatur, die aus seinen schlimmsten Alpträumen hätte stammen können. Starr vor Angst, wie ein Kaninchen vor der Schlange, duckte sich der Junge an den Fußboden. Er spürte, wie irgendeine böse Macht ihn umhüllte und mit eisigen Fingern über seinen Nacken strich. Robert wagte es nicht, sich zu rühren. Der Teufel war in dieses Haus gekommen, und von nun an gab es keine kindlichen Spiele mehr.

KAPITEL 2

Sir Godfrey und Alexander standen am nächsten Morgen früh auf. Ihre Stimmung besserte sich, als sie den strahlendblauen Himmel sahen. Der Tag versprach sonnig und schön zu werden. Sie begaben sich zu Edith Mohun in die Klosterkirche. Vor dem Lettner knieten sie auf ihrem Betstuhl und lauschten dem Gesang der Nonnen. Anschließend zelebrierte der Klosterkaplan die heilige Messe. Er trug ein Ornat in Rot und Gold, und auf das Meßgewand war eine wunderschöne weiße Taube gestickt.

Sir Godfrey betete mit Inbrunst; dabei verfolgte er jede Bewegung des Priesters, wie er die Messe abhielt, das Evangelium verlas und Brot und Wein darbot.

Edith Mohun versuchte zu beten. In Gedanken bemühte sie sich, die große Feuersäule zu betreten, die den Eingang zu Gottes Königreich darstellt. Sie wußte nicht, warum es so war, doch jedesmal, wenn sie betete oder an Gott dachte, stellte sie sich ein Meer aus Feuer vor, das wärmte, nährte und kräftigte, doch niemals verbrannte. Es war das Feuer der reinen Liebe.

Sie wußte, warum Lady Constance diese Messe abhalten ließ; nach den schrecklichen Ereignissen der letzten Nacht bat sie Gott, seinen Heiligen Geist herabzuschicken, um das klösterliche Gemeinwesen zu behüten und zu beschützen. Die Exorzistin spürte es genau, daß die Strigoi hiergewesen waren; sie hatte deren Anwesenheit bis in ihre kalte, dunkle Zelle gefühlt. Der Hauch der Verderbnis drang durch die Mauern wie der faulige Gestank einer Jauchegrube, der durch alle Ritzen kriecht.

Sie hörte Alexanders Stimme, der leise betete. Unwillkürlich mußte sie lächeln. Der junge Sekretär war sicher ein tiefgläubiger Mann, doch sie war davon überzeugt, daß er mit seinen Gedanken eher bei der schönen Emily weilte, als sich geistig mit den frommen Worten auseinanderzusetzen, die er nun vor sich hinmurmelte.

Und sie hatte recht. Alexander betete, doch er vermochte den Blick nicht von Emily abzuwenden, die sittsam auf ihrem Platz neben der Äbtissin saß. Alexander starrte sie an, bis er ihre Aufmerksamkeit auf sich zog, und als sie zu ihm hinschaute, lächelte er verstohlen. Emily senkte keusch die Lider, erwiderte jedoch durch die langen Wimpern kokett seine verliebten Blicke. Einmal konnte sie ein Kichern nicht ganz unterdrücken, doch als die Äbtissin Alexander ins Visier nahm, glichen seine Züge denen eines großen Mystikers. Das Haupt zur Seite geneigt, den verzückten Blick starr auf den Altar geheftet, gab er eine Figur ab wie ein junger Mönch.

Nach der Messe begab sich die Äbtissin zu Sir Godfrey und Alexander, die im Gästehaus ihr Frühstück einnahmen. Es gab Hafergrütze, Brot, Käse und Ale. Mit Edith am Arm, trat Constance ein. Ihre Haltung war so straff und korrekt wie immer, doch beide Männer merkten, daß der Vorfall vom gestrigen Abend sie zutiefst erschüttert hatte.

Alle tauschten den Friedenskuß miteinander aus. Mathilda legte noch zwei Gedecke für die Damen auf. Constance sprach ein Tischgebet, und Alexander und Sir Godfrey sahen sich verlegen an, denn sie selbst hatten es versäumt, vor der Mahlzeit zu beten. Alexander sprach sich lobend über die Messe aus, besonders gefallen hatte ihm der Gesang der Nonnen. Constance lächelte und kam ohne Umschweife auf den Punkt zu sprechen, der sie am meisten bewegte. »Sind wir in Gefahr?«

»Ihr meint, nach dem, was sich gestern abend hier zugetragen hat?« fragte Alexander.

Sir Godfrey schüttelte den Kopf. »Ich glaube nicht.« Er wandte sich an die Exorzistin. »Was glaubt Ihr, Lady Mohun?«

Die Exorzistin führte den Löffel aus Horn zum Mund und sog scharf die Luft ein, denn die Hafergrütze war kochend heiß.

»Die Strigoi sind Dämonen«, sagte sie, »bösartige Geschöpfe, die gern mit ihren Opfern grausame Spiele treiben und sich an deren Furcht ergötzen. Gestern nacht kamen sie hierher, um Euch, Äbtissin, zu erschrecken, und um Euch, Sir Godfrey, eine Warnung zukommen zu lassen. Die Botschaft ist nicht mißzuverstehen: Ihr und Alexander sollt Oxford unverzüglich verlassen.«

»Wieso haben sie nicht getötet?« wunderte sich Alexander.

»Einfaches Spiel hätten sie mit mir gewiß nicht gehabt«, versetzte der Ritter grimmig.

In einer beschwichtigenden Geste berührte der Sekretär Sir Godfreys Schulter. Die Exorzistin legte den Löffel auf den Tisch zurück und schob die Schale mit der Hafergrütze beiseite.

»Die Strigoi sind böse, aber sie sind nicht dumm. Sie wissen, daß Ihr im Auftrag des Königs hier seid. Ein Angriff auf Euch wäre ein Angriff gegen die Krone. Sie wollen nicht, daß in Oxford jedes Haus von Soldaten und Richtern des Königs bewacht wird, und daß man in jeder Gosse und in jedem Misthaufen herumstöbert. Genau das würde aber geschehen, wenn sie einen Gesandten der Krone umbrächten.«

Sie seufzte tief auf und fügte hinzu: »Trotzdem ist es besser, auf der Hut zu sein. Äbtissin, bittet den Sheriff, daß er ein paar Bewaffnete zum Kloster schickt. Und laßt eine Sperrstunde verhängen, damit niemand mehr nach Einbruch der Dunkelheit die Gebäude verläßt. Gebt Anweisung, daß, wenn die Glocke läutet, jede Tür und jedes Fenster verriegelt werden muß. Und ohne Eure Erlaubnis darf keiner das Kloster verlassen oder betreten.«

Sir Godfrey trommelte mit den Fingerspitzen auf der Tischplatte.

»Ich frage mich, was diese Strigoi ausgerechnet hier in Oxford zu suchen haben.«

»Das weiß Gott allein«, erwiderte Edith Mohun. »Wir müssen herausfinden, welches Ziel sie verfolgen und sie an ihrem Treiben hindern.«

»Es gibt noch zwei Orte, die wir aufsuchen müssen«, sagte Sir Godfrey. »Ich möchte die Chronik lesen, von der Ihr uns erzählt habt, Äbtissin, und die sich in der Universitätsbibliothek der Kirche St. Mary befindet.«

»Ja, dort wird sie aufbewahrt«, bestätigte die Äbtissin. »Die wichtigen Stellen habe ich sorgfältig mit schwarzen Kreuzen markiert. Und welchem anderen Ort wolltet Ihr noch einen Besuch abstatten?«

»Dem Trinitarierkloster.«

»Es dürfte nicht einfach sein, dort hineinzukommen. Es ist ein geschlossener Orden, Besucher werden nur ungern eingelassen, und über die Legenden, die diesen Ort umgeben, wird nach Möglichkeit nicht gesprochen.« Godfrey zog seine Vollmacht aus der Tasche. »Diese Urkunde ist vom König persönlich ausgestellt. Die braven Mönche des Trinitarierklosters werden mir notgedrungen Rede und Antwort stehen müssen.«

Lady Constance wünschte ihnen allen noch einen guten Tag und entfernte sich. Die Exorzistin erklärte, sie sei bereit, aufzubrechen, und ermahnte die Männer, sich mit Schwertern und Dolchen zu bewaffnen. Sie fragte Sir Godfrey, ob er eine Armbrust besitze.

»Wir haben sogar zwei mitgebracht«, erwiderte er.

»Nehmt sie mit«, riet die Exorzistin. »Begebt Euch niemals unbewaffnet irgendwohin.«

»Dann können die Strigoi also durch Waffen umkommen?« vergewisserte sich Alexander.

»Ja, Master McBain; aber wie ich es Euch bereits erklärte, genügt es nicht, sie durch eine Waffe zu töten. Unmittelbar darauf müssen ihre Körper verbrannt werden.«

»Wieso benutzen wir eigentlich keine Reliquien?« fragte Alexander und schob seinen Stuhl nach hinten.

Edith Mohun lachte leise. »Ich wünschte, das ginge. Doch erstens befinden sich die meisten echten Reliquien unter den Steinaltären in Kirchen. Zum anderen stellt sich die Frage nach der Echtheit. Woher will man wissen, ob man eine wirkliche Reliquie oder eine Fälschung vor sich hat? Es kursieren genug Stücke vom Kreuz, an das Jesus genagelt wurde, um ein Schlachtschiff daraus zu bauen. Und man hätte noch Holz für ein Herrenhaus übrig.«

Sir Godfrey lachte und trank seinen Becher leer.

»Lady Edith spricht die Wahrheit«, sagte er. »Denkt doch nur, was alles verscherbelt wird, Alexander: ein Fetzen vom Gewand des Heilands, ein Haar aus dem Bart des heiligen Joseph, eine Feder aus der Schwinge des Heiligen Geistes.«

»Und wenn man sich des Sakraments bediente?« hakte Alexander nach.

»Wie stellt Ihr Euch das vor?« fragte Edith Mohun zurück. »Wollt Ihr jeden Menschen, der sich in Oxford aufhält, dazu zwingen, das Abendmahl einzunehmen?«

»Man könnte es herumtragen«, schlug Alexander vor. »Vielleicht in einer kleinen Monstranz?«

»Unsinn!« versetzte Edith entschieden. »Ihr wart doch

dabei, als wir Lascalle befragten. Die Hostie, wie auch eine Reliquie, muß ganz dicht an den Strigoi herangeführt werden.«

Murrend folgte der Sekretär Sir Godfrey in die Kammern hinauf, wo sie sich zum Ausgehen rüsteten, bevor sie sich mit der Exorzistin zu den Stallungen begaben. Knechte sattelten und zäumten ihre Rösser, und bald ritten sie aus dem Kloster hinaus.

Es war noch früh am Morgen. Händler bestückten ihre Verkaufsstände mit Waren. Lehrlinge flitzten hin und her. In der morgendlichen Luft vermischte sich der Gestank der Gosse mit den Ausdünstungen von Pferdemist und den angenehmeren Düften, die aus den vielen Garküchen und Schenken drangen.

Ein paar Raufbolde, die man mit einem Guß kalten Wassers ernüchtert hatte, wurden mit auf dem Rücken gefesselten Händen ins Gefängnis abgeführt. Ein Fälscher kreischte und hämmerte mit den Fäusten gegen den Zwingstock, in den er eingeklemmt war, während der Scharfrichter ihm mit einem glühenden Eisen den Buchstaben »F« auf die Wange brannte.

Ein Stück weiter hockten zwei Gotteslästerer, die bei der Messe in trunkenem Zustand geflucht hatten, in Fässern voller Pferdepisse; sie mußten sich von Stadtbütteln beschimpfen lassen, die ihnen noch Dung auf die Köpfe hängten. Daneben stand eine Hure, die ihre Dienste am falschen Ort feilgeboten hatte. Man schor ihren Kopf kahl, dann mußte sie hinter einem Dudelsackpfeifer durch die Straßen laufen und sich verspotten lassen. Am großen Tor angelangt, würde man sie aus der Stadt verbannen.

»Nur das übliche«, meinte Sir Godfrey.

Alexander lächelte, doch wieder nahm er eine seltsame

Spannung wahr, die auf der Stadt lagerte. Ein paar bullig aussehende Arbeiter jagten eine Gruppe von Studenten aus einer Garküche, wobei die jungen Burschen ihr Essen noch in den Händen hielten. Ein Doktor der Philosophie flüchtete sich eilends in den Innenhof eines Kollegiums, weil eine Schar von Lehrlingen ihn wüst beleidigte und mit Kot bewarf.

Alexander war sehr nachdenklich geworden, als sie ihre Pferde schließlich in den Stallungen einer Taverne unterstellten und sich weiter zu Fuß durch die Menge zwängten. Ihr Ziel war die Universitätskirche St. Mary.

»Herrscht hier immer solche Unruhe?« fragte er.

»Wahrscheinlich nicht«, murmelte Edith Mohun und klammerte sich an seinen Arm. »Irgend etwas Besonderes liegt in der Luft. Ich glaube, die Nachricht, daß wieder Menschen ermordet wurden, sickert langsam durch und erhitzt die Gemüter. Alte Haßgefühle und Feindschaften erhalten neue Nahrung. Daran weiden sich die Strigoi. Sie gedeihen prächtig in einer haßerfüllten Atmosphäre. Und im Trubel der örtlichen Feindseligkeiten begehen sie dann ihre Verbrechen. Allgemeiner Aufruhr kommt ihnen gelegen. Immer wieder passiert es, daß Unschuldige für Taten hingerichtet werden, die auf das Konto der Strigoi gehen.«

Durch eine schmale Pforte betraten sie St. Mary und gingen das Mittelschiff entlang. Ein Kirchendiener, der gerade die Dochte der Kerzen am Hochaltar trimmte, kam die Stufen herunter und geleitete sie durch die Sakristei in das große Kapitelhaus, in dem sich die Bibliothek befand.

Der Archivar, Simon Neopham, war ein müde aussehender Geistlicher mit blassem Gesicht, der jedoch seine Gäste mit einer gewissen Herzlichkeit begrüßte.

Bereitwillig zeigte er ihnen die Regale und Schränke, die die Wände säumten, und die vollgepfropft waren mit in Kalbsleder gebundenen Wälzern. Pergamente bewahrte man in großen Truhen auf, und in den kleinen Studierstübchen am hinteren Ende des Saales befanden sich ebenfalls wuchtige geschnitzte Büchergestelle, die dicke, an die Wand gekettete Folianten enthielten. Neopham musterte Edith lange und ausgiebig; ihm entging auch nicht, daß sich unter den Umhängen der Männer Schwerter und Dolche verbargen.

»Ihr seid sicher nicht hierhergekommen, nur um die Bibliothek zu besichtigen«, bemerkte er trocken.

»Ganz recht, Sir«, erwiderte Alexander lächelnd. »Ich glaube, hier wird eine geheime Chronik aufbewahrt, die *Annales Oxonienses*?«

»Die Oxford-Chronik?« Neophan schaute verwirrt drein. »Aber daran ist nichts Geheimnisvolles.« Er lächelte und entblößte seine gelblichen Zahnstümpfe. »Aha! Ihr meint die Chronik, mit der Constance sich beschäftigt hat.« Er fuchtelte mit seinen knorrigen, geäderten Händen. »Mysteriös würde ich sie nicht nennen, allerdings fielen der Äbtissin gewisse Dinge auf. Kommt mit, ich zeige Euch die Chronik.«

Er hieß sie, an einem langen, polierten Tisch Platz zu nehmen, der mitten durch das Zimmer verlief, und zündete die Kerzen in einem achtarmigen Leuchter an. Dann eilte er fort und kehrte bald darauf ächzend und keuchend mit einem dicken, in Leder gebundenen Folianten zurück.

Alexander sah sich im Raum um und fröstelte. Das Kapitelhaus war ein langgestrecktes, düsteres Gemäuer. Als er zu den Dachbalken emporblickte, sah er, wie das Kerzenlicht tanzende, flackernde Muster daraufwarf.

Auch Edith schien sich unbehaglich zu fühlen, und ihre Nervosität steckte Alexander an. Sie schob die Hände in die weiten Ärmel ihres Gewandes, als würde sie frieren. Rastlos bewegte sie ihren Kopf hin und her und schien angestrengt zu lauschen.

»In diesem Raum befindet sich etwas Böses«, murmelte sie. »Vielleicht geht es von der Chronik aus, in der die Schandtaten schriftlich niedergelegt sind.«

Neopham, wie ein Eichhörnchen schnatternd, schob den aufgeschlagenen Wälzer Alexander zu und zeigte ihm die Stellen, die Constance mit schwarzen Kreuzen markiert hatte. Alexander dankte dem Archivar und versicherte ihm, es sei alles in Ordnung. Dann bat er ihn, sie allein zu lassen, damit sie den Text in Ruhe studieren könnten. Gewissenhaft las der Sekretär in der Chronik, wobei er den markierten Stellen besondere Aufmerksamkeit schenkte.

»Was steht in der Chronik?« fragte Sir Godfrey gereizt und spähte Alexander über die Schulter. Dame Edith trommelte mit den Fingern auf der Tischplatte und wartete ungeduldig auf Alexanders Kommentar.

»Nun ja«, antwortete der Sekretär, »die Chronik befaßt sich in erster Linie mit einer Vielzahl von ziemlich langweiligen Einzelheiten. Wer zu welcher Zeit Sheriff war; wie das Wetter die jeweiligen Ernten beeinflußte; die Beschlüsse des Stadtrats; die Entwicklung der Universität. Doch in Abständen von etwa zwanzig bis dreißig Jahren erwähnen die verschiedenen Chronisten irgendwelche schrecklichen Vorkommnisse.«

»Vorkommnisse welcher Art?« fragte Sir Godfrey neugierig.

»Nun ja, es sind Geschichten von Männern, die starben und später wieder zum Leben erweckt wurden.«

Edith Mohun erstarrte förmlich.

»Ich will Genaueres wissen, Alexander«, flüsterte sie und griff nach seiner Hand. »Fahrt fort.«

Alexander seufzte und blätterte eine Seite um.

»Also, hier findet sich eine Eintragung aus dem Jahr 1297. Der Chronist berichtet von einem gewissen unehrlichen Händler, der aus Furcht vor dem Gesetz oder irgendwelchen Feinden seinen Heimatort in Herefordshire verließ und sich in Parismead in Oxford ein großes Haus kaufte. Doch anstatt sein betrügerisches Verhalten zu ändern, machte er munter weiter, wobei er weder Gott noch die Menschen zu fürchten schien. Er heiratete die Tochter eines ortsansässigen Offizialen, eine wunderschöne Frau, die er sehr schlecht behandelte.«

»Steht in der Chronik, was er ihr antat?« erkundigte sich Sir Godfrey.

»Nein, aber hier ist vermerkt, daß er ins Ausland reiste. Nach seiner Rückkehr trug man ihm die wildesten Gerüchte über seine Frau zu, die es während seiner Abwesenheit angeblich toll getrieben hätte. Der Händler glühte vor Eifersucht. Um sich Gewißheit zu verschaffen, erzählte er seiner Frau, er müsse abermals zu einer längeren Reise nach London aufbrechen. Vor einer Woche solle sie ihn nicht zurückerwarten.«

Alexander holte tief Luft und fuhr fort: »Doch anstatt davonzureiten, stahl er sich in der Nacht heimlich in das Schlafgemach seiner Frau. Ein Dienstmädchen, mit dem er sich in seiner Junggesellenzeit nach Belieben vergnügt hatte, half ihm, seinen Plan auszuführen.«

In gespielter Entrüstung wandte sich Alexander an Lady Mohun. »Mylady, Ihr solltet Euch die Ohren zuhalten. Dieser Fall erinnert an eine Geschichte von Master Boccacio, der auch über heißblütige Damen und spionierende Ehemänner schrieb.«

Dame Edith verabreichte ihm einen Klaps auf die Hand, als sei er ein unartiger kleiner Junge.

»Auch wenn ich den fleischlichen Gelüsten entsagt habe, so weiß ich doch, was in der Welt vorgeht. Lest bitte weiter.«

»Nun, der Mann versteckte sich in der Schlafkammer, und in der Nacht wurde er Zeuge, wie ein lüsterner junger Bursche es seinem Eheweib gründlich besorgte. In seinem maßlosen Zorn vergaß er sich und purzelte von seinem Versteck herunter. Der junge Gockel suchte eilends das Weite, während der Gemahl ohnmächtig am Boden lag.«

»Eine unflätige Geschichte«, bemerkte der Ritter. »Derlei Anekdoten erzählt man sich des öfteren in Heereslagern, nur mit mehr Witz und schlüpfrigen Einzelheiten ausgeschmückt.«

Alexander wedelte mit der Hand. »Wartet, es ist ja noch nicht zu Ende. Der Gatte hatte sich den Kopf an einer Eisenstange gestoßen. Er wurde sehr krank. Ein Priester kam und sagte, er stünde an der Schwelle des Todes, er müsse die Absolution erteilt bekommen und das heilige Sakrament erhalten. Doch der Händler sträubte sich dagegen, er starb und wurde begraben, ohne von seinen Sünden erlöst zu werden.«

Alexander fuhr mit dem Zeigefinger die Seite entlang. »Der Chronist berichtet, des Nachts sei der böse Ehemann aus seinem Grab aufgestanden. Leise pirschte er durch die Straßen, schlich um die Häuser herum, und überall, wo er auftauchte, fingen die Hunde an zu jaulen und zu heulen. Er habe schrecklich ausgesehen, und er verletzte jeden schwer, der ihm auf seiner nächtlichen Wanderung begegnete. Sein stinkender, verfaulender Körper habe die Luft verpestet.«

Alexander überschlug ein paar Zeilen und las weiter.

»Schließlich verloren die Einwohner Oxfords die Geduld, zogen zum Grab hinaus und begannen zu schaufeln. Sie hatten angenommen, daß sie sehr tief graben müßten, doch der Körper lag dicht unter der Oberfläche und war nur mit einer dünnen Schicht Erdreich bedeckt.« Alexander verzog das Gesicht. »Der Chronist schreibt, der Leib sei dick angeschwollen gewesen, das Gesicht habe wie aufgequollen ausgesehen, und die Wangen waren rot und rund. Die Bekleidung, in der man den Händler bestattet hatte, sowie das Leichentuch waren zerrissen und schmutzig. Einer der Städter stieß seinen Spaten in den Körper, und ein roter, heißer Blutstrom sprudelte aus der Wunde. Noch vor Einbruch der Nacht beförderte man den Körper nach Parismead und verbrannte ihn auf einem hurtig errichteten Scheiterhaufen.«

»Unsinn!« knurrte Sir Godfrey. »Solche Schauermärchen findet man in vielen Chroniken und Manuskripten im ganzen Land.«

Die Exorzistin schüttelte den Kopf, während Alexander die nächsten Seiten umblätterte.

»Es gibt noch mehr Geschichten, die dieser gleichen«, verkündete er. »Die Äbtissin hat sie herausgesucht und markiert. Hier ist eine aus dem Jahre 1322, die während des Bürgerkrieges passierte, den der Vater unseres derzeitigen Königs gegen seine Barone führte.« Er blätterte weiter in dem Buch. »Da ist noch eine, und der Chronist gibt das Jahr mit 1340 an. Die Geschichten haben immer das gleiche Thema zum Inhalt: Menschen, die zu Lebzeiten für ihre Bosheit berüchtigt waren, standen nach ihrem Tod aus ihren Gräbern auf und pirschten durch Oxford, bis man Maßnahmen gegen sie ergriff und sie verbrannte.«

»Vermögt Ihr in den zeitlichen Abständen ein bestimmtes wiederkehrendes Muster zu entdecken?« fragte Lady Edith.

Alexander blätterte zurück. »Doch«, erwiderte er, »ungefähr alle zwanzig oder dreißig Jahre wird von solchen Vorkommnissen berichtet.« Er überflog noch einmal den Text und erklärte schließlich: »Es ist immer dasselbe; ein Bösewicht stirbt, er kehrt ins Leben zurück, begeht schreckliche Verbrechen, ermordet Menschen und wird dann von empörten Bürgern verbrannt.«

»Und Ihr glaubt, daß ein solches Ereignis sich zum gegenwärtigen Zeitpunkt wiederholt?« fragte Sir Godfrey und nahm die Hand der Exorzistin in die seine. An der Art, wie sie die Lippen zusammenkniff, merkte er, daß sie verwirrt war.

»Nein«, antwortete sie nach einer Weile. »Meiner Meinung nach geschieht gegenwärtig etwas völlig anderes. Die Geschichten, die in der Chronik stehen, sind lediglich die Vorboten eines größeren Ereignisses. Bloße Schatten der Schrecknisse, die zur Zeit Oxford heimsuchen.«

»Und was ist der Grund für diese plötzliche Entfesselung des Grauens?« wollte Alexander wissen, indem er das Buch zuklappte.

»Wir können nur raten. Vielleicht konnte eine böse Macht, die bisher eingekapselt war, sich befreien und übt nun ihren Einfluß aus. Es ist wie bei einem Teich im Wald; an der Oberfläche ist das Wasser hell und klar, doch wenn man mit einem Stock darin herumrührt, steigen der Moder und der Schmutz nach oben.« Mit dem Handrücken rieb sie sich die Lippen. »Vor kurzem muß irgend etwas aufgerührt worden sein, und das verursacht nun die gräßliche Mordserie.« Langsam stand sie auf. »Ich habe genug gehört. Laßt uns wieder gehen.«

Sie dankten dem Archivar, der sie von der anderen

Seite der Bibliothek her verstohlen beobachtet hatte. Obwohl Alexander Bücher liebte, war er froh, als sie die Kirche verließen und wieder die überfüllte High Street entlangschritten, die gellenden Rufe der Händler waren eine willkommene Abwechslung von der bedrückenden Stille in der Bücherei. Während sie sich durch die Menge zwängten, hörte Sir Godfrey plötzlich, wie sein Name gerufen wurde. Er erblickte Vater Andrew, der munter die Straße entlangmarschierte, einen Korb unter den Arm geklemmt.

»Guten Tag, Sir Godfrey, Master McBain, Lady Mohun.« Seine Miene wurde ernst. »Kommt Ihr mit Euren Ermittlungen voran?«

Sir Godfrey setzte den Weg fort, und der Priester schritt neben ihm einher.

»Nein Vater, leider nicht«, antwortete der Ritter. »Bis jetzt haben wir nur sehr wenig Neues in Erfahrung gebracht. Gottlob sind keine weiteren Morde mehr geschehen.«

»Könnte ich Euch in irgendeiner Weise behilflich sein? fragte Vater Andrew.

Sie hatten die Taverne erreicht, in der ihre Pferde untergestellt waren; die Rösser wurden gebracht, und Alexander half Edith beim Aufsitzen.

Sir Godfrey nahm sich Zeit mit einer Entgegnung. »Wie könnte Eure Hilfe denn aussehen, Vater Andrew?«

Der Priester zuckte mit den Schultern und zeigte auf seinen Korb. »Ich kaufe Brot und Gemüse ein, das wir vor der St.-Peter-Kirche an die Armen verteilen. Ich bekomme mit, worüber in der Stadt geklatscht wird, und welche Gerüchte gerade umlaufen. Vielleicht könnte ich den Leuten ein paar Fragen stellen.«

Sir Godfrey klopfte ihm auf die Schulter. »Jedwede

Unterstützung, die Ihr uns geben könnt, Vater, ist willkommen.«

»Und ich bete für Euch«, setzte der Priester hinzu. »Jeden Morgen bei der Messe bitte ich Gott, das Böse möge ein Ende finden.«

Der Ritter bedankte sich. Vater Andrew schlug andeutungsweise das Kreuz und tauchte im Strom der Menschenmassen unter, der sich an der Taverne vorbeischob.

Sir Godfrey und seine Begleiter legten im Wirtshaus *Saracen's Head* eine Rast ein und nahmen ein einfaches Mahl zu sich. Dann setzten sie ihren Weg die High Street entlang fort, gelangten nach Eastgate und landeten schließlich an einer Seitenpforte des Trinitarierklosters. Die wuchtigen Gebäude mit ihren emporstrebenden Mauern, die von Türmen, Zinnen und Giebeln gekrönt wurden, machten einen düsteren, abweisenden Eindruck. Die fratzengesichtigen Wasserspeier ließen Alexander erschauern; ihm fiel auf, daß Edith sehr nervös wirkte.

»Gott möge mir verzeihen«, flüsterte sie, »dies ist ein Haus Gottes, aber mich beschleicht ein ungutes Gefühl.«

Ein Laienbruder eilte herbei und fragte sie nach ihrem Begehr. Um ein Haar hätte Sir Godfrey geantwortet, er wolle Abt Samson einen Besuch abstatten, doch er besann sich gerade noch rechtzeitig und sagte, er wolle im Auftrag des Königs mit Prior Edmund sprechen.

Der Laienbruder rief die Stallknechte, damit sie sich um die Pferde kümmerten. Dann geleitete er sie durch das Kloster; Brüder hockten mit krummen Rücken in ihren winzigen Studierzellen und nutzten das Tageslicht aus, um Manuskripte zu kopieren oder bunt auszuschmücken. Sie schritten eine steinerne Treppenflucht hinauf und gelangten schließlich an eine eisenbeschlagene Tür; der

Laienbruder klopfte an, und dann standen sie dem aufgeregt wirkenden Prior Edmund gegenüber.

»Habt Ihr uns erwartet, Vater?« erkundigte sich Sir Godfrey.

Der Prior trat von einem Fuß auf den anderen, wobei er den Mund auf- und wieder zuklappte.

»Doch, ja«, stieß er atemlos hervor. Er faßte sich und bot ihnen Plätze vor einem schwindsüchtig dahinschwelenden Kaminfeuer an. Für sich selbst zog er einen niedrigen Schemel herbei. Sein schmales, verhärmtes Gesicht drückte tiefe Besorgnis, ja sogar Angst aus. Vor diesem Besuch schien er sich gefürchtet zu haben.

Alexander blickte forschend in Prior Edmunds bleiches Antlitz; obwohl Mönche für ihre Reinlichkeit bekannt waren, trug dieser Bruder ein fleckiges Habit, und seine Haare standen ihm wirr vom Kopf ab.

Wovor fürchtet er sich so, fragte sich Alexander. Und warum ist Edith plötzlich so unruhig?

Sir Godfrey war nicht so empfindsam wie der Sekretär. Seine Gedanken waren eher praktischer Natur. Als der Prior ihnen eine Erfrischung anbot, lehnte er ohne viel Umschweife ab und kam gleich zur Sache.

»Vater, Ihr habt doch sicher gehört, welche brutalen Morde in der Stadt geschehen sind?«

»Ja.« Prior Edmund blinzelte noch heftiger mit den Lidern und befeuchtete sich unentwegt die trockenen Lippen.

»Wißt Ihr von alten Legenden, die man mit diesen Mordfällen in Verbindung bringt?«

»Es gibt so viele Legenden«, sagte der Prior ausweichend. »Sie betreffen dieses Kloster, die Stadt und auch andere Dinge.«

»Vater«, fragte Sir Godfrey geradeheraus, »warum seid Ihr so verängstigt?«

Der Prior neigte den Kopf und begann an einem Wachstropfen zu knibbeln, der auf seiner Kutte getrocknet war. »Sir Godfrey, ich walte hier lediglich als Prior«, murmelte er. »Ich habe von den Morden gehört, doch in unserer unmittelbaren Umgebung hat es auch eine Tragödie gegeben. Abt Samson ist tot.« Er blickte hoch und schnippte den Wachsrest mit dem Finger fort. »Unter dieser Bedingung fällt es mir schwer, das Kloster zu leiten. Der Orden sollte jemand anders ernennen, der die Führung übernimmt.«

»Wie kam Abt Samson zu Tode?« fragte Edith unvermittelt.

Der Prior schluckte schwer. Von seinen drei Besuchern schien er die Dame am meisten zu fürchten. Sie war alt, weißhaarig und blind, doch von ihr ging etwas Gebieterisches aus.

»Man fand ihn tot in seiner Kammer.«

»Und woran starb er?«

»Das weiß Gott allein. Ich bin kein Arzt. Vielleicht blieb sein Herz stehen, oder er hatte einen Blutandrang im Gehirn. Eine Unausgewogenheit der Körpersäfte.«

»Aber er war doch ein gesunder Mann!«

»Viele junge, gesunde Männer sterben eines plötzlichen Todes«, hielt Prior Edmund ihr entgegen.

»Vater Prior«, mischte sich Alexander taktvoll ein, »wir sind nicht hier, um anzuklagen oder zu spionieren, sondern wir wollen Euch nur ein paar Fragen stellen. Wir haben von alten Legenden gehört und Chroniken studiert. Unter diesem Kloster sollen sich geheime Gänge und Kammern befinden. Irgendwo da drunten liegt der Körper eines Unholds, der vor Hunderten von Jahren bestialische Morde beging. Man sagt, dieser böse Mann sei ein Strigoi.«

Mit aschfahlem Gesicht starrte der Prior ihn an. »Davon habe ich noch nie etwas gehört«, flüsterte er. »Was ist ein Strigoi?«

»Ein Mann, der geistig tot ist; seine Seele jedoch wird von einem Dämon aus der Hölle besessen.«

Prior Edmund schnappte sich einen eisernen Schürhaken und stocherte wie wild in dem kleinen Holzfeuer herum; ein Funkenschauer stob auf, und eine unverhoffte Welle von Hitze breitete sich aus.

»Altweibergeschwätz!« brummelte er.

»Dann gibt es besagte Tunnel also nicht?«

»Vielleicht doch«, erwiderte Prior Edmund und warf den Schürhaken beiseite. »Ich habe nur nie davon gehört. Dies ist ein Haus Gottes, eine Stätte, die dem Dienst an Jesus Christus gewidmet ist.«

»Hat Abt Samson denn nie von solchen Geheimgängen gesprochen?« fragte Alexander.

»Nein, niemals!«

»Und Ihr wißt wirklich nicht, ob diese Tunnel existieren?«

Prior Edmund stand auf und schob seine Hände in die weiten Ärmel seines Habits. »Ich habe Euch alles gesagt, was ich weiß«, erklärte er mit schneidender Stimme. »Ihr seid Abgesandte des Königs, Ihr habt das Recht, überall hinzugehen und mit jedem zu sprechen. Holt Euch Eure Informationen woanders, ich kann und werde Euch nicht daran hindern. Aber ich bin ein vielbeschäftigter Mann, und wenn Ihr keine weiteren Fragen habt . . .«

Er schritt zur Tür und öffnete sie. Alexander half Edith Mohun beim Aufstehen, und der Laienbruder, der draußen gewartet hatte, brachte sie zu den Stallungen zurück.

Während sie die Empore entlangschritten und dann durch den Kreuzgang gingen, blickte Alexander sich aufmerksam um. Dieses Kloster unterschied sich nicht von den anderen Ordensstätten, die er besucht hatte. Der Duft von gutem Essen vermischte sich mit den Aromen von Polierwachs und Seife. Mönche und Laienbrüder eilten geschäftig hin und her. Der Infirmarius schleppte sich mit einem Stapel frischgewaschener Bettlaken ab. Bedienstete waren unter großer Lärmentfaltung dabei, den langen Tisch im Refektorium für die Abendmahlzeit zu decken.

Man hörte die üblichen Geräusche – Stimmengesumm aus den Studierzellen, in denen die Scholaren lernten, Glockengeläut, Klappern und Rumoren von den Außengebäuden. Doch unterschwellig vermeinte Alexander zu spüren, daß irgend etwas an dieser scheinbar so alltäglichen Lage faul war. Fast war ihm, als würde jeder die ihm zugedachte Rolle spielen, während man die drei Fremden, die ins Kloster gekommen waren, keine Sekunde lang aus den Augen ließ.

Im Hof vor den Ställen mußten sie ein Weilchen warten. Der Laienbruder entschuldigte sich für die Verzögerung.

»Ich dachte, Ihr würdet länger bleiben«, erklärte er, »deshalb ließ ich die Pferde absatteln. Es dauert jedoch nicht lange, bis sie wieder gesattelt und aufgezäumt sind.«

Sir Godfrey nickte und nahm die Klostergebäude prüfend in Augenschein. »Es scheint hier alles seine Ordnung zu haben«, sagte er leise, »dennoch . . .«

»Ich weiß, was Ihr meint«, gab Alexander mit gesenkter Stimme zurück.

»Dies ist ein Ort, an dem gebetet und studiert wird«, murmelte Edith Mohun, »doch etwas anderes hat hier Einzug gehalten.« Sie schüttelte den Kopf. »Er erinnert mich an ein Schlachtfeld, wo die Toten bereits begraben und Messen für die Erlösung ihrer Seelen gesungen wurden. Aber wenn man nur lange genug verweilt, kann man das Blut und die Gewalt in der Luft riechen, und eine tiefe Verzweiflung überkommt einen.« Sie drehte den Kopf wie ein Jagdhund, der Witterung aufnimmt. »Sämtliche Gebäude sollten verbrannt werden«, meinte sie. »Mit Feuer müßte man die Dämonen vertreiben, die hier wohnen, denn nur die Flammen vermögen einen Ort vom Bösen zu reinigen.«

Sie hielt inne, als ein weißhaariger, altersgebeugter Mönch langsam auf sie zugehumpelt kam; sein hölzerner Gehstock klopfte auf das Steinpflaster. Dicht vor Sir Godfrey blieb er stehen und blickte mit wässerigen Augen zu ihm auf.

»Mein Name ist Lanfranc«, ächzte er und wischte sich einen Tropfen Speichel aus dem Mundwinkel. »Ich bin der Geschichtsschreiber dieses ...« Er sprach den Satz nicht zu Ende, sondern deutete mit seiner fleckigen, dickgeäderten Hand auf das Kloster. Sein Blick huschte zuerst zu McBain und dann zu Edith Mohun.

»Endlich seid Ihr gekommen«, fuhr er heiser fort. Mit dem gichtigen Zeigefinger deutete er auf die Exorzistin. »Meine Augen sind schwach, aber ich höre noch sehr gut. Ja, diese Mauern sollten niedergebrannt, durch das Feuer gereinigt werden. Man muß die geheimen Tunnel öffnen und das Böse, das darinnen haust, mit Stumpf und Stiel ausrotten.«

Sir Godfrey umklammerte das dürre Handgelenk des Greises.

»Dann wißt Ihr, wo sich diese Tunnel befinden?«

»Nein«, antwortete der alte Mönch, »und wenn ich es wüßte, dürfte ich sie Euch nicht zeigen, denn ein Gehorsamsgelübde verlangt von mir, daß ich mich diesem törichten Edmund unterordne. Aber Abt Samsons Tod war kein Unfall. Samson war ein mutiger Mann, aber er war auch störrisch und eigensinnig.« Der alte Mönch hob den Kopf und wischte sich mit dem Handrücken die triefende Nase ab. »Er begab sich an Orte, die er lieber nicht hätte aufsuchen sollen, Gott sei seiner Seele gnädig, und daran war nur dieser Fremde schuld.«

»Welcher Fremde?« hakte Sir Godfrey nach.

»Kommt wieder«, flüsterte Lanfranc. »Kommt morgen noch einmal zurück und bringt die Leute des Sheriffs mit. Hunde wären auch nützlich. Ich zeige Euch dann das geheime Manuskript.«

»Ihr meint die Legenden?«

»Ja.«

»Warum bis morgen warten?« mischte sich Edith ein. »Sir Godfrey, Ihr seid im Besitz einer Vollmacht des Königs.«

Der alte Mann lachte kurzatmig und klopfte mit seinem Stock auf den Boden. »Nicht so vorwitzig, meine Dame. Aber Ihr scheint entschlossenes Vorgehen zu lieben.« Leise gluckste er in sich hinein.

Sir Godfrey sah Alexander an, der die Lippen zusammenkniff.

»Was schlagt Ihr vor?« fragte der Ritter.

»Es wäre vielleicht unklug, wenn wir uns den Zugang erzwingen würden«, meinte Alexander. »Aber jetzt wissen wir, daß der Prior gelogen hat.«

Sir Godfrey legte die Hand auf den Griff seines Schwerts und wollte dem Stallknecht einen Befehl zubrüllen. Doch in diesem Augenblick kam ein anderer Laienbruder auf den Hof gerannt, völlig aufgelöst und wild mit den Armen rudernd.

»Sir! Sir!« schrie er. »Ihr müßt sofort zum Kloster St. Anne zurückreiten!«

Alexander packte den Laienbruder beim Arm.

»Warum?«

»Ich weiß es nicht, Sir, der Bote des Sheriffs läßt aber ausrichten, daß Sir Oswald Beauchamp dringend nach Euch verlangt.« Der Mann senkte die Stimme zu einem Flüstern. »Anscheinend sind wieder Menschen ermordet worden.«

KAPITEL 3

Sir Oswald und Proctor Ormiston warteten in dem Gemach der Äbtissin; bei ihnen war der ängstlich wirkende Vater Andrew. Seit ihrem alptraumhaften Erlebnis am vorigen Abend hatte Constance ein wenig von ihrem entschlossenen Auftreten verloren. Sie saß an ihrem Schreibpult und gab vor, in einem Buch zu lesen. Sir Oswald konnte seine Ungeduld kaum noch zügeln.

»Noch mehr Morde«, stieß er hervor, kaum daß Sir Godfrey, Alexander und die Exorzistin Platz genommen hatten. Ein Mann, sein Eheweib und deren Tochter wurden gestern nacht brutal getötet.«

»Wo war das?«

»In der Bocardo Lane«, sagte Vater Andrew.

»Was ist mit den Leichen geschehen?«

»Man hat sie bereits aus dem Haus entfernt; aber wie bei den anderen Opfern hatte man den Menschen auch hier die Kehlen durchgeschnitten und sie ausbluten lassen. Spuren von Gewaltanwendung sind weder an der Tür noch an den Fenstern zu sehen.«

»Hätte man die Leichen nicht erst später fortbringen können?« fragte Sir Godfrey ärgerlich.

»Dieser Fall liegt anders als die vorhergehenden«, entgegnete der Proctor, dessen Gesicht aschfahl war.

»In welcher Hinsicht?«

»Die Toten wurden von den Nachbarn entdeckt, und die Nachricht von den Morden verbreitet sich wie ein Lauffeuer. Ihr habt sicher gemerkt, welche aufgeladene Stimmung in der Stadt herrscht. Es ist, als würde Öl in ein Feuer gegossen, die wildesten Gerüchte gehen um. Die Studenten beschimpfen die Städter, und die Bürger behaupten, unter den hiesigen Scholaren seien jede Menge Satansjünger.«

»Was gibt es sonst noch?«

Vater Andrew wandte sich an die Äbtissin. »Darf ich ihn hereinbringen?«

Constance nickte und läutete eine kleine Glocke, die auf ihrem Pult stand. Eine Laienschwester trat ins Zimmer und wurde beauftragt, ›das Kind‹ zu holen. Kurz darauf wurde ein Knabe in den Raum geführt; er hatte ein kalkweißes Gesicht und dunkle, angstvoll aufgerissene Augen. Er klammerte sich an die Laienschwester und lutschte geräuschvoll am Daumen seiner freien Hand. Schüchtern blickte er die im Raum versammelten Leute an und versteckte sich dann hinter den weiten Röcken der Schwester. Vater Andrew ging in die Hocke und streckte die Arme aus.

»Komm her, Robert«, sagte er mit freundlicher Stimme. »Komm zu mir. Komm hierher, Robert.«

Der Junge rannte zu ihm. Vater Andrew stand auf und hielt einen Arm schützend um die Schultern des Knaben gelegt.

»Das ist Robert Cotterill«, sagte der Priester. »Als sein Vater, seine Mutter und seine Schwester ums Leben kamen, war er gerade beim Spielen. Er hatte sich in einem geheimen Zimmer versteckt. Die Nachbarn entdeckten ihn erst, als sie ihn weinen hörten.«

Sir Godfrey trat vor und kniete vor dem Jungen nieder. Er öffnete die Schließe, die den Schwertgurt zusammenhielt, und drückte dem Jungen die lederne Scheide des Schwerts in die schlaffen Hände.

»Wir sind gekommen, um dir zu helfen, Robert«, sagte er leise. »Wirst du hierbleiben und auf dieses Teil achtgeben?«

Der Junge nickte mit feierlichem Ernst.

»Wenn du das für mich tust«, fuhr Sir Godfrey fort, »dann gebe ich dir ein paar Süßigkeiten, und später werden wir für dich ein neues Heim suchen. Aber merke dir eines, solange du dieses Schwert in den Händen hältst, kann niemand dir ein Leid antun, denn es ist ein heiliges Schwert.«

Der Junge lächelte zögernd, streckte eine Hand aus und berührte die Wange des Ritters. Sir Godfrey blickte Constance an.

»Der Junge steht immer noch unter einem schweren Schock«, flüsterte er ihr zu. »Ich habe Ähnliches schon bei Kindern gesehen, die miterlebten, wie ihre Heimatstadt von einem Heer eingenommen wurde. Sie können in einen tiefen Schlaf fallen, aus dem sie nie wieder aufwachen, oder sehr krank werden. Der Junge braucht ein wenig warmen Wein und viel Ruhe. Aber er darf nie allein gelassen werden. Falls die Strigoi erfahren, daß er der einzige Überlebende des Massakers von der letzten Nacht ist . . .« Seine Stimme ebbte ab. Er zauste den Haarschopf des Jungen und warf der Äbtissin einen vielsagenden Blick zu.

Lady Constance verstand. »Der Knabe bleibt in der Krankenstube«, bestimmte sie und wandte sich dann an die Laienschwester. »Unsere Schwester Krankenpflegerin darf ihn nie aus den Augen lassen. Sagt ihr, sie soll dem Knaben einen beruhigenden Trank brauen.«

»Hat Robert etwas erzählt?« fragte Alexander.

»Nein, nichts«, antwortete Vater Andrew. »Zusammen mit den Nachbarn, die ihn fanden, brachte ich ihn gleich hierher. Am Tor sind die Leute dann umgekehrt.«

Die Laienschwester führte den Jungen aus dem Zimmer. Robert hielt das große Schwert, das in der Lederscheide steckte, mit beiden Händen umklammert. Sir Godfrey blickte den Sheriff schmunzelnd an.

»Könnt Ihr mir Euer Schwert borgen, Sir Oswald?«

Der Sheriff löste den Gurt und reichte dem Ritter die Waffe.

»Ihr habt richtig gehandelt«, sagte Edith, die auf einem Schemel vor dem Kaminfeuer saß und sich die Hände wärmte. »Wenn der Junge erst einmal zur Ruhe gekommen ist, wird er schlafen und hinterher erzählen, was vorgefallen ist. Obwohl ich mir nicht vorstellen kann, daß er viel gehört oder gesehen hat. Sheriff Beauchamp, Ihr müßt unbedingt Sicherheitsvorkehrungen treffen.«

»Das ist bereits geschehen«, erwiderte der Sheriff gereizt. »Jeder verfügbare Soldat patroulliert die Straßen. Der Stadtrat hat seine eigenen Büttel und Bewaffnete ausgeschickt, und seitens der Universität hat Proctor Ormiston jede Unterstützung zugesagt.«

»Für mich gibt es hier nichts mehr zu tun«, sagte Vater Andrew. »Ich muß zu meiner Gemeinde zurück, dort werde ich gebraucht.« Vor der Äbtissin deutete er eine Verbeugung an und verließ das Zimmer. Der Proctor rüstete sich ebenfalls zum Gehen, doch Alexander hielt ihn zurück.

»Wir möchten Euch noch ein paar Fragen stellen«, begann er. »Es geht um die verschwundenen Studenten. Habt Ihr Euch nicht gewundert, als der, der zuletzt verschwand, nämlich der Brabanter, Euch um die Erlaubnis bat, die Bibliothek in der Kirche St. Mary benutzen zu dürfen?«

Ormiston zuckte die Achseln und spreizte die Finger.

»Daran kann ich nichts Ungewöhnliches finden«, meinte er. »Viele Studenten bitten um diese Erlaubnis, und sie wird oft gewährt. Worauf wollt Ihr mit Eurer Frage hinaus, Master McBain?«

Alexander lächelte. »Ich mache mir nur Gedanken über etwas, das Euch ebenfalls interessieren dürfte.«

»Ich interessiere mich für vieles«, gab Ormiston zurück. »Doch im Augenblick bin ich mit anderen Dingen viel zu beschäftigt, als daß ich mir den Kopf über Studenten zerbräche, die in bestimmten Bibliotheken studieren wollen.«

Die Pilger schauten erwartungsvoll drein, während der Ritter eine Erzählpause einlegte und seinen Becher mit Wein nachfüllte. Als der Becher bis zum Rand voll war, führte er ihn an die Lippen und nickte dem neben ihm sitzenden Yeoman zu, der Gehilfe eines Mannes von hohem Rang war. Normalerweise wirkten dessen Gesichtszüge wie versteinert, doch nun sahen die Pilger zum erstenmal, daß sich bei ihm ein feines Lächeln andeutete. Und zu ihrer Verwunderung hob der Yeoman plötzlich die Hand und wischte sich Tränen aus den Augen.

»Was geht hier eigentlich vor?« raunte der Freisasse dem Advokaten zu.

»Das weiß der liebe Gott allein.«

»Edler Ritter«, rief der Advokat, »wollt Ihr mit Eurer Geschichte nicht fortfahren?«

Der Ritter nickte. Der Yeoman flüsterte ihm etwas zu, stand auf und verließ ruhigen Schrittes die Schankstube.

Neugierig drehte der Advokat sich um und peilte durchs Fenster. Im flackernden Schein einer Laterne sah er den Yeoman draußen auf dem Hof stehen und zum sternenübersäten Himmel emporstarren.

Der Ritter gab dem Junker einen Wink. Der erhob sich gleichfalls von seinem Platz und ging dem Yeoman nach. Der Ritter nahm seine Erzählung wieder auf.

Laetitia, das Serviermädchen aus der Taverne, eilte durch die dämmrigen Straßen Oxfords zum Kloster von St. Anne.

»Ich muß mit dem Ritter sprechen«, flüsterte sie vor sich hin. »Vielleicht hilft ihm weiter, was ich zu erzählen habe. Ich bin es Guido schuldig.« An einer Straßenecke blieb sie stehen, um Luft zu schöpfen und sich zu räuspern. Dann zog sie das Wolltuch enger um ihre mageren Schultern. Sie litt an Atemnot und mußte dauernd husten. Manchmal hatte sie Schmerzen in der Brust, und mitunter spuckte sie mit Blut vermischten Schleim aus. Das machte ihr angst.

Sie dachte an Guidos fröhliches Gesicht und seine lachenden Augen. Tief in ihrem Herzen wußte das Mädchen, daß der Student tot war. Doch sie mußte handeln, das war sie der Erinnerung an ihn und vor allem sich selbst schuldig. Der Sekretär, der sich in Begleitung des Ritters befand, machte einen freundlichen und ehrenwerten Eindruck. Er hatte nicht versucht, sie einzuschüchtern, sondern ihr eine Goldmünze versprochen, wenn sie ihnen erzählte, was sie wüßte.

Laetitia holte tief Luft. Nun, sie würde alles beichten. Außerdem wollte sie ihnen die Metallscheibe zeigen, die Guido ihr geschenkt hatte, und die sie heimlich im Absatz ihres aus Korkrinde gefertigten Schuhs aufbewahrte.

Laetitia hastete weiter. Sie bog um eine Ecke, und die Gasse verengte sich zu einer nadelschmalen Röhre; schon erblickte sie die Klostermauern, und in ihrem Magen kribbelte es vor Aufregung.

Kurz bevor sie das Ende des Gäßchens erreichte, tauchten aus einem Torbogen schwarze Gestalten auf und versperrten ihr den Weg. Alle trugen Masken vor den

Gesichtern und hatten sich die Kapuzen ihrer kuttenähnlichen Umhänge tief in die Stirn gezogen.

Mit wild klopfendem Herzen blieb Laetitia stehen. Sie machte kehrt und wollte zurücklaufen, doch wie aus dem Nichts erschien eine weitere dunkle Gestalt und ließ sie nicht vorbei. Laetitia wirbelte herum, die Hände vor die Brust gepreßt.

»Ich bin nur ein armes Mädchen, das in einer Taverne arbeitet«, flüsterte sie heiser. »Ich besitze nichts Wertvolles.«

Die finsteren, unheimlichen Gestalten lehnten lässig gegen eine Mauer.

»Was wollt ihr von mir?« jammerte sie.

Die Gestalten kamen auf sie zu und schoben sie mit sanfter Gewalt tiefer in die Gasse zurück.

»Bitte, tut mir nichts zuleide«, wimmerte Laetitia. Verzweifelt blickte sie um sich. In dem trüben Licht erkannte sie glitzernde Augen und schmale Streifen heller Haut an den Mundschlitzen der Masken. Sie drückte sich an eine Mauer, die beißend nach Urin stank.

»Ich bin keine Hure«, sagte sie mit bebenden Lippen, »was wollt ihr von mir?«

»Wir wollen gar nichts, Laetitia«, flüsterte eine der Gestalten und wedelte kurz mit der Hand. »Du kannst jetzt weitergehen!«

Laetitia tat einen zaghaften Schritt nach vorn.

»Nein, Laetitia, so nicht. Du mußt den Kopf hochhalten. Auch wenn du ein armes Mädchen bist, hast du deinen Stolz. Trage den Kopf ganz hoch.«

Laetitia atmete auf und rang sich ein Lächeln ab. Vielleicht sind es nur Studenten, dachte sie, die sich einen Jux erlauben. Sie verwünschte ihre Vorwitzigkeit. Sie hätte auf den Sheriff hören sollen, der angeordnet hatte, bei

Einbruch der Dunkelheit solle niemand mehr sein Haus verlassen und auch keinem die Tür öffnen.

»Darf ich wirklich weitergehen?« fragte sie zweifelnd.

»Selbstverständlich kannst du deinen Weg fortsetzen, Laetitia«, antwortete eine spöttische Stimme. »Aber nur unter einer Bedingung. Du kannst langsam gehen, du kannst von uns aus auch rennen, aber halte den Kopf hoch!«

Die Gestalt trat beiseite und machte ihr Platz. Laetitia wollte loslaufen, doch jemand umklammerte ihre Schulter mit eisernem Griff. »Vergiß nicht, wir lassen dich nur gehen, wenn du den Kopf hoch trägst!«

Die anderen Gestalten gaben ein sonderbares Kichern von sich, bei dem Laetitia eine Gänsehaut über den Rücken lief.

»Lauf, Laetitia! Lauf los!«

Das ließ sich Laetitia nicht zweimal sagen, sondern sie hetzte sogleich die Gasse entlang. Einmal hielt sie kurz inne und spähte über die Schulter; sie wollte sich vergewissern, ob sie auch nicht verfolgt würde. Doch die finsteren Gestalten hatten sich nicht vom Fleck gerührt. Dicht beieinander standen sie da und schienen sie zu beobachten.

»Lauf zu, Laetitia!« rief eine schadenfrohe Stimme. »Stolz und hocherhobenen Hauptes!«

Laetitia flitzte weiter. Das Kinn emporgereckt, erreichte sie das Ende der Gasse, und der messerscharfe Draht, der zwischen die Häuser gespannt war, zerfetzte ihre Kehle. Das Mädchen taumelte zurück. Blut spritzte aus der grausigen Wunde. Sie öffnete den Mund zu einem Schrei, dann sackte sie langsam in sich zusammen und fiel auf das schmutzige Steinpflaster.

Früh am nächsten Morgen ritten Sir Oswald Beauchamp und Proctor Ormiston, von Soldaten begleitet, zum Kloster von St. Anne. Mit lauter Stimme verlangte der Sheriff den Abgesandten des Königs zu sehen.

Sir Godfrey, Alexander McBain und Edith Mohun saßen im Gästehaus beim Frühstück. Sir Oswald riß die Tür auf und stürmte hinein; Ormiston folgte ihm wie ein Schatten.

»Tod und Verdammnis!« brüllte der Sheriff, wobei sein Gesicht purpurrot anlief. »Es ist schon wieder etwas passiert, und wir sitzen noch schlimmer in der Klemme als zuvor!«

Der Ritter hob mahnend die Hand.

»Sheriff Beauchamp, es ist eine Dame anwesend, und Ihr könntet Euch ruhig ein wenig gewählter ausdrücken.«

Der Sheriff funkelte ihn wütend an, und Alexander hatte Mühe, sich ein Lächeln zu verbeißen.

»Ich bitte um Vergebung«, sagte der Sheriff linkisch. »Lady Mohun, es war nicht meine Absicht, Euch zu erschrecken.«

»Das weiß ich«, lenkte Edith ein. »Außerdem habe ich schon derbere Sprüche gehört.«

»Sir Oswald, Proctor Ormiston«, Alexander stand auf und rückte zwei Stühle zurecht. »Nehmt doch bitte Platz.«

Der Sheriff murmelte ein Dankeschön. Wie ein Sack ließ er sich auf den Stuhl plumpsen und stützte das Gesicht mit beiden Händen ab. Alexander McBain holte Becher mit Wein und stellte sie vor die Gäste hin.

»Gott möge mir gnädig sein«, begann der Sheriff mit heiserer Stimme, »mir scheint, als habe der Teufel höchstselbst in Oxford Einzug gehalten. Sagt, Sir Godfrey, kanntet Ihr ein Mädchen namens Laetitia? Eine ziemliche

Schlampe, die in der Taverne *Mitra* die Gäste bediente?«

Sir Godfrey nickte.

»Nun, jetzt ist sie tot«, fuhr Sir Oswald fort. »Gestern nacht fand man sie mit aufgeschlitzter Kehle in einer Gasse liegen, gar nicht weit von hier. Anscheinend war sie auf dem Weg zu Euch. Stimmt es, daß Ihr das Mädchen bereits befragt habt?«

»Ja«, mischte sich Alexander ein. »Sie hatte ein Techtelmechtel mit einem der verschwundenen Studenten. Glaubt ihr, sie wurde von den Strigoi ermordet?«

»Es sieht ganz danach aus, obwohl die Art und Weise, wie sie zu Tode kam, dieses Mal anders war. Ein messerscharfer Draht war quer über die Gasse gespannt, und offenbar versetzte man das Mädchen in solche Panik, daß sie blindlings hineinrannte.«

»Seid Ihr sicher, daß Laetitia zu uns wollte?« fragte Alexander.

»Jedenfalls sagte sie dem Gastwirt, bei dem sie arbeitete, daß sie die beiden Herren und die blinde Frau aufsuchen wollte, die bereits ein paar Tage zuvor mit ihr in der Schenke gesprochen hätten.«

»Hatte sie irgend etwas bei sich, als man sie fand?«

»Nein, nichts. Weder eine Tasche noch irgend etwas Schriftliches«, erwiderte Sie Oswald.

»Aber als man sie in das Totenhaus bei Eastgate brachte, fand man das hier im Absatz ihres Schuhs.« Er warf eine schwarze Metallscheibe, nicht größer als ein Pennystück, auf den Tisch. Sowohl Sir Godfrey als auch Alexander McBain nahmen sie sorgfältig in Augenschein. Doch beide wußten nichts damit anzufangen.

»Sie müssen das Mädchen beobachtet haben«, meinte Alexander. »Als wir versuchten, sie auszufragen, war sie plötzlich so eingeschüchtert, daß sie nicht mehr reden wollte. Doch die Aussicht, sie könne sich eine Goldmünze verdienen, wenn sie spräche, hatte wohl die Furcht besiegt.« Er zuckte die Achseln. »Jetzt ist sie tot, und wir werden nie mehr erfahren, was sie uns sagen wollte.«

»Gibt es noch etwas, das Ihr uns erzählen wollt?« fragte Edith Mohun den Sheriff.

Beauchamp stieß einen Seufzer aus. »Vermutlich kann man es hier nicht mehr hören.«

»Wovon redet Ihr?« fragte Alexander.

»Ich habe das Glockengeläut gehört«, erklärte Edith Alexander. »Die Glocken riefen nicht zum Gebet oder zur heiligen Messe, sondern es war ein lautes, wildes Gebimmel.«

Beauchamp verzog das Gesicht. »Die Nachricht von dem Tod des Mädchens hat sich in der Stadt verbreitet und die Gemüter noch mehr erhitzt. Nicht nur die Studenten gehen aufeinander los, auch die tiefsitzende Feindschaft zwischen den Bürgern und den Scholaren erhält neue Nahrung. Ein Aufruhr brach aus, und es scheint, als käme es immer wieder zu neuen Ausschreitungen.«

»Es begann heute morgen«, fiel Proctor Ormiston dem Sheriff ins Wort. »Ein Scholar aus der *Sparrow Hall* brachte in der Schenke *Swindlertuch* einen offenen Brief an, in dem er einen Armenhäusler sucht, der gegen ein Entgelt für die Seelen der Bürger Oxfords betet. Aber nicht die Bürger seien gemeint, die bereits tot sind, sondern die, die in Kürze wegen ihrer ›Verbrechen‹ sterben werden.«

Ormiston rieb sich sein müde wirkendes Gesicht. »Wie üblich, führte dann eins zum anderen. Ein Bürger las den Brief, riß ihn von der Wand und brüllte, die Studenten seien allesamt infame Mörder. Messer wurden gezückt, es kam zu Raufereien, die Nachahmer fanden. Die große

Glocke von St. Martin wurde geläutet, man blies in Ochsenhörner, und beide Parteien stürmten hinaus auf die Straßen. Der Vorsteher eines Kollegiums ließ kochendes Wasser auf eine Gruppe von Bürgern gießen, die daraufhin gewaltsam in die Halle eindrangen und ein Feuer legten.« Ormiston blickte zu dem Sheriff hinüber. »Der Tumult breitet sich aus«, sagte er, »und wir können fast nichts dagegen tun.«

»Dahinter stecken die Strigoi«, behauptete Edith Mohun. »Sie lösen Gewalt und Blutvergießen aus, und im Schutze des allgemeinen Aufruhrs fangen sie dann unbehelligt mit ihrem eigenen mörderischen Treiben an.«

Beauchamp warf Sir Godfrey einen flehenden Blick zu. »Wir brauchen Eure Hilfe. Wir müssen die Ordnung wiederherstellen. Gott weiß, welche schrecklichen Verbrechen noch begangen werden. Sir Godfrey, Ihr habt wacker für den König gekämpft. Mir stehen nur ungeübte Bewaffnete zur Verfügung.«

»Ich komme auch mit«, erbot sich Alexander, noch bevor Sir Godfrey antworten konnte.

Bald darauf verließen sie das Kloster und ritten, begleitet von den Soldaten des Sheriffs, die High Street hinunter. Es war offenkundig, daß der Aufruhr sich nicht mehr eindämmen ließ. Die Verkaufsstände waren verwaist, und auf den Straßen kämpften Studenten gegen Bürger. Am Eingang zu einem Kollegium hatte man einen Mann an den Füßen aufgehängt und unter seinem Kopf ein Feuer entzündet. Auf einem Misthaufen lag ein blutig geschlagener junger Student, dem man die Kleider in Fetzen gerissen hatte.

In den Gassen und auf den Wegen, die von der Hauptstraße abzweigten, vermischten sich Wut- und Angstschreie mit dem Klirren von zertrümmertem Glas.

Qualmsäulen stiegen empor und legten sich schwer über die Dächer. Niemand behelligte den Sheriff oder seine Bewaffneten, doch hin und wieder pfiffen Steine oder Pfeile an ihren Köpfen vorbei.

Sir Oswald führte die Gruppe durch die Stadt und zur Burg hinauf, wo er Verstärkung holte. Er teilte die Männer in zwei Abteilungen ein, die eine wurde von ihm selbst angeführt, die andere unterstand Sir Godfrey und McBain. Anschließend durchkämmten die beiden Trupps die Straßen, rissen die schwarzen Banner der Rebellion herunter, befreiten Gefangene, schlugen Aufrührer nieder und zerstreuten randalierende Banden, gleichgültig, ob es sich um Scholaren oder Bürger handelte.

Wasserträger und Bedienstete der Stadt mußten die Brände löschen, Plünderer wurden festgenommen. McBain bewunderte Sir Godfrey, der mit kühlem Kopf handelte; eine Straße wurde geräumt, die Ordnung wiederhergestellt und eine Wache zurückgelassen.

Gelegentlich raffte sich eine Horde von Aufrührern zu Widerstand auf, doch gewöhnlich suchten alle unter lautem Gebrüll und Gejohle das Weite. Nur ein einziges Mal gerieten Sir Godfrey und McBain ernsthaft in Bedrängnis: Vier Scholaren, Ledermasken vor dem Gesicht, zerlumpte Kapuzen tief in die Stirn gezogen, schossen aus den Fenstern einer Kollegiumshalle mit Armbrüsten auf sie. Sie verletzten zwei von Beauchamps Soldaten, einen davon tödlich.

Sir Godfrey saß ab und stürmte mit einer kleinen Schar Bewaffneter die Halle. Er nahm die Übeltäter fest, fand heraus, wer der Schütze war, der den Soldaten getötet hatte, und ließ ihn unverzüglich am Haupttor aufhängen.

Alexander McBain gebot ihm keinen Einhalt; er fand, daß ein gnadenloses Vorgehen unabdingbar sei. Ähnliche

Aufstände hatte er in Cambridge erlebt; wenn sie nicht erbarmungslos niedergeschlagen wurden, endeten sie mit Brandstiftung, Plünderungen und dem Tod von unschuldigen Frauen und Kindern.

Als es Nacht wurde, war der Friede wiederhergestellt, und Sir Godfrey und McBain trafen mit Beauchamp zusammen, der seinen Trupp in einen anderen Stadtteil, nördlich der High Street geführt hatte.

Gegenüber der Schenke *Zum Sarazenenhaupt* legten sie eine Rast ein, denn alle waren erschöpft; ihre Gesichter waren geschwärzt und schweißüberströmt, und ein jeder hatte mehr oder minder schlimme Verletzungen davongetragen. Danach ritten sie ein letztes Mal durch die Stadt. Als sie die Burg erreichten und sich vor dem Tor versammelten, hatten sie über vier Dutzend Unruhestifter festgenommen. Einige verfrachtete man in den Kerker der Burg, die anderen wurden aneinandergefesselt und in das Bocardo-Gefängnis gebracht.

»Wir haben gute Arbeit geleistet«, meinte Beauchamp schweratmend und wischte sich den Schweiß von der Stirn. »Sir Godfrey, trinkt Ihr noch einen Becher Wein mit uns?«

Der Ritter schüttelte den Kopf und rieb sich das Handgelenk, das einen Schlag mit einer Eisenstange abbekommen hatte.

»Habt Dank, Sir Oswald, aber es war ein anstrengender Tag. Wenn ich jetzt vom Pferd stiege und Wein tränke, würde ich vermutlich umkippen und auf dem Erdboden einschlafen. Was meint Ihr, McBain?«

Alexander nickte. Er fühlte sich abgekämpft, müde und hungrig. Und er sorgte sich, was vorgefallen sein mochte, während er, Sir Godfrey und die Offizialen der Stadt damit beschäftigt waren, den Aufstand niederzuschlagen.

Sie verabschiedeten sich und ritten durch die mittlerweile ruhigen Straßen Oxfords zurück. An jeder Ecke und vor dem Eingang zu jeder Gasse standen Wachposten. Mit Glocken ausgerüstete öffentliche Ausrufer verkündeten die Sperrstunde und drohten jedem, der sich widersetzte, härteste Strafen an.

Sie erreichten St. Anne und überließen ihre Pferde den Stallknechten. Sir Godfrey befahl, die Tore zu schließen und zu verbarrikadieren, dann kehrten sie ins Gästehaus zurück, um sich zu waschen, zu rasieren und zu essen.

Die Exorzistin kam herüber und lauschte aufmerksam, während Sir Godfrey ihr erklärte, was sich in der Stadt abgespielt hatte. Hin und wieder nickte sie oder stellte eine Frage. Alexander beobachtete sie genau.

»Ihr glaubt, der Aufruhr sei absichtlich angezettelt worden, weil die Strigoi ihn als Tarnung brauchten?« vergewisserte er sich.

Edith Mohun lächelte andeutungsweise.

»In jedem Dorf und in jeder Stadt«, sagte sie, »gibt es immer versteckte Eifersüchteleien, Haßgefühle und Rivalitäten. Das lieben die Strigoi und nutzen es für ihre Zwecke aus. In der Walachei gab es Spannungen zwischen den Dörflern und den Türken. Zwei unterschiedliche Lebensweisen und Religionen prallten zusammen. Im Grunde ist es in Oxford ähnlich. Die Leute aus dem Norden hassen die Menschen, die aus dem Süden kommen. Die Waliser und die Schotten sind sich nicht grün, die Franzosen verabscheuen die Spanier und die Scholaren verachten die Bürger. Die Liste könnte man erweitern.« Sie nahm sich ein kleines Stück Brot vom Teller und zerteilte es. »Ich wüßte nur gern, wer die Gerüchte in Umlauf gesetzt hat.«

Niemand antwortete, denn plötzlich klopfte es laut an die Tür.

»Herein!« rief Sir Godfrey.

Ein kotbespritzter, abgehetzter Soldat aus der Burg trat ein. »Eine Nachricht von Sir Oswald«, stammelte er.

Alexander erhob sich halb von seinem Stuhl. »Was ist passiert?« fragte er gespannt.

»Nichts Besonderes, Sir«, erwiderte der Mann. Er kniff die Augen zusammen, um sich besser an die Botschaft erinnern zu können. »Sir Oswald läßt ausrichten, die schwarze Metallscheibe, die man bei dem Mädchen gefunden hat . . .« Er machte die Augen wieder auf. »Versteht Ihr, was damit gemeint ist, Sir?«

»Allerdings«, gab Alexander kurzangebunden zurück. »Sprich weiter.«

»Nun ja«, fuhr der Soldat fort, abermals die Augen schließend. »Sir Oswald läßt ausrichten, unter den Habseligkeiten des Hospitaliters, den man ermordet in den Wäldern fand, habe er eine ähnliche Scheibe entdeckt; sie steckte in seinem Wams.«

»Ist das alles?« fragte Sir Godfrey.

»Ja, Sir. Mehr hat der Sheriff nicht gesagt. Er läßt Euch nur noch seinen Dank ausrichten, weil Ihr ihn heute so tatkräftig unterstützt hättet.«

Sir Godfrey nickte und warf dem Boten eine Münze zu; der schnappte sie sich und machte sich davon.

»Schwarze Metallscheiben«, sinnierte Alexander. »Was mag das zu bedeuten haben?«

Sir Godfrey trank einen Schluck von seinem Wein.

»Ich weiß es nicht, Alexander. Lady Mohun, Ihr müßt mich für heute entschuldigen. Ich vermag kaum noch, meine Augen offenzuhalten, und ich wünsche Euch eine gute Nacht.«

Er stieg die Treppe hinauf. McBain setzte sich der Exorzistin gegenüber, die keine Anstalten traf zu gehen.

»Ihr müßt auch sehr müde sein, Alexander«, sagte sie.

»Ja und nein«, antwortete er. »Körperlich fühle ich mich erschöpft, doch in meinem Gehirn jagen sich die Gedanken.«

»Holt den Jungen hierher«, bat Edith unvermittelt.

»Den Jungen?«

»Ja, den kleinen Robert, dessen Familie ermordet wurde. Wie ich hörte, schläft er nur sehr wenig. Habt Ihr eine Süßigkeit für ihn oder vielleicht etwas Marzipan?«

»Ja, ich kann etwas besorgen.«

»Dann bringt den Knaben zu mir.«

Alexanders Hand lag bereits auf dem Türknauf, als die Exorzistin ihm zurief: »Master McBain, geht nirgendwohin ohne Euer Schwert.«

Alexander wollte widersprechen, doch die Exorzistin wandte ihm ihr Gesicht zu, als könne sie ihn sehen.

»Bitte!« drängte sie. »Hört auf mich!«

Alexander entgegnete nichts, sondern ging nach oben in sein Zimmer und gürtete sein Schwert. Dann erst verließ er das Gästehaus.

Über das stille, dunkle Klostergelände marschierte er zur Krankenabteilung. Der Knabe war in einer kleinen, weißgetünchten Kammer neben dem großen Dormitorium untergebracht. Er hockte auf seinem Bett und spielte lustlos mit einer ältlichen, ziemlich unnahbar dreinschauenden Ordensschwester.

Als der Sekretär eintrat, lächelte Robert. Alexander sagte ihm, er solle gleich mit ihm kommen; der Junge sprang vom Bett und griff vertrauensvoll nach McBains Hand. Verlegen angesichts soviel kindlicher Zutraulichkeit, murmelte Alexander der Nonne eine Erklärung zu und führte den Jungen die Treppe hinunter.

»Gehen wir heim?« fragte Robert. »Sind Mutter und Vater zurückgekommen?«

»Nein«, antwortete McBain freundlich. »Aber ich habe Süßigkeiten für dich, und vielleicht kann ich dir zeigen, wie man beim Spielen mogelt.«

Der Junge hüpfte vor Freude. McBain blieb stehen und schaute auf ihn hinab. Diese Geste rettete vermutlich sein Leben, denn aus dem Augenwinkel erhaschte er eine rasche Bewegung. Er wirbelte herum. Aus den Schatten löste sich eine dunkelgewandete Gestalt und eilte geräuschlos mit erhobenem Schwert auf ihn zu.

McBain stieß den Jungen zur Seite und wich dem Schwerthieb aus. Die Klinge zischte an seinem Kopf vorbei und blieb im Erdboden stecken. Geschmeidig wie eine Katze, zückte McBain sein eigenes Schwert und den Dolch, doch der Angreifer ließ von ihm ab und rannte statt dessen zu Robert hin, der ausgestreckt auf dem Gras lag.

»Au secours! Au secours!« rief Alexander, sich auf die Gestalt stürzend.

Der Mann in dem schwarzen Kapuzenumhang schwenkte herum. Im hellen Mondlicht sah Alexander hinter der Gesichtsmaske die boshaft glitzernden Augen. Der Angreifer sprang zurück und versuchte, McBain das Schwert aus der Hand zu schlagen.

Alexander ließ den Dolch fallen und umklammerte den Griff des Schwerts mit beiden Händen. Leichtfüßig tänzelte er nach rechts und nach links, um die maskierte Gestalt von Robert wegzulocken.

Der Angreifer folgte ihm und senkte plötzlich die Klinge, um sie McBain in den Bauch zu bohren. Alexander parierte den Hieb, und beide Fechter wichen zurück. Der Maskierte bewegte sich beinahe lautlos und ungemein behende. Im Schwertkampf war er McBain bei weitem überlegen, der die Streiche nur abwehren konnte, ohne selbst eine Gegenattacke zu starten.

Alexanders Herz hämmerte vor Furcht, und sein Magen krampfte sich schmerzhaft zusammen. Ihm war klar, daß sein Gegner ihn bald besiegen würde, wenn nicht rasch Hilfe kam. Wieder und wieder bedrängte ihn der Maskierte, dieses Mal auf Alexanders Gesicht zielend. McBain wich zurück und sandte ein Stoßgebet gen Himmel, er möge nicht über ein Hindernis straucheln.

»Lauf weg, Junge!« schrie er. »Renn um dein Leben!«

Der Angreifer hielt inne. McBain führte einen Hieb aus, doch der Maskierte wehrte die ungeschickte Attacke ab. Robert brauchte keine zweite Aufforderung; er rappelte sich hoch, doch zu McBains Entsetzen lief er nicht zum Gästehaus, sondern flitzte zur Krankenstation zurück.

Währenddessen holte der Angreifer aus und zielte mit der Klinge auf McBains Hals. Alexander parierte den Schlag, und Stahl prallte knirschend auf Stahl. Schweratmend wich Alexander zurück. Früher oder später mußte der Maskierte mit seiner überlegenen Fechtkunst obsiegen, und dann würde er den tödlichen Stich führen.

»Jetzt, Sir Godfrey!« brüllte Alexander. »Ja, spießt ihn auf, den Halunken!«

Die dunkelgekleidete Gestalt wirbelte herum; es dauerte nur den Bruchteil einer Sekunde, bis der Mann die List bemerkte, doch schon die geringfügige Ablenkung wurde ihm zum Verhängnis. McBain schlug mit aller Kraft zu, und sein Schwert bohrte sich in den Nacken des Angreifers. Der Mann taumelte nach hinten. Er versuchte ein letztes Mal, die Klinge zu heben, doch das Schwert rutschte aus seiner kraftlosen Hand.

Er sackte in die Knie und kippte seitwärts zu Boden. Aus der Nackenwunde sprudelte das Blut. McBain spürte, wie es warm auf seine Hände spritzte, ehe auch er auf die Knie sank und die Spitze seines Schwertes in den weichen Grasboden stieß.

Keuchend rang er nach Atem und murmelte abwechselnd Gebete und Flüche ob seiner Rettung im letzten Augenblick. Sein Körper war schweißgebadet, und ihn fröstelte in der kalten Nachtluft. Er hörte Stimmen, das Geräusch hastiger Schritte, und dann vernahm er Edith, die aufgeregt fragte, was passiert sei, und Sir Godfreys Baß.

Dann beugte sich der Ritter über Alexander, löste dessen verkrampfte Finger vom Schwertgriff und half ihm auf die Füße. McBain konnte nicht sprechen. Mit zitternder Hand deutete er auf den am Boden liegenden Mann. Sir Godfrey zog seinen Dolch aus der Scheide und stieß ihn dem Maskierten in die Brust. Als er die Klinge herauszog, gab es ein lautes, schmatzendes Geräusch. McBain würgte, wandte sich ab und übergab sich.

»Seid Ihr verletzt?« fragte Sir Godfrey.

McBain schüttelte den Kopf. Er fühlte, wie die Exorzistin ihm ihren mageren Arm um die Schultern legte und ihm mit einem weichen Tüchlein Speichel und Erbrochenes von den Lippen wischte.

»Sprecht jetzt nicht«, flüsterte Edith. »Ihr seid ein tapferer Mann, McBain, Ihr habt Euch wacker geschlagen.«

»Ihr habt diesen Spitzbuben getötet«, knurrte Sir Godfrey. »Sein Kopf ist fast vom Rumpf abgetrennt.«

Er zog dem Toten die Kapuze aus dem Gesicht und

nahm ihm die Maske ab. Ein paar Nonnen kamen herbeigerannt.

»Geht sofort wieder zurück!« befahl Sir Godfrey barsch.

Die Schwestern gehorchten augenblicklich. Sir Godfrey bückte sich und betrachtete ausgiebig die Gesichtszüge des Toten. Es war ein junger Mann mit aschfahler Haut und schwarzem schweißdurchtränktem Haar. Die Lippen waren voll und rot.

»Habt Ihr diesen Kerl schon einmal gesehen?«

Sir Godfrey blickte über die Schulter Alexander an, der sich hastig bekreuzigte und den Kopf schüttelte.

»Ihr müßt den Leichnam verbrennen«, mischte sich Edith energisch ein. »Ohne Verzug.«

»Bei Gott, Mylady«, knurrte Sir Godfrey, »vielleicht ist dieser Mann nur ein gedungener Meuchelmörder.«

Edith verschränkte die Arme und schüttelte den Kopf. »Er ist einer von ihnen«, flüsterte sie. »Hebt seine Lippe an.«

Sir Godfrey verschlug es einen Augenblick lang die Sprache.

»Tut, was ich Euch sage!« beharrte die Exorzistin. »Hebt seine Oberlippe an!«

Vorsichtig lupfte Sir Godfrey die Oberlippe des Toten; er zuckte zusammen, als er die spitzen, raubtierähnlichen Eckzähne sah.

»Wißt Ihr jetzt, was ich meine, Sir Godfrey? Ich kann zwar nicht sehen, aber ich kenne die Strigoi. Sein Körper muß verbrannt werden, bevor der Geist die stoffliche Hülle verlassen und frei umherstreifen kann.«

»Das mutet wie der Alptraum eines Kindes an«, sagte Sir Godfrey. »Lady Mohun, zuerst muß ich den Sheriff und den Proctor holen lassen, denn möglicherweise kennen sie diesen Mann. Wenn man erst weiß, wer er ist, gibt es vielleicht Anhaltspunkte, in welchen Kreisen wir die Strigoi suchen müssen, und wo sie sich verstecken.«

»Dann beeilt Euch«, zischte Edith. »Ihr habt eine Stunde Zeit. Der Mann muß verbrannt werden, ehe der Teufel kommt und seinen Geist für sich beansprucht!«

KAPITEL 4

Sir Godfrey schleifte den Toten an den Beinen zum Gästehaus. Er bat Edith, sich um Alexander zu kümmern, dann marschierte er durch die Dunkelheit zurück und teilte Äbtissin Constance und den anderen Nonnen mit, daß die Gefahr gebannt sei. Einen Knecht schickte er los, um den Sheriff und den Proctor zu holen, und bis zur Ankunft der Offizialen hielt er neben dem Leichnam Wache.

Ormiston und Beauchamp ließen nicht lange auf sich warten. Ihr Groll, zu nächtlicher Stunde gestört worden zu sein, legte sich, als Sir Godfrey ihnen berichtete, was geschehen war. Beide betrachteten lange das Gesicht des Toten und schüttelten dann den Kopf.

»Ich habe diesen Mann noch nie zuvor gesehen«, erklärte Ormiston, »und dem Sheriff ist er ebenfalls nicht bekannt. Und er trägt auch nichts bei sich, anhand dessen man seine Herkunft bestimmen könnte. Vielleicht würde jemand ihn erkennen, wenn wir ihn vor der Kirchentreppe aufbahrten.«

»Auf gar keinen Fall!« widersprach die Exorzistin heftig. »Der Leichnam muß sofort verbrannt werden. Ich bestehe darauf. Falls dies nicht geschieht, kehre ich unverzüglich nach London zurück!«

Verdutzt blickte Sir Godfrey die zierliche Frau an, die sich jetzt so entschlossen zeigte. Aber er begriff, daß es ihr ernst war und sie keine leere Drohung ausstieß. Also gab er ihren Wünschen nach.

Der Sheriff und Ormiston verließen das Kloster. Alexander fühlte sich wieder ganz auf dem Posten, nachdem er sich Gesicht und Hände gewaschen und sich mit einem

Becher Rotwein gestärkt hatte. Als erstes ging er in die Krankenstation, um nach Robert zu sehen. Der Junge lag in seinem Bett und schlummerte fest, nachdem man ihm einen milden Schlaftrunk verabreicht hatte.

Bei seiner Rückkehr traf er Sir Godfrey dabei an, wie er im Hof vor den Stallungen den Leichnam auf ein Packpferd legte und festband. Das Pony tänzelte unruhig und wieherte, offenbar machte es die sonderbare Last nervös.

Edith Mohun bestand darauf, mitzukommen, und Sir Godfrey war zu erschöpft, um ihr zu widersprechen, deshalb verließen sie gemeinsam die Klosteranlage. Sir Godfrey führte das Pony am Zügel, Edith ritt auf ihrem Zelter, und Alexander marschierte zu Fuß nebenher, in den Händen einen großen Krug mit Öl aus der klösterlichen Vorratskammer.

Sie gelangten an eines der hinteren Stadttore; Sir Godfrey weckte einen Wachposten, zeigte ihm die Vollmacht des Königs, und sie durften passieren. Auf schmalen Pfaden, die sich durch die dunkle Landschaft schlängelten, zogen sie dahin. Es wurde eine unheimliche Reise. Die Sterne funkelten wie Juwelen, und immer wieder lugte der Mond hinter zerrissenen Wolkenschleiern hervor. Zu beiden Seiten des Wegs erstreckten sich stille Felder. Ab und zu störte der klagende Schrei eines Käuzchens den nächtlichen Frieden, und gelegentlich raschelte es im Farnkraut, wenn kleine Raubtiere auf die Jagd gingen.

Keiner sprach ein Wort; Alexander dachte immer noch darüber nach, wie er nur um Haaresbreite dem Tod entronnen war, und Sir Godfrey glaubte eine Bedrohung zu spüren, die von dem Leichnam ausging, obwohl dieser schlaff wie ein Sack voll Korn über dem Pferderücken hing. Edith betete unentwegt das Vaterunser, wobei sie besondere Betonung auf die Zeile legte: *Sed libera nos a malo* – sondern erlöse uns von dem Bösen.«

Der Weg führte über eine Hügelkuppe, dann ging es wieder hinunter zu einem kleinen Wäldchen, in dessen Nähe ein schmaler Bach plätscherte. Auf einer mondhellen Lichtung blieb Sir Godfrey stehen und blickte in die Runde; als er sich davon überzeugt hatte, daß niemand ihnen gefolgt war, befahl er Alexander, trockene Zweige und Äste zu sammeln.

Sie errichteten einen kleinen Scheiterhaufen, und der Ritter legte den Toten darauf; er überschüttete den Leichnam mit Öl und zündete das Häufchen von dürrem Gezweig an, das sie unter die größeren Äste geschoben hatten. Anfangs wollte das Holz nicht brennen, und vor Angst lief es Alexander eiskalt über den Rücken.

Übte der tote Körper noch irgendeine Macht aus? Widersetzte sich der Strigoi den Flammen? Doch endlich züngelte ein Feuer auf, das Öl fing an zu brennen, und innerhalb weniger Minuten stand der Scheiterhaufen lichterloh in Flammen. Sir Godfrey warf noch mehr Äste darauf, das Feuer wurde größer und erhellte die gesamte Lichtung. Alexander kam sich vor wie in der Hölle, ihm war, als sähe er zu, wie eine Seele verbrannt wurde, während die Flammen den Körper des Strigoi gierig verzehrten. Edith hörte nicht auf zu beten.

Mindestens anderthalb Stunden blieben sie auf der Lichtung. Erst als das Feuer erstarb und eine leichte Brise ihnen den beißenden Qualm zuwehte, kehrten sie an den Waldrand zurück, wo sie ihre Pferde gelassen hatten. Doch auch dort verweilten sie noch eine geraume Zeit; als Sir Godfrey sich davon überzeugt hatte, daß von dem Leichnam nur noch schwarze Asche und gelbliches Gebein übrig war, befahl er den Aufbruch zum Kloster.

Lange schien der Gestank von verbranntem Fleisch sie zu verfolgen, wie ein böser Geist, der durch die kalte Nachtluft schwebte, und Alexander atmete erst auf, als sie das Stadttor erreichten und sich wieder hinter die schützenden Mauern begeben konnten.

Der verschlafen dreinschauende Pförtner des Klosters ließ sie ein und nahm ihnen die Pferde ab. Ganz in ihre eigenen Gedanken versponnen, machte Edith sich auf den Weg in die Klosterkirche, doch Alexander hielt sie zurück.

»Lady Mohun, warum mußte der Leichnam so schnell verbrannt werden?«

Sie hängte sich bei ihm ein, und zusammen gingen sie zu Sir Godfrey, der wartend auf dem Innenhof stand.

»Den wirklichen Grund kenne ich nicht. Aber denkt daran, ein Strigoi kann seine Gestalt verändern. Solange die äußere Hülle existiert, bleibt auch der Geist am Leben. Der lauert nur auf eine Gelegenheit, sich eine neue Heimstatt zu suchen, das heißt, er schlüpft in einen anderen Körper, um sich darin niederzulassen.«

»Sind die Menschen, in denen der Geist eines Strigoi wohnt, besessen?«

»Ja, natürlich.«

»Und was hat es mit diesen spitzen Reißzähnen auf sich, die wir bei dem Toten sahen?«

»Das ist eines der Merkmale, an denen man sie erkennt.«

Alexander wischte ich den Mund an seinem Rockärmel ab. »Und stimmt es wirklich, daß diese Strigoi Menschenblut trinken?«

»Ja, wenn sie in Trance sind. Solche Praktiken sind bei Heiden nichts Ungewöhnliches. Ich habe von Stämmen gehört, die in den wildesten Teilen Skythiens hausen, bei denen es üblich ist, das Herz eines tapferen Mannes zu essen, um sich dessen Mut einzuverleiben.«

»Aber stärken sie dadurch tatsächlich ihre Kräfte?« fragte Sir Godfrey. »Wie kann das Trinken von Blut einen Menschen kräftiger oder geschickter machen?«

Dame Edith deutete auf ihren Kopf. »Sir Godfrey, Ihr seid Soldat. Gerade Ihr müßtet doch wissen, daß ein Mann das ist, was er sich einbildet zu sein. Wie kommt es, daß der eine ein Held ist und der andere ein Feigling? Immerhin bestehen doch alle aus Fleisch und Blut. Mitunter sind es Brüder, die sich voneinander unterscheiden wie Tag und Nacht. Auf die Gedanken kommt es an. Habt Ihr niemals Ritter getroffen, die sich für unbesiegbar halten?«

»Doch, solche Männer kenne ich«, pflichtete Sir Godfrey ihr bei.

»Und verlieh ihre Überzeugung ihnen nicht besondere Kräfte?«

Wieder gab er ihr recht.

»Ihr habt doch sicher erlebt, wie Soldaten außergewöhnliche Taten vollbrachten!«

»Und ob«, murmelte er. »Es kommt immer wieder vor.«

»Und ich kenne ganz gewöhnliche Menschen, keine Krieger«, fuhr Edith fort, »die in der Not über sich selbst hinauswuchsen. Es geschah in London: Ein Fuhrwerk kippte um und begrub einen Jungen unter sich. Kräftige Männer vermochten den Karren nicht anzuheben, doch die Mutter des Knaben rannte aus dem Haus, lupfte den Wagen, als sei er ein Früchtekorb, und befreite ihren Sohn. Mit den Strigoi ist es ähnlich. Sie praktizieren finstere Rituale. Wenn sie dem Gebieter der Hölle ihre blutigen Opfer darbringen, wähnen sie sich unbezwingbar.

Sie glauben ernsthaft daran, daß nichts und niemand auf der Welt sie besiegen könnte.« Freundlich tätschelte sie Alexanders Arm. »Master McBain hat Glück gehabt. Aber er benutzte auch seinen Verstand, um sich zu retten. Hätte er sich nur auf seine Muskelkraft verlassen, wäre er jetzt nicht mehr am Leben, und Robert hätten wir auch verloren.« Sie hauchte Alexander einen Kuß auf die Wange und marschierte los, in Richtung Kirche.

In den dunklen Wäldern unterhalb des Trinitarierklosters lungerten maskierte, mit Kapuzen verhüllte Gestalten und spähten zu den matten Lichterpunkten hinauf, die das Kloster markierten. Wie die Höllenhunde lauerten sie auf ihre Beute. Ihr Anführer duckte sich und pirschte sich ein Stück nach vorn, die Ohren gespitzt und mit der Nase witternd. Sein Gesicht hinter der Maske verzerrte sich vor Wut, als er über die Schulter zu seinen Gefährten zurückblickte.

»Unser Freund wird nicht mehr kommen«, zischte er. »Wir müssen jetzt aufbrechen.«

In seiner Stimme schwang verhaltener Triumph mit.

»Heute nacht werde ich mein Versprechen erfüllen. Einer unserer großen Gebieter, der eine lange Zeit gefangengehalten wurde, erhält seine Freiheit zurück. Ihr kennt die Befehle – keine Gewalt, kein Töten, wenn es nicht unbedingt notwendig ist.« Er blickte zum Kloster hinauf und lächelte höhnisch. »Bald wird unser werter Prior einen Grund mehr zum Beten haben.« Sie klommen den Hügel hinauf, schwarze Schatten, die im Mondlicht geräuschlos wie Fledermäuse auf die Klostermauern zuschlichen. Am vereinbarten Treffpunkt blieben sie stehen und zogen eine Leiter aus einem Versteck. Oben auf der Mauerbrüstung angekommen, schwärmten die Männer aus; der letzte zog die Leiter hoch und stellte sie vorsichtig gegen die Innenseite des Steinwalls. Leise kletterten sie hinunter.

Die dunklen Gestalten bewegten sich behende, nutzten jeden schattigen Winkel aus und mieden alle Stellen, an denen brennende Fackeln ihren trüben Schein verbreiteten. Aus Angst, die Unruhen in der Stadt könnten auch auf das Kloster übergreifen, hatte der Prior in gewissen Abständen Fackeln aufstellen lassen.

Ein paar Laienbrüder waren dazu eingeteilt, Wache zu schieben, doch sie schliefen und hinderten die Maskierten nicht daran, Mauern zu überklettern und immer tiefer in das Kloster einzudringen.

Die Männer erreichten die Treppe, die zum Gemach des Priors führte; lautlos wie Gespenster huschten sie die Stufen hinauf. Der Anführer vergewisserte sich, ob die Luft rein war, dann klopfte er leise an die Tür.

Prior Edmund hörte das sachte Klopfen, rieb sich das Gesicht und erhob sich von dem Prie-Dieu, wo er gebetet hatte. Noch ganz benommen, weil er so plötzlich aus seiner Versunkenheit gerissen wurde, drehte er den Schlüssel um, hob den Riegel und machte auf.

Er wollte einen Schrei ausstoßen, doch eine Hand in einem schwarzen Lederhandschuh hielt ihm den Mund zu und drängte ihn ins Zimmer zurück. Edmunds Herz hämmerte wie wild. Die vier Eindringlinge in ihren schwarzen Gewändern sahen aus wie Nachtkrähen. Fast erwartete er, daß sie mit ausgebreiteten Armen durchs Zimmer flattern könnten wie Fledermäuse. Einen Augenblick lang glaubte er, er sei gestorben und in der Hölle gelandet. Der Griff um seinen Mund festigte sich, und er wurde gegen die Wand gestoßen.

»Ich nehme die Hand von deinem Mund«, sagte eine rasselnde Stimme. »Aber wenn du schreist oder Lärm schlägst, bist du ein toter Mann!«

Er nahm die Hand weg.

»Nun, du alter Murmelgreis, willst du leben oder sterben?«

Edmund war nicht aus dem Holz geschnitzt, aus dem Märtyrer sind.

»Leben!« flüsterte er heiser.

»Wo sind die geheimen Gänge und Tunnel?«

»Es gibt hier keine.«

Der Mann schlug ihm heftig ins Gesicht.

»Vielleicht frischt das deine Erinnerung auf! Unter dem Kloster befinden sich Geheimgänge, und du wirst uns dorthin führen. Du zeigst uns die versteckten Eingänge und bringst uns in die Kammer, in der unser Gebieter liegt. Du gehst voran, und wir bleiben dicht hinter dir. Falls uns jemand begegnet, bleibst du nicht stehen, und du wirst auch nicht sprechen. Es sei denn, du machst deine Autorität geltend, um uns zu beschützen. Verstanden?«

Prior Edmund blieb nichts anders übrig, als einzuwilligen. Die schwarzgekleidete Gestalt packte ihn bei den Schultern und schob ihn unsanft zur Tür. Von draußen hörte man schwaches Donnergrollen. Der Anführer schaute aus dem bleiverglasten Fenster und lächelte boshaft.

»Sehr passend«, flüsterte er. »Genau das richtige Wetter.«

Er stieß Edmund auf die verlassene Galerie hinaus. Der Prior, schweißgebadet, mit wild klopfendem Herzen und einem flauen Gefühl im Magen, führte sie die Treppe hinunter und nach draußen. Sie betraten ein anderes

Gebäude, das zum ältesten Teil des Klosters gehörte. Im Obergeschoß befand sich die Bibliothek, unten ein langgestrecktes, nur selten benutztes Versammlungszimmer.

Mit zitternden Händen steckte der Prior den Schlüssel ins Schloß; das Herz klopfte ihm bis zum Hals, als hinter ihm die finsteren Gestalten in den dunklen, dumpfigen Raum huschten. Die Tür wurde zugeschlagen, die Männer zündeten Kerzen an, und Edmund erhielt einen aufmunternden Stoß in den Rücken.

»Zeig uns den Eingang!« zischte der Anführer der maskierten Bande.

Mit vor Angst schlotternden Knien stolperte der Prior zum hinteren Ende des Zimmers und blieb vor der hölzernen Vertäfelung stehen.

»Ich kann nichts sehen«, murmelte er.

Eine Kerze leuchtete vor seinen Augen, und eine Hand umklammerte mit eisernem Griff seinen Nacken.

»Such die Tür!«

Edmund stöhnte vor Angst auf. Er wollte anfangen zu beten, doch der Klammergriff um seinen Hals festigte sich. »Kein Gegreine oder Gemurmel!« zischte die Stimme.

Edmunds schweißnasse Hände betasteten fieberhaft die Holztäfelung. Er versuchte, seinen Hals aus der Umklammerung zu befreien.

»Bitte«, ächzte er, »laß mich los. Ich kann mich ja kaum bewegen . . .«

Die Hand gab ihn frei. Edmund holte tief Luft und starrte auf den Lichtschein, den die Kerzenflamme an die Wand warf. Und dann sah er den Astknoten in der Ecke eines Paneels. Er drückte darauf, und die Täfelung schwang zur Seite. Edmund schob die Hand in die Öffnung, zog einen Bolzen zurück und hob einen Riegel. Als er dann beide Hände gegen eine Wand preßte, wich ein großer Teil der Holzverkleidung zurück, und eine Pforte tat sich auf.

»Du zuerst!« befahl die Stimme.

Jemand drückte ihm eine Kerze in die Hand. Edmund schluckte schwer und führte die Maskierten eine steile Steintreppe hinunter. Unten angekommen, zündete er unaufgefordert eine große Pechfackel an, und der flackernde Lichtschein erhellte ein uraltes steinernes Gemach. Der Anführer der Gruppe gab einen triumphierenden Laut von sich, als er den großen, stahlbeschlagenen Sarg in der Mitte des Gewölbes sah.

»Das ist er!«

Er schnippte mit den Fingern, und seine Kumpanen stürmten vor; hastig schickten sie sich an, den Deckel des Sargs zu lösen. Edmund, der hoffte, man habe ihn vergessen, stahl sich heimlich in Richtung der Treppe. In der allgemeinen Aufregung wollte er entkommen.

Er hörte, wie der wuchtige Deckel donnernd zu Boden krachte, die verzückten und überraschten Ausrufe, und er wähnte sich bereits halb in Sicherheit. Doch dann packte jemand brutal seine Schultern, und ehe er begriff, wie ihm geschah, hatte man seine Kehle von einem Ohr zum anderen aufgeschlitzt.

Am nächsten Morgen schliefen Sir Godfrey und Alexander lange. Mathilda weckte sie und sagte, drunten im Speisezimmer warte Edith auf sie und ob sie Lust hätten, gemeinsam mit ihr zu essen? Alexander erhob sich von seinem Lager, rief sich die Ereignisse des vergangenen Abends in Erinnerung und schlug die Hände vors Gesicht.

»Wann wird diese schreckliche Geschichte zu Ende sein?« stöhnte er. »Wann können wir endlich wieder heimreiten?«

Er wusch und rasierte sich und zog saubere Kleidung an. Dieses Mal mußte ihn niemand daran erinnern, daß Schwert zu gürten.

Drunten saß Sir Godfrey schon bei seinem Mahl aus Fisch, Brot und verdünntem Wein und fragte Dame Edith nach den Strigoi aus. Alexander begrüßte sie und setzte sich zu ihnen. Gespannt hörte er zu, als Edith von den nächtlichen Wanderern oder Herlethingi erzählte.

»Das ist das angelsächsische Wort für die nächtlichen Wanderer«, erklärte sie. »Walter Mapp erwähnt sie in seiner Chronik *De nugis curialium*.«

»Gibt es sie denn wirklich?« fragte Alexander.

»Nun ja, Mapp behauptet, sie seien in Britannien gesehen worden – Menschen, die längst gestorben waren, tauchten als lebendige Wesen wieder auf und wanderten in Karawanen aus Pferden, Fuhrwerken und Personen über die Erde. Der große Peter Le Bois sagt in seiner vierzehnten Epistel, daß unter der Herrschaft unseres Henry II, ganze Armeen dieser Nachtwanderer wie Irrlichter umherstreiften, ohne ein einziges Geräusch zu verursachen. Man sah sie auch in den Marschen von Hereford und Wales, ausgerüstet mit Karren, Packpferden, Tragekörben, Hunden und Vögeln, ein gemischter Haufen aus Männern und Frauen.«

»Sind sie auch Strigoi?« fragte Alexander und brach sich ein Stück Brot ab.

»Vielleicht, aber das ist in diesem Zusammenhang nicht wichtig. Mir kommt es darauf an, Sir Godfrey zu erklären, daß der Augenschein mitunter trügen kann, es gibt mehr zwischen Himmel und Erde, als wir zu kennen glauben. Die Toten sind allgegenwärtig.« Nachdenklich kaute sie auf einem Bissen Brot. »Aber mir scheint, daß wir jetzt vor einer ganz besonderen Situation stehen; ich kann es fühlen, daß diese Strigoi auf ein bestimmtes Ereignis warten.«

»Was könnte das wohl sein?«

»Die Rückkehr und Ankunft eines ihrer Fürsten, der vielleicht Hunderte von Jahren in einem Grab gelegen hat.«

Alexander fröstelte. Die Worte der Exorzistin ließen ihn wieder an die Schrecknisse der letzten Nacht denken, und plötzlich hatte er ein mulmiges Gefühl im Magen. Er entschuldigte sich und sagte, er wolle hinausgehen und ein wenig frische Luft schöpfen.

Er verließ das Gästehaus und ging schnurstracks zu dem Garten, wo er Emily das letzte Mal gesehen hatte; sein Herz tat vor Freude einen Sprung, als er eine Ligusterhecke umrundete und sie auf einer Bank sitzen sah. Sie trug einen sandfarbenen, pelzverbrämten Umhang, arbeitete an einer Gobelinstickerei und sang leise vor sich hin. Alexander hüstelte diskret. Emily hob den Kopf, und Alexander stockte der Atem, als er in ihre schönen, strahlendblauen Augen schaute.

»Guten Morgen, Mylady.«

Emily lächelte, schob die Nadel durch den Stoff und bedeutete Alexander, er möge neben ihr Platz nehmen. Alexander wurde ganz warm ums Herz bei dem Gedanken, seiner Angebeteten so nahe zu sein. Er erschnupperte ihr blumiges Parfum und betrachtete andächtig ihr liebreizendes Gesicht.

»Geht es Euch gut, Mylady?«

Sie schob ihre Hand ein Stückchen näher an die seine heran. »Ja, Sir, doch ich habe ein wenig Angst.«

»Wovor fürchtet Ihr Euch?«

»Constance erzählte mir, was gestern nacht passiert ist.« Mit großen Augen sah sie ihn an. »Ihr wart sehr tapfer«, seufzte sie, »als Ihr den kleinen Robert gerettet habt.« Mit ihrer kleinen rosa Zunge befeuchtete sie ihre Lippen. »Die Äbtissin sagte, Ihr seid in Oxford, um Jagd auf böse Menschen zu machen. Habt Ihr gar keine Angst?«

»Solange Ihr mir wohlgesonnen seid, Mylady –« Alexander bewegte seine Hand auf die von Lady Emily zu, »– würde ich selbst in den Schlund der Hölle hinabsteigen und mit Satan persönlich kämpfen.«

Er drehte sich halb um, damit er ihr direkt ins Gesicht schauen konnte. »Je länger ich Euch ansehe, und je näher ich bei Euch sitze, um so größer wird mein Mut.«

»Gefällt Euch das?« flüsterte sie und legte ihre Hand in die seine.

»Mylady, wenn Ihr mich so berührt, bleibt die Zeit für mich stehen.«

Lady Emily lächelte anmutig und neigte den Kopf ein wenig zur Seite.

»Denkt Ihr oft an mich, Sir?«

»Nein, Mylady, ich denke unentwegt an Euch.«

Emily drückte seine Hand und rückte ein bißchen näher an ihn heran.

»Ich bin noch nicht verlobt«, murmelte sie schüchtern, »und auch niemandem versprochen.«

»Mylady, das könnte ich ändern.«

»Seid Ihr von edler Abkunft?«

»Gewiß, und von edler Gesinnung.«

»Verliebt Ihr Euch schnell?«

»Es ist mir erst ein einziges Mal passiert, Mylady.«

Keusch senkte sie die Lider. »Und vermißt Ihr die Dame Eures Herzens?«

Nun preßte Alexander ihre kleine Hand. »Wie könnte ich das, Mylady, wo diese Dame doch neben mir sitzt?«

Emily wandte ihr Gesicht ab.

»Ihr habt sicher schon viele Herzen gebrochen.«

»Daran liegt mir nichts, Mylady, da ich doch nur eine Frau liebe.«

Emily hob die Lider und schaute in Alexanders vergnügte Augen. Plötzlich wurde sie verlegen; sie schämte sich, weil sie an Sir Godfrey dachte, mit seinen versteinerten Zügen und den brennenden Augen.

»Soll das heißen, daß Ihr mich liebt, Sir?«

»Ihr sagt es, Mylady.«

»Und was soll werden, wenn Ihr wieder abreist?« flüsterte sie.

Alexander glitt von der Bank hinunter und beugte ein Knie, während er Emilys Hand festhielt und ihr schmachtend in die Augen schaute.

»Kann ein Mann es vergessen, wenn er einem Engel begegnet ist? Kann ein Mann vergessen zu atmen?«

Lady Emily stand im Begriff, eine Antwort zu geben, doch ein Geräusch lenkte sie ab, und sie drehte sich um. Sir Godfrey stand da; seine bestürzte Miene und die Leidenschaft in seinen Augen verrieten ihr, daß er sie wirklich liebte. Wenn sie ehrlich mit sich selbst war, dann mußte sie sich eingestehen, daß es ihr viel lieber gewesen wäre, der Ritter mit seinem stolzen Gebaren und seinen harten Zügen hätte vor ihr gekniet, und nicht dieser lustige, aber oberflächliche Sekretär. »Sir Godfrey!« rief sie. »Ich wünsche Euch einen guten Morgen!«

Hastig stand Alexander auf.

»Sir!« sagte er betroffen, »ich habe Euch gar nicht kommen hören.«

»Vielleicht wart Ihr anderweitig zu beschäftigt«, erwiderte Sir Godfrey kalt. »Ich wußte nicht, daß ich einen Herold brauche, um mich bei Euch anzukündigen. Sir Oswald und Proctor Ormiston sind eingetroffen, und ihr Besuch erfordert Eure Anwesenheit.«

Doch während Sir Godfrey sprach, hatte er nur Augen für Lady Emily. Betont kühlt erwiderte sie seinen Blick. Um Gottes willen, dachte sie, so sagt doch etwas, Sir Godfrey, erklärt Euch, gebt mir ein Zeichen. Statt dessen machte Sir Godfrey auf dem Absatz kehrt und verschwand wieder hinter der Hecke. Alexander seufzte, nahm Emilys Hand und führte sie an die Lippen.

»Wir sehen uns wieder, Mylady.«

Eilig folgte er dem Ritter, während Emily allein zurückblieb und sich über Sir Godfreys brüsken Abgang ärgerte.

»Sir Godfrey!« rief Alexander.

Der Ritter drehte sich um, und Alexander sah es ihm an, wie wütend er war.

»Sir«, sagte Alexander, »Eure Manieren lassen sehr zu wünschen übrig.«

Sir Godfrey trat dicht an ihn heran; seine Hand legte sich auf den Schwertgriff.

»Verfluchter Sekretär, der Ihr seid!« schnarrte er. »Ihr versteht Euch ja vortrefflich aufs Schmeicheln und Süßholzraspeln!«

Alexander schmunzelte. Du hast also doch ein Herz, dachte er. In deinen Adern fließt warmes Blut, und die Eifersucht ist dir nicht fremd.

Sir Godfrey rückte noch näher an ihn heran. »Lacht Ihr etwa über mich?«

Alexander prallte zurück, und auch seine Hand griff nach dem Schwert.

»Sir Godfrey, dazu achte ich Euch viel zu sehr!«

»Spielt keine Spielchen mit mir!«

Blitzschnell zückte der Ritter sein Schwert; auch Alexander zog die Klinge. In Kampfespose standen sich die beiden Männer gegenüber.

»Was habe ich Euch getan?« wollte Alexander wissen.

»Ihr habt mich beleidigt!«

»Bei Gott, das ist nicht wahr!«

Sir Godfrey holte tief Luft, schloß die Augen und senkte die Schwertspitze nach unten.

»Ihr habt recht, Alexander. Vergebt mir!«

Er schob die Klinge in die Scheide zurück. Alexander tat es ihm nach, und dann streckte Sir Godfrey die Hand aus.

»Ich weiß nicht, was ich sagen soll«, murmelte er betroffen. »Mit Worten bin ich nicht so gewandt wie Ihr.«

Alexander grinste, packte die dargebotene Hand und drückte sie fest.

»Auf Worte kommt es nicht immer an.«

»Nicht streiten!«

Sir Godfrey wirbelte herum. In der Nähe stand Lady Mohun unter den tiefhängenden Ästen einer Ulme.

»Nicht streiten!« wiederholte sie und rang die Hände. »Wieso müssen Männer immer um Frauen kämpfen? Ihr seht ein hübsches Gesichtchen, und schon benehmt ihr euch wie brünstige Böcke. Ihr, Sir Godfrey, seid ein Ritter. Und Ihr, Alexander, seid sein Sekretär, dem er vertraut. Ihr habt eine schwere Aufgabe vor Euch, also setzt alles daran, sie zu lösen. Hinterher kann ich dann versuchen, Euren Streit zu schlichten, wenn Ihr es wollt.« Sie lächelte halbherzig. »Ich weiß auch, daß jeder Mensch nach Liebe giert, aber laßt Eure Herzen vorläufig schweigen. Und nun kommt mit, der Sheriff und der Proctor erwarten Euch längst.«

Die beiden Männer folgten ihr zum Gästehaus, wo Sir

Oswald Beauchamp und Proctor Ormiston langsam ungeduldig wurden.

»Beim Henker!« knurrte der Sheriff. »Sir Godfrey, Ihr müßt uns begleiten. Prior Edmund ist tot. Es heißt, eine geheime Kammer sei aufgebrochen worden.«

»Was befand sich in dieser Kammer?« warf Edith hastig ein.

»Ein Sarg«, antwortete Ormiston. »Jetzt ist er leer. Wieso begeht jemand einen Mord, um einen Leichnam zu stehlen?«

»Grundgütiger Himmel!« murmelte Edith und sackte auf einen Stuhl. »Dieser törichte Prior!« Sie schüttelte den Kopf. »Es ist also passiert!«

»Was meint Ihr damit?« fragte Alexander.

»Sie müssen den Fürsten der Finsternis befreit haben«, erklärte Edith. »Den Strigoi-Anführer, den Sir Hugh Mortimer vor Hunderten von Jahren lebendig begraben ließ.«

»Unsinn!« widersprach Alexander. »Ach, Dame Edith, ich mag ja noch anerkennen, daß es Eure nächtlichen Wanderer, Eure Bluttrinker, Eure Strigoi und Eure Seelenfresser gibt, aber wie kann ein Mensch Hunderte von Jahren in einem versiegelten Sarg am Leben bleiben?«

Edith klopfte mit der Hand auf den Tisch.

»Habt Ihr mir überhaupt nicht zugehört?« fragte sie empört. »Die Strigoi sterben nie! Wenn ihre Körper nicht durch Feuer vernichtet werden, schlafen sie nur.«

»Wenn das so ist«, wandte Sir Godfrey ein, »warum erhob sich dieser Schwarze Lord dann nicht einfach aus dem Sarg und ging davon?«

»Er muß gerufen werden«, erklärte Dame Edith erschöpft. »Man muß ihn auffordern, zurückzukommen. Erst wenn das Blut eines geopferten Menschen über ihm verschüttet wird, erwacht er zu neuem Leben.« Insgeheim verwünschte sie das Mißtrauen der Männer, die ihr immer noch nicht zu glauben schienen. »Was ist denn so ungewöhnlich daran?« fragte sie hitzig. »McBain, betet Ihr?«

»Selbstverständlich«, bekräftigte der Sekretär.

»Und Ihr, Sir Godfrey?«

»Natürlich bete ich zu Gott!«

»Was ist mit Euch, Sheriff Beauchamp, und mit Euch Proctor Ormiston?«

Beide Männer erklärten, sie würden getreulich ihre Gebete sprechen.

»Und wenn Ihr betet«, fuhr Edith fort, »dann bittet Ihr doch unseren Herrn Jesus Christus, er möge zu Euch kommen oder Euren Schutzheiligen günstig stimmen, ist es nicht so?«

Die Männer pflichteten ihr bei.

»Bei den Strigoi ist es nicht anders«, erklärte sie. »Sie glauben, wenn sie die Kräfte der Hölle anrufen, bekommen sie eine Antwort.« Sie stand auf. »Ich schlage vor, daß wir uns ins Trinitarierkloster begeben. Und noch ehe die Woche zu Ende geht, werden wir die Kräfte des Schwarzen Lords zu spüren bekommen!«

EIN GESPRÄCH ZWISCHEN DEN PILGERN

Der Ritter legte eine Erzählpause ein und blickte sich in der Schankstube um. Sein besonderes Augenmerk galt dem Mönch, der seinerseits den Ritter genau beobachtete. Dann wandte er sich an seinen Sohn, den blondgelockten Junker, der zusammen mit dem Yeoman in der Tür stand.

»Geht es Euch gut, Robert?« fragte der Ritter.

»Ja, Sir, aber Erinnerungen können sehr schmerzlich sein, und erlittenes Unrecht vergißt die Seele nie.«

Der Ritter lächelte und bedeutete seinem Sohn und dem Soldaten, sich wieder zu den anderen an den Tisch zu setzen. Er reichte ihnen den Weinkrug, damit sie ihre leeren Becher füllen konnten.

»Erzählt weiter, Sir«, forderte die Frau aus Bath ihn auf. Sie beugte sich weit vor und entblößte lächelnd ihr lückenhaftes Gebiß. »Herr Ritter, ich glaube, Ihr spielt mit uns«, sagte sie in schalkhaftem Ton. »In Eurer Geschichte ist von der schönen Lady Emily die Rede, und als Ihr uns unterwegs von Arcite und Palamon berichtet habt, kam auch eine Lady namens Emily vor.«

Der Ritter lupfte die Augenbrauen. »So?«

Die Frau aus Bath kratzte sich mit dem Zeigefinger hinterm Ohr.

»Alle Namen in dieser Geschichte waren griechisch – Arcite, Palamon und so weiter. Wieso heißen bei Euch die Heldinnen immer Emily?«

Der Ritter lächelte andeutungsweise, doch die Frau aus Bath ließ nicht locker.

»Sagt mir den Namen Eurer Gemahlin«, verlangte sie dreist.

»Ich war zweimal verheiratet«, antwortete der Ritter. »Eine Frau hieß Katerina.«

»Und die andere?«

Der Ritter zuckte die Achseln. »Laßt mich meine Geschichte zu Ende erzählen.«

TEIL IV

KAPITEL 1

Im Trinitarierkloster herrschte heilloses Durcheinander. Der Subprior, ein junger Mann namens Roger, empfing sie in dem kleinen Gästehaus. Aufgeregt murmelte er immer wieder: »Was soll ich tun? Was soll ich tun?«

»Vor allem müßt Ihr ruhig bleiben und einen kühlen Kopf bewahren«, riet Sir Godfrey. »Und nun erzählt mir, was passiert ist.«

»Heute früh rief die Glocke zur Frühmette«, erwiderte der Subprior. »Wir versammelten uns im Chor zum Gottesdienst. Erst dann bemerkte ich, daß Prior Edmund fehlte. Ich dachte, er sei vielleicht krank geworden, doch die Laienbrüder, die ich losschickte, um nachzusehen, kamen zurück und berichteten, seine Zelle sei leer und die Tür stünde halb offen. Also ließ ich sofort nach ihm suchen. Am besten, Ihr kommt gleich mit mir.«

Er führte sie über den Innenhof des Klosters in das feuchte Ratszimmer. Edith wollte nicht hineingehen; sie blieb an der Tür stehen und drehte wie witternd den Kopf. McBain sah, daß sie am ganzen Leib zitterte, und nahm ihren Arm.

»Lady Mohun, geht es Euch nicht gut?«

»Das Böse war hier!« murmelte sie. »Es ist wieder fort, doch der Gestank hängt noch in der Luft. Ich rieche förmlich das Unheil, das von diesem Ort ausgeht.«

»Was faselt sie da?« fragte der Subprior ängstlich.

»Das ist kein Gefasel!« widersprach Alexander barsch. »Kennt Ihr denn nicht die Legenden, die dieses Kloster umgeben?«

Der Subprior entschuldigte sich hastig. »Ich hielt sie für Ammenmärchen. Natürlich haben wir Gerüchte über geheime Gänge und Tunnel gehört, doch erst heute morgen . . .«

Seine Stimme ebbte ab, während er mit einer Handbewegung auf das hintere Ende des Zimmers zeigte, wo die Geheimtür immer noch offenstand. Im Raum zündete er ein paar Kerzen an, und dann führte er die Besucher die geheime Treppe hinunter in ein Gewölbe.

Drunten angekommen, zog Sir Godfrey sein Schwert, denn nun spürte er selbst, welche feindselige, bösartige Macht hier die Luft vergiftete. Der Subprior wurde immer nervöser, und McBain hätte am liebsten kehrtgemacht und wäre Hals über Kopf aus diesem unterirdischen Gelaß geflüchtet. Die Exorzistin faßte sich wieder.

»Das Böse hat sich davongemacht«, verkündete sie. »Sir Godfrey, befindet sich in diesem Gewölbe ein Sarg? Wenn ja, dann führt mich bitte hin.«

Sie gingen zu der mit Blei ausgekleideten Kiste aus Eichenholz, die mitten im Raum stand. Auf dem Fußboden ringelten sich geborstene Ketten, und das Tuch, das unten im Sarg gelegen hatte, war herausgenommen und lag zusammengeknüllt in einer Ecke.

»Beschreibt mir, was Ihr seht!« verlangte Edith Mohun.

Sir Godfrey schilderte ihr die Szene, während er immer wieder jeden Winkel der Gruft beäugte, als erwarte er, dort heimtückische Schattengestalten lauern zu sehen.

»Und nirgends finden sich Spuren, die von einem verwesten Leichnam stammen könnten?« vergewisserte sich Edith Mohun.

»Nirgendwo ist dergleichen zu sehen, Mylady«, bekräftigte Sir Godfrey.

»Das ist der Beweis«, stellte sie fest. »Die Person, die hier begraben lag, war ein Untoter, ein Strigoi-Lord. Nun befindet er sich wieder in Freiheit. Wir müssen ihm nachstellen.«

Roger, der Subprior, lauschte mit weitaufgerissenen Augen.

»Wer ist diese Frau?« hauchte er betroffen.

»Macht Euch darüber keine Gedanken«, versetzte Sir Godfrey unwirsch. Aus seinem Umhang zückte er eine kleine Pergamentrolle. »Erkennt Ihr dieses Siegel?«

Im flackernden Kerzenlicht prüfte der Subprior die Vollmacht.

»Aber das ist ja das Siegel des Königs!«

»Und was steht in dem Brief?«

»Daß dem Besitzer dieser Vollmacht unverzüglich jede erdenkliche Hilfe und Unterstützung zu gewährleisten ist.«

»Gut!« sagte Sir Godfrey. »Ihr habt das Schreiben also gelesen, und Ihr erkennt das Siegel. Ich gebe Euch folgenden Befehl: Aus der Bibliothek, die sich in diesem Gebäude befindet, sind sofort sämtliche beweglichen Gegenstände, Einrichtung, Manuskripte, Bücher und so fort, zu entfernen.«

»Und was dann?« wimmerte der Subprior.

»Diese Gruft wird durch Feuer gereinigt, und das ganze Gebäude, das darüber steht, muß Stein für Stein abgerissen werden. Das Gemäuer und die hölzernen Balken werden mit Öl übergossen und angezündet. Der Schutt, der nach dem Brand übrigbleibt, wird dann in eine tiefe Grube geworfen.«

»Das geht nicht!«

Sir Godfrey packte den Mönch bei seinem Habit und zog ihn dicht an sich heran.

»Ich meine«, stammelte Roger verwirrt, »ich kann die Entscheidung nicht allein treffen. Zuerst muß ich mir die Erlaubnis meiner Vorgesetzten einholen.«

»Ich handle im Auftrag des Königs«, zischte Sir Godfrey. »Und wenn Ihr meinen Befehlen nicht Folge leistet, klage ich Euch wegen Hochverrats an und lasse das gesamte Kloster in Schutt und Asche legen! Wäre Euer Prior nicht so töricht und ängstlich gewesen, hätte er sich uns von Anfang an offen anvertraut, wäre es vielleicht gar nicht zu dieser Tragödie gekommen. Versprecht mir auf der Stelle, daß mein Befehl bis morgen abend ausgeführt sein wird!«

»Es muß wirklich sein«, bekräftigte Edith.

Der Subprior nickte, und der Ritter ließ ihn los.

»Jetzt laßt uns aus diesem Höllenloch verschwinden«, knurrte er.

»Möchtet Ihr denn nicht Prior Edmunds Leichnam sehen?« fragte Roger.

»Ist er tot?« keuchte Alexander.

»Man hat seine Kehle aufgeschlitzt!«

»Dann steht er jetzt in Gottes Hand, und wir können nichts mehr für ihn tun.«

Als sie wieder nach draußen kamen, wartete Bruder Lanfranc, der Archivar, auf sie.

»Herr Ritter, ist das Böse fort?«

»Ja, aber dieser Ort muß durch Feuer gereinigt werden.«

Um die trüben Augen des Greises runzelten sich Lachfältchen, und er gluckste zufrieden in sich hinein.

»Das habe ich schon immer gesagt. Aber meine Bücher und Manuskripte werden doch gerettet?«

»Selbstverständlich.«

Die alten Augen leuchteten auf. Verachtungsvoll blickte er den jungen Subprior an. »Ich zeige Euch ein Manuskript, das sich in meinem Besitz befindet. Vielleicht erklärt Euch das manches, was Ihr jetzt noch nicht glauben könnt.«

Roger wollte widersprechen, doch Sir Godfrey hieß ihn schweigen. Sie folgten dem Bruder Archivar eine steile Treppe hinauf und gelangten in einen langen, schmalen Raum, der die Bibliothek beherbergte. Der Saal erinnerte Alexander gleich an die Bücherei, die zur Kirche St. Mary gehörte.

Lanfranc zündete Kerzen an, und unter aufgeregtem Gemurmel und vielfachem Ächzen öffnete er eine große, eisenbeschlagene Truhe, die von fünf Schlössern gesichert war. Er stöberte darin herum und zog ein schmales, in Kalbsleder gebundenes Büchlein heraus, das er Alexander zu lesen gab. Neugierig blätterte der Sekretär darin herum und überflog den Inhalt.

»Was ist es?« fragte Edith ungeduldig.

»Es handelt sich um ein geheimes Protokollbuch«, erklärte Alexander, »ein Journal, in dem die Geheimnisse des Klosters aufgezeichnet sind, die nur dem jeweiligen Abt zugänglich gemacht werden dürfen. Jeder Abt war dazu verpflichtet, die Krypta in gewissen Zeitabständen zu inspizieren und sich davon zu überzeugen, daß alles noch seine Richtigkeit hatte.«

Mit dem Finger tippte er auf das erste Blatt. »Die Äbte werden gewarnt, sich um keinen Preis an dem Sarg zu schaffen zu machen, und jede Visitation der Krypta muß in dieses Büchlein eingetragen werden. Jeder Abt mußte einen heiligen Eid schwören, daß er sich an die strengen Auflagen halten würde.« Alexander lächelte zynisch. »Einige Äbte werden sich getreulich an die Instruktionen gehalten haben, andere wiederum konnten ihre Neugier nicht zügeln. Vor vielen Jahren öffnete einer von ihnen tatsächlich den Sarg. Da nichts geschah, taten es manche ihm nach.«

»Aber irgendeine Wirkung muß das Öffnen des Sargs gehabt haben«, meinte Edith.

»So war es auch«, bestätigte Alexander. »Erinnert Ihr Euch an die Vorkommnisse, über die in den Manuskripten der Universitätsbibliothek berichtet wurde?«

»Ja«, antwortete Sir Godfrey. »Dort stand geschrieben, gewisse übel beleumdete Bürger der Stadt seien nach ihrem Tod wieder aufgetaucht.«

»Und jetzt wissen wir den Grund«, behauptete Alexander, indem er eine bestimmte Seite im Buch aufschlug. »Ihr werdet Euch gewiß erinnern, daß ich Euch von einem Vorfall aus dem Sommer 1297 erzählte. In diesem Journal steht, daß im Jahr 1297 ein Abt das geheime Gemach aufsuchte. Vermutlich brach er seinen Eid und spähte in den Sarg hinein.«

»Kann es denn sein«, fragte Sir Godfrey, »daß jedes Mal, wenn sich jemand unerlaubterweise an dem Sarg zu schaffen machte, eine böse Macht aus der Gruft entwich und in der Stadt Unheil anrichtete?«

»Aber natürlich«, fiel Edith Mohun ihm ins Wort. »Wenn man das Journal Datum für Datum mit den Chroniken vergliche, die in der Universitätsbibliothek aufbewahrt werden, dann würde man die zeitliche Übereinstimmung deutlich sehen. Immer, wenn ein Abt wortbrüchig wurde und sich von seiner Neugier dazu verleiten ließ, den Sarg zu öffnen, machte sich der böse Einfluß der Strigoi bemerkbar.«

Sie setzte sich auf einen Schemel. »Wir dürfen nicht vergessen«, fuhr sie fort, »daß das Böse sich nicht von anderen Dingen unterscheidet, es nimmt keine Sonderstellung ein. Wie der heilige Aquinus in Übereinstimmung mit Plato sagt, spiegelt das Übernatürliche nur das Natürliche wider. Nimmt man den Stein von einer Feuerstelle, so entströmt Hitze; zieht man den Stöpsel aus einem Parfümflakon, oder entkorkt man eine Flasche

Wein, so steigt das Aroma in die Luft. Jedes Mal, wenn der Sarg aufgemacht wurde, sickerte ein Teil des darin eingeschlossenen Bösen nach draußen und beeinflußte die Menschen. Jetzt ist der Urquell des Übels entkommen, und Gott möge uns beschützen.«

»Was meint Ihr damit?« fragte Sir Godfrey.

»Dieser Strigoi-Lord«, erklärte Lady Mohun, »wird eine Schar seinesgleichen um sich sammeln, in diesem Königreich und in anderen Ländern.«

»Also muß man sie allesamt ausmerzen?«

Dame Edith befeuchtete ihre trockenen Lippen. Sie spürte, daß der Zusammenprall mit den Mächten der Finsternis unmittelbar bevorstand.

»Wir müssen entweder den Strigoi-Lord oder seine Anhänger vernichten; ohne Jünger, die ihn nähren und unterstützen, ist er schwach. Aber es muß rasch geschehen!« Ihre Hand schoß vor, und sie klammerte sich an McBains Arm. »Seht Euch die letzten Eintragungen an; was steht dort geschrieben?«

Alexander blätterte die vergilbten Seiten um.

»Grundgütiger Himmel!« stöhnte er. »Im letzten Jahr stieg der verschiedene Abt Samson mindestens ein Dutzend Mal in die Krypta hinab.«

»Das dachte ich mir!« ächzte Lanfranc. »Das dachte ich mir. Ich wußte, daß er nichts Gutes im Schilde führte, unentwegt fragte er mich nach dem Journal. Ich wollte es ihm nicht ständig aushändigen, aber er setzte sich über meine Einwände hinweg.«

»Was hatte er eigentlich vor?« fragte Alexander.

»Er war eigensinnig«, zischte Lanfranc erbittert. »Dieses Kloster war seit jeher arm. Abt Samson glaubte, in der Krypta sei der Schlüssel verborgen, der ihn zu einem versteckten Schatz führen würde. Mit dem Geld wollte er die Sümpfe und Moore trockenlegen lassen, die das Kloster umgeben. Ich sage Euch eines, Herr Ritter, vergeßt diesen rotznasigen Subprior Roger. Morgen verlasse ich jedenfalls dieses Kloster und gehe nach Frankreich, wo sich unser Mutterhaus befindet. Auf den Knien werde ich meine Vorgesetzten in Christo anflehen, sie mögen dieses Gemäuer niederbrennen und schleifen lassen.«

McBain widmete sich wieder dem Journal. »Die letzte Eintragung«, sagte er, »stammt aber nicht von Abt Samson, jemand anders hat sie geschrieben.«

»Ach, das war sicher dieser Narr, Prior Edmund.«

»Lest vor«, befahl Sir Godfrey.

»Hier steht«, fuhr Alexander fort, »daß Abt Samson mitten in der Nacht einen Besucher in die Krypta führte. Und daß Abt Samson dort ums Leben kam.«

»Typisch«, höhnte Lanfranc. »Samson war zu dumm und dünkelhaft, um sich mit mir oder einem anderen Bruder zu beraten. Edmund glaubte wahrscheinlich, er würde sein Gewissen beruhigen, indem er diese Eintragung vornahm.«

»Auf welche Weise ist Abt Samson denn gestorben?« fragte Alexander.

»Er kann vor Angst oder Schreck gestorben sein, man könnte ihn aber auch vergiftet haben«, sagte Edith. »Jetzt ist der Narr tot, Gott sei seiner Seele gnädig.«

»Doch dieser andere, der mit ihm zusammen in die Krypta ging, ist noch am Leben«, wandte Sir Godfrey ein. »Ich frage mich nur, wer dieser Strigoi war.«

»Darf ich das hier behalten?« Alexander tippte mit dem Finger auf das Journal.

Lanfranc nickte. »Selbstverständlich, es wird ohnehin nicht mehr gebraucht, oder?«

Sie holten ihre Pferde aus den Stallungen und ritten

zum Kloster St. Anne zurück. Als sie das Haupttor passierten, zügelte Edith Mohun ihr Pferd und flüsterte den Männern zu:

»Ab jetzt gilt höchste Vorsicht. Keine übereilten Ausflüge mehr. Es kann noch mehr Angriffe oder Morde geben, doch so schrecklich sie auch sind, wir dürfen uns dadurch nicht von unserem Hauptziel ablenken lassen. In erster Linie gilt es, den Urheber dieser Verbrechen zu finden und zu vernichten. Ihr, Alexander, habt genug Beweise gesammelt. Nun benutzt Euren Verstand und wertet sie aus. Findet heraus, wer der nächtliche Besucher war, der des Nachts mit Abt Samson in die Krypta hinabstieg. Wenn wir diese Person finden, wird sie uns geradewegs zu dem Strigoi-Lord führen.«

Alexander lächelte, saß ab und ging ins Gästehaus zurück. Nachdem er sich gewaschen und eine reichliche Mahlzeit zu sich genommen hatte, nahm er das Journal mitsamt seinen eigenen Notizen, die er seit seiner Ankunft in Oxford eifrig zusammenkritzelte, und verzog sich in einen ruhigen Winkel des klösterlichen Skriptoriums.

Anfangs war er so aufgeregt, daß er sich nicht recht konzentrieren konnte. Die Bilder aus der Priorei verfolgten ihn, und gleichzeitig mußte er unentwegt an Lady Emily und Sir Godfrey denken, dessen Augen vor Leidenschaft geglüht hatten.

Seufzend griff er zu einem Gänsekiel, schrieb ein paar Worte auf ein Stück Pergament und bat eine Laienschwester, diese Botschaft Lady Emily zu überbringen. Anschließend widmete er sich eifrig seinen Aufzeichnungen, doch so sehr er sie auch studierte, er vermochte keinen Sinn hineinzubringen.

Plötzlich fiel ihm Robert Cotterill ein, er ließ Feder und

Manuskripte liegen und begab sich in den Raum für die Kranken. Robert saß auf dem Fußboden und spielte mit bunten Murmeln. Alexander ließ sich neben ihm nieder, schaute zu, und als er aufgefordert wurde, spielte er mit.

»Du kannst gut mit Murmeln umgehen«, meinte der Knabe anerkennend. »Du bist überhaupt sehr tüchtig. Du kannst lesen und schreiben, und du weißt auch, wie man ein Schwert führt. Du bist ein besserer Kämpfer als dieser Ritter, der niemals spricht.«

Alexander schmunzelte. »Ich kann auch sehr gut kegeln«, sagte er. »Hast du schon mal gekegelt, Robert?«

Der Junge steckte den Daumen in den Mund und schüttelte den Kopf.

»Zu dem Spiel gehören zehn Stäbe aus glattpoliertem Holz«, erklärte Alexander. »Man stellt sie auf und versucht, sie mit einer Kugel umzuwerfen. Wenn man sehr geschickt ist, schafft man es mit einem einzigen Wurf.«

»Ein schönes Spiel«, meinte der Junge.

»Ich werde es dir kaufen«, versprach Alexander. »Aber sieh mal, Robert, ich brauche deine Hilfe, auch wenn es für dich schmerzlich sein sollte. Kannst du mir erzählen, was passiert ist? Was du in der Nacht, als deine Eltern und deine Schwester starb, gehört oder gesehen hast?«

Angst und Kummer verdunkelten die Augen des Jungen. Am liebsten hätte Alexander den Jungen in den Arm genommen und ihm gesagt, er solle die Frage vergessen. Aber zu viel stand auf dem Spiel. Vielleicht konnte Robert ihnen weiterhelfen.

»Bitte, Robert«, flehte er, »versuch, darüber zu sprechen. Deine Antwort kann entscheidend sein, ob wir einen Bösewicht zur Strecke bringen.«

Der Junge hockte sich auf die Fersen und kniff die Augen zusammen.

»Ich spielte ein Spiel«, begann er. »Ich war in mein geheimes Zimmer gekrochen. Mutter war böse auf Vater, deshalb wollte ich mich aus dem Staub machen. Als ich in der Kammer saß, beobachtete ich die Kerzenflamme und warf mit den Händen Schatten an die Wand. Plötzlich hörte ich, wie es an die Tür klopfte. Mummy lachte, als jemand eintrat.«

»Hast du verstanden, was gesprochen wurde?«

»Ich habe lange darüber nachgedacht. Aber ich kann mich nur erinnern, daß ein Wort fiel, das sich anhörte wie ›Ditsch‹.«

»Ditsch?«

»Ja.«

»Was passierte, nachdem deine Mutter den Besuch hereingelassen hatte?«

»Mutter ging in die Küche, klapperte mit irgendwelchen Kesseln herum und kam zurück. Ich dachte, ein Nachbar sei zu Besuch gekommen, deshalb döste ich eine Weile und muß eingenickt sein. Als ich aufwachte . . .« Die Unterlippe des Jungen begann zu zittern. »Als ich aufwachte, hörte ich, wie jemand im Haus stöhnte. Ich wußte sofort, daß etwas ganz Schreckliches passiert sein mußte. Ich verhielt mich mucksmäuschenstill, bis ich sicher war, daß sie fortgegangen waren.« Der Junge kroch näher an Alexander heran, und der Sekretär legte ihm liebevoll den Arm um die Schultern.

»Jetzt brauchst du keine Angst mehr zu haben«, tröstete er ihn. »Und an mehr kannst du dich nicht erinnern?«

»Nein.«

Alexander sprach eine Zeitlang beruhigend auf ihn ein und gab ihm ein Stück Marzipan. Dann ging er ins Skriptorium zurück. Er nahm ein Blatt Pergament, glättete es und beschwerte es an den vier Ecken mit Metallgewichten. Sorgsam schrieb er alles auf, was er bis jetzt in Erfahrung gebracht hatte.

Eine Reihe von seltsamen Todesfällen. Männer und Frauen wurden umgebracht, ohne daß ihre Nachbarn etwas davon bemerkten. Offensichtlich wurden der oder die Mörder freiwillig ins Haus gelassen, denn weder an der Tür noch an den Fenstern fanden sich Spuren, die auf ein gewaltsames Eindringen hingedeutet hätten. Und das Merkwürdigste war, daß man die Opfer hatte ausbluten lassen.

Das Öffnen der Krypta durch Abt Samson und der Überfall auf Prior Edmund. Der Tod des Hospitaliters im Wald. Das Verschwinden der Reliquie. Der Satz ›der Ritter, der übers Meer gefahren ist‹, der über dem Bett des ermordeten Hospitaliters stand. Die grausame Ermordung Laetitias und die beiden Metallscheiben, die man bei ihr und bei dem Hospitaliter fand.

Die alte Legende, die prophezeite, der Teufel aus dem alten Turm würde zu dem ›Felsen unweit der neuen Burg‹ kommen.

Alexander schrieb ebenfalls nieder, was Robert Cotterill ihm erzählt hatte, und daß der Junge meinte, ein Wort vernommen zu haben, das sich ähnlich wie ›Ditsch‹ anhörte.

Zum Schluß stellte er die Frage, wer die Person gewesen sein mochte, die Abt Samson in die Gruft hinunter begleitet hatte.

Alexanders Gedanken kreisten um die letzte Eintragung in dem Journal, die nach Auffassung Bruder Lanfrancs nur von Prior Edmund stammen konnte. Als Prior Edmund sich auf jenen geheimnisvollen Besucher bezog, mit dem Abt Samson in die Gewölbe hinabgestiegen war, benutzte er das lateinische Wort ›alius‹. Wäre das Wort ›alter‹ in diesem Zusammenhang nicht korrekt gewesen, denn es sollte ja ausdrücken, daß Abt Samson gemeinsam mit ›noch einem anderen‹ Mann die Krypta aufsuchte.

Prior Edmund war ein hochgebildeter Mann und mußte den Unterschied zwischen den beiden Worten kennen. Wieso schrieb er dann ›alius‹ anstatt ›alter‹, und aus welchem Grund schien es ihm, Alexander, so wichtig zu sein, dieses sprachliche Rätsel zu lösen? Plötzlich fiel es ihm ein, und ein eisiger Schauer rann ihm über den Rücken. Mit ›Christus alius‹ bezeichnete man einen ›anderen Christen‹.

»O mein Gott!« schrie er. »Natürlich! O mein Gott!«

Er rannte in das Zimmer der Kranken zurück. Robert spielte immer noch mit den Murmeln, und eine Laienschwester saß bei ihm. Der Junge lachte und klatschte vergnügt in die Hände, wenn die Frau sich besonders ungeschickt anstellte.

»Robert«, platzte Alexander heraus. »Du sagtest, der unheimliche Besucher in eurem Haus hätte ein Wort ausgesprochen, das wie ›Ditsch‹ klang. Denk mal nach, hätte es vielleicht auch ›benedicite‹ sein können? Du mußt mir antworten.«

Robert steckte den Daumen in den Mund und nickte. Alexander packte seinen Arm.

»Robert, hat der Mann ›benedicite‹ gesagt? Ich will ein klares Ja oder Nein.«

Mit einem schmatzenden Geräusch fuhr der Daumen aus dem Mund.

»Ja. Er hat ›benedicite‹ gesagt«, antwortete Robert, wobei er sich bei der Aussprache des lateinischen Ausdrucks verhaspelte.

Alexander starrte die vollkommen verdutzte Laienschwester an.

»Ich habe einen Auftrag für euch!« herrschte Alexander sie an. »Lauft so schnell Ihr könnt zu Sir Godfrey, Lady Mohun und der Äbtissin. Sagt ihnen, ich muß auf der Stelle mit ihnen sprechen. Richtet der Äbtissin von mir aus, sie soll sofort einen Boten zum Sheriff und Proctor Ormiston schicken. Wir treffen uns dann alle im Gästehaus. Und nun eilt euch!« drängte er. Dann wandte er sich wieder an den Jungen. »Robert! Du bleibst hier!« Mit der Hand deutete er auf die Krankenpflegerin, die ein Stück weiter im Dormitorium herumhantierte. »Geh zu ihr und weiche nicht von ihrer Seite!«

Alexander lief ins Skriptorium zurück, wo er eilig zu schreiben begann. Sir Godfrey kam hereingestürmt und wollte wissen, was los sei, doch McBain bedeutete ihm, er möge wieder gehen.

Ungefähr eine Stunde blieb Alexander im Skriptorium, und als er sich dann ins Gästehaus begab, warteten bereits alle im Reflektorium auf ihn. Beauchamp und Ormiston blickten wütend drein. Die Äbtissin saß in königlicher Haltung da und trommelte ungeduldig mit den Fingerspitzen auf der Tischplatte herum. Sir Godfrey tigerte auf und ab wie ein Jagdhund. Lediglich die Exorzistin wirkte ruhig und gefaßt.

»Ich weiß, wer der Herr und Meister der Strigoi ist«, erklärte Alexander, nachdem alle Platz genommen hatten: Die Äbtissin kredenzte ihren Gästen einen milden Weißwein.

»Bis jetzt fehlen mir noch die Beweise, aber durch logische Schlußfolgerungen bin ich auf des Rätsels Lösung gestoßen.«

»Wer ist es?«

»Vater Andrew, der Priester der Kirche St. Peter, die sich unweit der Burg befindet.«

»Unsinn!« kläffte Beauchamp und erhob sich halb von seinem Stuhl. »Wie könnt Ihr es wagen, einen Gottesmann zu beschuldigen?«

Sir Godfrey zückte seinen Dolch und klopfte mit dem Griff gegen die Tischplatte.

»Zuerst laßt Ihr Master McBain ausreden, dann dürft Ihr das Wort ergreifen – falls Ihr etwas zu sagen habt!« Alexander erhob sich. Es fiel ihm schwer, seine Aufregung zu bezähmen.

»Wir haben es hier mit Mördern zu tun«, begann er seine Ausführungen, »die mitten in der Nacht in Häuser eingelassen werden, ohne daß es den geringsten Tumult oder Lärm gibt. Niemand sieht sie kommen oder gehen. Wer könnte sich besser Zutritt verschaffen als ein Priester? Ein Mann der Kirche kann unbehelligt des Nachts durch Oxford streifen, niemand, auch die Stadtwache nicht, wird ihn aufhalten oder fragen, in welchen Angelegenheiten er unterwegs ist. Ein Priester könnte sogar vorgeben, eine Hostie bei sich zu tragen. Er klopft an eine Tür, und beim Eintreten sagte er ›benedicite‹: Gesegnet seid ihr alle.«

»Vater Andrew ist zwar ein jüngerer und ziemlich kräftiger Mann«, fiel Proctor Ormiston jetzt dem Sekretär ins Wort. »Aber wäre es denn möglich, daß er so viele Menschen tötet?«

»Es kommt darauf an, wie er vorging«, sagte Alexander und führte seinen Becher mit Wein an die Lippen. »Vielleicht brachte er ein Geschenk mit, Wein zum Beispiel? Robert Cotterill hörte, wie jemand ›benedicite‹ sagte, als er das Haus seiner Eltern betrat, danach ging seine Mutter in die Küche; Kessel oder Gefäße klapperten, und sie kehrte in die Wohnstube zurück. Vielleicht holte die Mutter Becher, um den Wein einzuschenken. Der Trunk kann mit einem Betäubungsmittel versetzt gewesen sein – zerquetschte Mohnkörner oder ein anderes Rauschmittel. Es dauerte nicht lange, und alle, die vom Wein kosteten, waren wehrlos und benommen.« Alexander setzte seinen Becher wieder ab. »Selbst Jugendlichen kann Vater Andrew angeboten haben, ein Schlückchen zu probieren.«

»Und Ihr glaubt, er hätte alle diese Menschen mit eigener Hand umgebracht?«

»Er hatte Helfer. Sobald die Opfer betäubt waren, öffnete er die Tür und ließ seine Komplizen herein.«

»Aber meine Wachposten!« widersprach Beauchamp. »Die Stadtwache hat niemals verdächtige Gestalten gesehen, die in der Nähe der betreffenden Häuser herumlungerten!«

»Sir Godfrey«, wandte sich Alexander an den Ritter. »Als wir einmal des Nachts durch Oxford ritten, wen haben wir da gesehen?«

»Niemanden.«

»Das stimmt nicht. Denkt noch mal nach.«

»Ein paar Bettler.« Die Kinnlade klappte herab. »Natürlich!« ächzte er. »Wer würde schon zerlumpte, hinkende und halb verhungert aussehende Bettler für Mörder halten?«

»Ihr habt vollkommen recht«, pflichtete Alexander ihm bei. »Die Bettler sind in einer Stadt wie Oxford allgegenwärtig. Wir beachten sie gar nicht mehr. Wir laufen oder reiten an ihnen vorbei und übersehen sie. Angenommen, vier oder fünf dieser Lumpenkerle sind in Wirklichkeit Vater Andrews Komplizen? Wenn sie vorgeben, ein körperliches Gebrechen zu haben, stuft man sie unwillkürlich als alt und harmlos ein. Dabei sind sie vielleicht gar keine armen Krüppel, sondern junge Burschen, die Vater Andrew helfen, Brot und Fleisch an die Bedürftigen zu verteilen.«

Alexander blickte die Anwesenden der Reihe nach an. »Auf diesen Punkt komme ich gleich noch einmal zurück. Tagsüber helfen sie Vater Andrew, vor der Kirche gute Werke zu tun, des Nachts jedoch verkleiden sie sich als Bettler und beziehen im Schutz der Dunkelheit Posten, um auf einen Wink ihres Anführers zu warten. Vater Andrew geht zuerst in ein Haus wie das der Familie Cotterill; wenn er seine Opfer betäubt hat, läßt er seine Kumpane nachkommen. Sie schlitzen den Menschen die Kehlen auf, führen ihre widerwärtigen Riten durch und tauchen wieder unter, ohne daß jemand ihr Kommen oder Gehen bemerkt hätte.«

Alexander legte eine kurze Pause ein, um seine Worte wirken zu lassen, ehe er fortfuhr: »Einmal sind sie jedoch bei ihrem mörderischen Treiben gestört worden, und zwar von jenem betrunkenen Studenten, den Ihr ins Gefängnis werfen ließet, Sir Oswald. Die Täter wußten, daß Sir Godfrey und ich hierher unterwegs waren, und sie beschlossen, die Lage für sich zu nutzen. Der beschwipste Studiker kam ihnen in die Quere; sie besudelten ihn von oben bis unten mit Blut, damit es aussähe, als hätte er die Morde begangen, und machten sich ungesehen davon. Und beinahe wäre ihre Rechnung auch aufgegangen.«

»Welchen Anhaltspunkt habt Ihr noch für Eure Behauptung, Vater Andrew sei der Strigoi-Meister?« fragte Dame Edith.

»Nun ja, sowohl der Hospitaliter wie auch die tote Serviererin aus der Taverne *Mitra* trugen eine schwarze

Metallscheibe bei sich. Es könnte sich um Zahlpennies handeln, die Vater Andrew und seine Helfer an die Armen austeilen. Wer im Besitz dieser Scheibe ist, darf sich pro Tag an der Kirche eine Mahlzeit abholen.«

»Aber aus welchem Grund wurden der Hospitaliter und dieses unbedeutende Wirtshausmädchen ermordet?« wunderte sich Proctor Ormiston.

»Ich glaube, Laetitia wollte den Zahlpenny zu uns bringen; der hätte dann als Beweis dafür gedient, daß sie selbst, der Student Guido und Vater Andrew in einer Beziehung zueinander standen. Und was den Hospitaliter betrifft . . .« Alexander schmunzelte und setzte sich wieder hin. »Ihr dürft nicht vergessen, daß er sich auf der Flucht befand, weil er eine Reliquie gestohlen hatte. Als er in Oxford eintraf, war er hungrig und durstig. Wie verhält sich jemand, der sich in einer solchen Lage befindet? Wo gibt man ihm umsonst zu essen und zu trinken?«

»Ja, sicher«, platzte der Sheriff heraus, dessen Zweifel sich allmählich zu zerstreuen schienen. »Er mischte sich unter die anderen Bettler, die vor der Kirche St. Peter um eine Mahlzeit anstanden. Und bei dieser Gelegenheit erhielt er den Zahlpenny.«

»Möglicherweise spielte sich dort noch mehr ab. Er hatte eine kostbare Reliquie bei sich. Vermutlich schlich er sich in die Kirche und versteckte sie dort irgendwo. Sir Oswald, Äbtissin, Ihr kennt Euch in Oxford aus. Befindet sich in der Kirche St. Peter vielleicht das Grab eines Kreuzfahrers?«

»Ein *chevalier outre mer*!« hauchte Ormiston.

»Richtig«, bekräftigte Alexander. »Ein Ritter, der übers Meer gefahren ist.«

»Allerdings«, sagte Beauchamp. »In einem der Querschiffe gibt es so ein Grab. Die Steinplatte enthält das

Abbild eines Ritters, dessen Beine an den Knöcheln überkreuzt sind, als Zeichen dafür, daß er an einem Kreuzzug teilnahm.«

»Wenn wir dort nachsuchen, finden wir bestimmt die Reliquie«, behauptete Alexander. »Nun, Vater Andrew war ein Dämonenpriester. Er gab vor, die Messe zu lesen, doch in Wirklichkeit segnete er niemals das Brot oder den Wein. Vielleicht tat er so, als bewahre er das heilige Sakrament im Tabernakel auf, doch das stimmte nicht. Also stellte die Kirche für ihn keine Bedrohung dar. Aber wie Lady Mohun uns erklärt hat, schwächt der Einfluß einer echten Reliquie die Macht der Strigoi. Deshalb ließ Vater Andrew die Kirche schließen und mit Brettern verbarrikadieren, nachdem der Hospitaliter die Reliquie dort versteckt hatte. Wenn jemand fragte, so verschanzte sich Vater Andrew hinter dem Vorwand, die Kirche sei wegen dringender Ausbesserungsarbeiten versperrt worden. In Wahrheit konnten sich die Strigoi nicht mehr in die Nähe der heiligen Reliquie begeben. Der Hospitaliter aber mußte sterben, weil er ihnen das angetan hatte.«

»Welche Hinweise gibt es noch?« fragte Dame Edith.

»Nun komme ich auf den Vorfall im Trinitarierkloster zu sprechen. Abt Samson erhielt Besuch von einer Person, mit der er in die Krypta hinabstieg. Prior Edmund bezeichnete diesen heimlichen Gast mit dem lateinischen Ausdruck ›alius‹, was übersetzt soviel bedeutet wie ›ein anderer‹. Korrekterweise hätte er jedoch ins Journal schreiben müssen, ›alter‹. Edmund war ein gebildeter Mann, deshalb konnte ich mir zuerst keinen Reim auf diesen Schnitzer machen. Doch dann kam mir ein Gedanke, und mein Verdacht erhärtete sich, nachdem ich noch einmal mit dem kleinen Robert sprach. Der glaubte, das Wort ›Ditsch‹ herausgehört zu haben, als an jenem fatalen Abend die Tür aufging und seine Mutter einen Besucher ins Haus ließ. In Wirklichkeit sagte der Gast jedoch ›benedicite‹. Nun frage ich Euch, Lady Mohun, welchen Namen gibt man manchmal einem Priester?«

»*Christus alius*«, erwiderte sie. »Ein anderer Christ.«

»Ich glaube, das ist es, was Edmund meinte. Samson und ein anderer Priester gingen in die Krypta. Irgendwie überredete Vater Andrew den Abt, er solle mit ihm in die Gruft hinabsteigen. Vielleicht kannte er ja Samsons Wunsch nach Reichtümern, die er dem Kloster zugute kommen lassen wollte.« Alexander zuckte die Achseln. »Vater Andrew wollte sich davon überzeugen, ob der Strigoi Lord, den Sir Hugo Mortimer vor vielen hundert Jahren lebendig begraben ließ, immer noch dort drunten in seinem Sarg lag.« Alexander spielte mit seinem Weinkelch. »Es gibt noch weitere Beweise: der Überfall auf mich, der eigentlich nur dazu dienen sollte, den kleinen Robert aus dem Weg zu räumen. Außer Vater Andrew und euch, die Ihr hier in diesem Raum versammelt seid, wußte niemand, daß Robert sich in diesem Kloster aufhielt.«

»Was ist mit den Studenten, die verschwunden sind?« fragte Ormiston.

»Auch sie waren Zeugen, die gegen Vater Andrew hätten aussagen können, deshalb mußten sie beseitigt werden. Vater Andrew erfuhr von den Luminosi, und er beschloß, sich ihre Heimlichtuerei zunutze zu machen. Mit ihrer Hilfe verschaffte er sich Zugang zu bestimmten Bibliotheken und Archiven, in denen er Manuskripte studierte, die ihn interessierten. Später, als er die Studenten nicht mehr brauchte, tötete er sie. Als keine Scholaren mehr zur Verfügung standen, um den Blutdurst zu stillen, mußten harmlose Bürger der Stadt daran glauben.«

»Warum haben sie nicht einfach die Armen und Bedürftigen umgebracht, die bei ihnen um eine Mahlzeit baten?« fragte Sir Godfrey.

»Wer weiß, vielleicht taten sie das sogar«, antwortete Alexander. »Einige der Bettler mögen verschwunden sein, ohne daß jemand sie vermißte. Aber Vater Andrew mußte vorsichtig sein; wenn es sich in dieser unteren Schicht herumsprach, daß Menschen plötzlich auf Nimmerwiedersehen verschwanden, konnten die Leute mißtrauisch werden. In erster Linie war Vater Andrew darauf bedacht, seinen Ruf als Wohltäter und Stütze der Kirche zu wahren.«

Sir Oswald Beauchamp stemmte sich aus seinem Sessel hoch. Seine Miene wirkte immer noch ein wenig mißtrauisch.

»Was Ihr da sagt, Master McBain, könnte die Wahrheit sein«, sagte er. Dann zeigte er mit dem Finger auf Lady Mohun. »Aber wieso hat sie ihn nicht erkannt? Wieso hat sie das Böse, das von ihm ausgeht, nicht gespürt?«

»Selbst Satan kann als Engel des Lichts erscheinen«, gab die Exorzistin gelassen zurück. »Ihr seid der Vertreter des Gesetzes, Sir Oswald, Ihr habt Erfahrung mit Verbrechern. Könnt Ihr es fühlen, ob jemand schuldig ist oder nicht? Genügt Euch allein die Gegenwart eines Menschen, um ein Urteil über ihn zu fällen?« Sie hob die Arme kurz an und ließ sie wieder fallen. »Solange die Tarnung eines Dämonen noch besteht, vermag ich ihn durch meine Gefühle allein nicht zu entlarven. Das geht erst, wenn er die Maske fallenläßt, und er wird sich hüten, einen Fehler zu begehen.«

»Weshalb brauchen sie denn Blut in solchen Mengen?« murmelte Proctor Ormiston, als würde er mit sich selbst sprechen.

»Um sich zu stärken«, antwortete Edith Mohun. »Um ihre Rituale auszuüben und um den Körper ihres Strigoi Lords zu kräftigen.«

Beauchamp ging zur Tür.

»Sir Oswald, wohin geht Ihr?« fragte der Ritter.

»Wir«, betonte der Sheriff, »wir alle, die hier in diesem Zimmer sind, mit Ausnahme von Dame Constance, sollten uns zur Kirche St. Peter begeben und nach dem endgültigen Beweis suchen.«

»Der Beweis ist bereits da«, fiel Alexander ihm ins Wort und lächelte dezent. »Ihr selbst erzähltet uns doch von der alten Legende, in der es heißt, der Teufel aus dem alten Turm würde zu dem Felsen unweit der neuen Burg kommen.«

»Was meint Ihr damit?« schnauzte Sir Oswald ihn an.

»›Peter‹ bedeutet auf lateinisch ›Fels‹«, erklärte Alexander, »und St. Peter liegt in der Nähe Eurer Burg. Wo früher der alte Turm stand, befindet sich jetzt das Trinitarierkloster.«

Sir Oswald schüttelte nur den Kopf. »Vielleicht habt Ihr recht, Master McBain, aber wir sollten uns mit eigenen Augen überzeugen.«

Die Kirche war vollkommen dunkel, und auch im Haus des Priesters brannte kein Licht. Gewaltsam brachen Sir Oswalds Soldaten die Tür auf. Sobald Edith Mohun eintrat, fühlte sie sich, als sei sie einer Ohnmacht nahe.

»Hier weilte eine böse Macht«, flüsterte sie, während Alexander sie stützte und zu einem Schemel in der Küche führte. Unterdessen zündeten Sir Oswalds Männer Kerzen an. Der Ritter sah sich aufmerksam in der sauberen, weißgetünchten Stube um; die Einrichtung war nüchtern und spärlich.

»Nichts Besonderes«, meinte er. Dennoch spürte er, wie eine namenlose Angst in ihm hochkroch, und seine Nackenhaare sich sträubten.

»Der Raum ist fast zu sauber«, brummte Alexander. »Habt Ihr es bemerkt, nirgendwo gibt es ein Kruzifix; absolut nichts deutet darauf hin, daß dies das Haus eines Priesters ist.« Er blähte die Nasenflügel und schnupperte. »Außerdem stinkt es hier wie nach verfaulten Lebensmitteln!«

Sir Godfrey zückte sein Schwert und stieg die wackelige Treppe hinauf, die auf einen kleinen Dachboden führte, der Vater Andrew als Schlafkammer diente. Er rief nach einer Kerze, und sie wurde ihm gereicht. »Alexander McBain!« brüllte er plötzlich. »Kommt sofort zu mir!«

Alexander sauste die schmale Stiege hoch. Im ersten Moment fiel ihm nichts Ungewöhnliches auf – er sah eine schlichte Truhe, eine Bettstelle und zwei ramponierte Kisten. Doch dann hob Sir Godfrey die Kerze höher, und Alexander drehte sich der Magen um.

An der hinteren Wand stand ein umgekehrtes Kruzifix. Daran war eine tote Ratte genagelt und zu beiden Seiten ein rotes Auge gemalt. Im flackernden Kerzenschein sah es aus, als ob ein haßerfülltes Gesicht sie beobachtete. Fluchend marschierte Alexander hin und kippte das gotteslästerliche Ding um.

»Er ist geflüchtet«, sagte Sir Godfrey. »Und das hier war seine Abschiedsgabe.«

Sie gingen wieder nach unten. Sir Oswald, Ormiston und die Soldaten drängten sich nahe der Tür wie verängstigte Kinder.

»Nichts essen oder trinken!« befahl der Ritter. »Ihr dürft nicht das geringste zu Euch nehmen!«

Sir Godfrey schickte sich an, das Grüppchen nach draußen zu führen, als er in der hinteren Ecke neben dem Herd einen kleinen Eisenring sah. Mit wenigen langen Schritten war er dort, trat mit dem Fuß die Binsen beiseite, und zum Vorschein kam eine hölzerne Falltür. Mit einer Axt, die nahe der Wand lag, hackte Sir Godfrey das Vorhängeschloß ab. Dann zog er die Klappe hoch und stieg nach unten. Sofort schlug ihm ein starker Verwesungsgeruch entgegen, es stank nach altem Blut. Er fühlte sich an ein Schlachtfeld erinnert, wenn der Kampf vorbei ist, und die Leichen begraben werden müssen.

»O Gott!« stöhnte er und blickte zu Alexander hinauf, der ihm eine Kerze reichte. »Wer weiß, was uns hier für Schrecknisse erwarten!«

Nach dem Ritter stieg Alexander die schmale Treppe hinab, wobei er sich seinen Umhang über Mund und Nase zog. Zuerst glaubten sie, sie befänden sich in einem ganz gewöhnlichen Keller, obwohl es hier wie in einem Schlachthof stank. Von drüben hörten sie die Rufe und Schreie der anderen, als der Gestank sich allmählich in der Küche ausbreitete.

Langsam pirschte Sir Godfrey sich voran. Im stärker werdenden Licht der Kerzenflamme sah er, daß mitten in dem Keller eine Grube ausgehoben war, ungefähr drei Fuß tief und zehn Fuß breit. Gegen einen Brechreiz ankämpfend, trat Sir Godfrey an den Rand und blickte nach unten. Das Loch war mit einer Art Decke ausgekleidet, und probeweise stocherte Sir Godfrey mit der Spitze seines Schwerts darin herum.

Als er die Kerze höher hielt, sah er, daß es sich um Ochsenhäute handelte, die man zusammengenäht hatte. Er beugte sich vor und kratzte mit dem Schwert die Häute entlang. Dann prüfte er im vollen Schein der Kerzenflamme die Spitze.

»Blut!« rief er. »Grundgütiger Himmel!«

Er blickte über die Schulter zu Alexander hin; doch der Sekretär stand in einer Ecke und übergab sich heftig.

»Sie haben das Blut hierhergebracht!« flüsterte Sir Godfrey zu sich selbst. »Nachdem sie ihre Opfer ausgeblutet hatten, wurde das Blut hierher geschafft, vermutlich in Weinschläuchen.«

Nun wurde es dem Ritter auch zuviel, und zusammen mit Alexander stieg er wieder nach oben. Der Sheriff und der Proctor waren bereits nach draußen gegangen. Nur Edith saß noch auf dem Schemel, den Kopf vorgereckt, den Mund halb geöffnet.

»Bringt mich fort von hier!« flüsterte sie. »Ich halte es in diesem Höllenloch nicht länger aus!«

McBain wischte sich das Gesicht mit einem Zipfel seines Umhangs ab, half Edith beim Aufstehen und führte sie nach draußen. Sir Godfrey ließ die Kerze auf den Fußboden fallen, der mit trockenen Binsen bedeckt war, verließ gleichfalls das Haus und schloß hinter sich die Tür. McBain stand da und sog in tiefen Zügen die frische Nachtluft ein; Dame Edith stützte sich schwer auf seinen Arm. Der Ritter begab sich zu Sir Oswald und Ormiston und erzählte ihnen von ihrer Entdeckung. Proctor Ormiston wartete nicht ab, bis er geendet hatte. Seine Robe raffend, flüchtete er sich in die Dunkelheit. Der Sheriff hatte sein bombastisches, herrisches Gebaren verloren. Er war nur noch ein Schatten seiner selbst. Unterdessen begannen die Soldaten zu murren, sie hätten an diesem Ort nichts länger zu suchen. »Schickt die Männer zur Burg zurück!« wies Sir Godfrey den Sheriff an, und Sir Oswald gehorchte.

Er ging zu seinen Soldaten. »Reitet wieder zur Burg!« befahl er ihnen. »Aber zu niemandem ein Wort von dem, was hier geschehen ist.«

»Keine Sorge, Sir«, sagte einer und schwang sich auf sein Pferd. Dann zog er seinen Wappenrock aus und warf ihn auf den Boden. Seine Kameraden folgten dem Beispiel.

»Verflucht möget Ihr sein, Sir Oswald, weil Ihr uns hierhergebracht habt! Ab jetzt habt Ihr uns nichts mehr zu befehlen!«

Der Soldat betrachtete das Haus des Priesters, aus dem nun die Flammen schlugen. Mit grimmiger Miene wandte er sich an Sir Godfrey.

»Wir sind einfache Männer vom Land, Sir, und nicht so hartgesotten wie Eure Söldner. Unsere Heimat sind die kleinen Dörfer und Weiler, die im Umkreis von Oxford liegen. Dorthin reiten wir zurück! Diese Stadt ist verflucht. Soll Sir Oswald sich allein um diese Dinge kümmern!«

Er riß sein Pferd herum, und er und seine drei Gefährten ritten in leichtem Galopp davon.

Sir Oswald wollte ihnen etwas hinterherbrüllen, doch der Ritter hielt ihn davon ab.

»Laßt sie gehen«, riet er dem Sheriff. »Es ist nicht nötig, daß man sie zu Stillschweigen verpflichtet. In Oxford wird man diese Männer gewiß nicht mehr sehen.«

»Und was ist mit Ormiston?«

»Wahrscheinlich begibt er sich in die Halle seines Kollegiums zurück und betrinkt sich bis zur Besinnungslosigkeit. Bei Gott, ich kann es ihm nicht verdenken. Solche Dinge setzen einem weitaus abgebrühteren Mann schwer zu.«

»Mir hat es auch gereicht«, stöhnte Beauchamp. »Habt keine Angst, Sir Godfrey, ich werde nicht schlappmachen, aber sobald diese Geschichte ein Ende gefunden hat und Ihr wieder abgereist seid, lege ich mein Amt als Sheriff nieder. Ich ziehe mich auf mein Gut zurück, heirate ein liebes Mädchen und beschäftige mich nur noch mit Ackerbau und Schafzucht. Nie wieder stelle ich meine Dienste dem König zur Verfügung.« Er drehte sich um und spuckte aus. »Ich wurde Sheriff, weil ich den Frieden im Land und in der Stadt wahren wollte; ich wollte Verbrecher jagen und dingfest machen, aber es lag nie in meiner Absicht, die Klinge mit den Fürsten der Finsternis zu kreuzen. Können wir jetzt aufbrechen?«

»Etwas wäre noch zu erledigen«, antwortete der Ritter. »McBain, Ihr bleibt bei Edith. Sir Oswald, kommt bitte mit mir.«

Sie begaben sich zur Vorderfront der Kirche. Nachdem sie die verbarrikadierte Tür aufgebrochen hatten, traten sie ein in das moderig riechende Kirchenschiff. Sir Oswald gab dem Ritter eine Pechfackel, und vorsichtig schritten sie den Mittelgang entlang. Die zitternden Flammen warfen unruhig tanzende Schatten, und beide Männer mußten gegen eine aufsteigende Panik ankämpfen.

»Dort drüben befindet sich das Grab des Kreuzfahrers«, sagte der Sheriff.

Sie gingen in das Querschiff. Sir Godfrey hielt die Fackel hoch, während sie sich langsam ihren Weg suchten. Und dann standen sie vor einem wuchtigen Grab aus Marmor, auf dessen Deckplatte sich das lebensgroße Abbild des Ritters befand.

Die Figur trug ein Kettenhemd, die Beine waren an den Knöcheln überkreuzt und ruhten auf einem kleinen Hündchen; die Hände lagen auf dem Griff eines Schwerts.

Sir Godfrey nahm die Fackel und kümmerte sich nicht um die sonderbaren Töne und knarrenden Geräusche, die von der Kirche ausgingen. Endlich fand er direkt unter dem Hals des steinernen Ritters eine kleine Öffnung. Er steckte die Hand hinein und zog ein ungefähr drei Zoll breites Kästchen heraus. Die Seitenwände und der Boden bestanden aus Gold, und der Rand des gläsernen Deckels war mit Juwelen besetzt. Das Kästchen war innen mit weißem Samt ausgekleidet, und darauf lag ein kleines Stück Holz.

»Die Reliquie!« flüsterte Sir Oswald. »Der Hospitaliter hat sie also tatsächlich hier versteckt. Und jetzt sehen wir zu, daß wir hier herauskommen«, sagte er und warf einen Blick über die Schulter zurück. Wo der Schein der Fackel nicht hinreichte, lag die Kirche in völlige Finsternis getaucht. »Wir haben die Reliquie, und der Teufelspriester hat das Weite gesucht. Mehr können wir heute nacht ohnehin nicht bewirken.«

Sir Godfrey pflichtete ihm bei, und sie gingen wieder nach draußen. McBain stand mit Lady Mohun unter den überhängenden Zweigen einer großen Eibe; im Flüsterton unterhielten sie sich miteinander. Der Ritter gab die Reliquie der Exorzistin. Dame Edith umklammerte das Kästchen ehrerbietig und drückte es gegen ihre Wange.

»Jetzt haben wir eine machtvolle Waffe«, sagte sie leise. Sie hob den Kopf, wie wenn sie in den sternenübersäten Himmel hinaufblicken wollte.

Mit der freien Hand griff sie nach Sir Godfreys Arm. »Sie haben den Lord der Strigoi wieder ins Leben zurückgeholt«, wisperte sie, »und nun müssen wir Jagd auf ihn und seine Anhänger machen. Die teuflische Brut muß ausgemerzt und in den Schlund der Hölle zurückgeschickt werden.«

Sir Oswald stimmte ihr müde zu, meinte jedoch, bis zum nächsten Tag könnten sie nicht mehr viel ausrichten.

»Wenn Ihr heute nacht in Eure Burg zurückkehrt«, sagte der Ritter, »verratet niemandem, was Ihr erlebt habt. Schickt Euren schnellsten Kurier zum Kanzler nach London und bittet ihn, er möge sämtliche Häfen an der Südküste sperren lassen.«

Der Sheriff nickte.

»Bedient Euch nur Eurer Söldner«, riet Sir Godfrey. »Stellt eine Wache vor dieser Kirche auf, und morgen früh, gleich nach Tagesanbruch, muß der Friedhof abgesucht werden.«

Der Ritter, Alexander und Lady Mohun ritten nach St. Anne zurück. Ein Pförtner ließ sie ein und versorgte ihre Pferde. Lady Mohun gesellte sich zu Sir Godfrey und Alexander ins Gästehaus, wo sie sich mit Brot und Wein stärkten. Sir Godfrey fielen vor Erschöpfung immer wieder die Augen zu. McBain merkte, daß er zitterte, und stürzte hastig einen Becher Wein hinunter. Nur Dame Edith bewahrte ihre Fassung. Sanft schüttelte sie Sir Godfrey.

»Wir müssen morgen früh Pläne machen«, beharrte sie.

Müde rieb sich der Ritter die Augen. »Ich kann mich kaum noch wach halten, Mylady. Mein Auftrag lautete, die bösen Mächte aus Oxford zu vertreiben, und das habe ich getan.«

»Unsinn!« versetzte Dame Edith ärgerlich. »Das genügt

nicht, wir müssen die Verbrecher endgültig zur Strecke bringen. Sie sind Teufelsanbeter, Mörder und Gotteslästerer und werden ihr blutiges Geschäft nicht einstellen.«

»Was können wir denn noch tun?« fragte Alexander. »Sir Godfrey hat doch bereits veranlaßt, daß die Häfen an der Südküste gesperrt werden.«

»Als ob sie diese benutzen würden!« entgegnete Dame Edith empört. »Der Priester ist beileibe kein Narr!« Sie knabberte an einem Happen Brot und nippte von ihrem Wein. »Als wir uns mit dem Priester vor der Kirche unterhielten, erwähnte er, daß er von einer Stadt im Norden käme.«

»Whitby«, bestätigte Sir Godfrey. »Ein kleiner Fischerort zwischen Tees und Humber.«

»Das weiß ich wohl«, entgegnete die Exorzistin lächelnd. »Aus dieser Gegend stamme ich selbst. Whitby ist ein Hafenstädtchen am Fuße eines steilen Hügels, auf dessen Spitze eine Abtei steht. Die Abtei St. Hilda.«

»Aus welchem Grund sollte dieser falsche Priester dorthin gehen?« fragte Alexander.

»Benutzt Euren Verstand, Herr Sekretär. Er wird sich denken, daß man die südlichen Häfen sperren läßt. Dennoch muß er England verlassen. Wohin also? Nach Frankreich, wo die englischen Heere frei nach Belieben umherstreifen? Nach Holland oder Zeeland, wo es von englischen Händlern nur so wimmelt? Nein, er wird versuchen, sich nach Moldawien oder in die Walachei abzusetzen, in jene wilden Gegenden, wo ich jahrelang gefangengehalten wurde. Deshalb wird er sich einen Hafen im Norden aussuchen und dort auf ein geeignetes Schiff warten, das ihn übers Meer bringt. Im Norden läuft er am wenigsten Gefahr, von einem Offizialen der Krone oder einem neugierigen Kirchenmann erkannt zu werden.«

Sir Godfrey strich sich mit der Hand übers Gesicht. »Ich gebe euch recht«, sagte er, »und Whitby ist in der Tat der beste Hafen für eine Überfahrt. Außerdem kennt Andrew den Weg dorthin gut und hat einen Vorsprung von knapp zwei Tagen. Es hat aufgehört zu regnen. Die Straßen sind nicht länger aufgeweicht, und er wird ohnehin mit leichtem Gepäck unterwegs sein.«

McBain stand auf und verbeugte sich vor der Exorzistin. »Sir Godfrey, Mylady, ich möchte mich jetzt schlafenlegen. Ich wünsche Euch eine gute Nacht.«

»Wartet! Wartet!« Sir Godfrey stellte sich ans Fenster und spähte in die Dunkelheit. McBain blieb stehen, eine Hand am Türknauf.

»Was ist?« fragte Edith Mohun.

»Meiner Seel«, brummte der Ritter, »ich habe gegen Wesen aus Fleisch und Blut gekämpft, in den Schranken eines Turnierplatzes und auf Schlachtfeldern. Ich war in Poitiers dabei, als es galt, den Franzosen Paroli zu bieten. Mit Schwert und Degen kämpfte ich in den blutgefüllten Gräben vor den Städten in der Normandie, und auch auf einsamen, regennassen Lichtungen stand ich meinen Mann. Doch noch nie zuvor hatte ich es mit Feinden wie diesen hier zu tun.« Er schüttelte den Kopf. »Leichen, die nach Jahrhunderten wiederbelebt werden; Dämonenpriester, die Blutopfer darbringen.« Geräuschvoll schnaubte er durch die Nase.

»Aber Ihr geht doch zur Messe, Sir Godfrey«, wandte Alexander ein. »Ihr nehmt das Heilige Sakrament. Ihr glaubt, daß eine Oblate und ein Schluck Wein sich in den Leib und das Blut Christi verwandeln können. Ist es nicht so?«

»Ja, sicher.« Der Ritter rieb sich die Schläfen. »Doch es

handelt sich hierbei um eine Religion, es ist eine Frage des Glaubens. Das ist etwas ganz anderes als . . .«

»Als die Wirklichkeit?« ergänzte Edith.

»Ja, ja, als die Wirklichkeit!«

Edith Mohun schob die Ärmel ihres dunklen Gewandes zurück. »Angenommen, Sir Godfrey, es sei gar nichts anderes, sondern es würde sich nur um verschiedene Ansichten und Ausschnitte ein und derselben Wirklichkeit handeln? Der große Aristoteles sagt, wir ziehen nur Trennlinien, um die Dinge vernünftiger erscheinen zu lassen.«

»Was soll das heißen?« fragte der Ritter.

»Edith läßt sich über ein Thema aus, das in den Schulen von Oxford und Cambridge oft debattiert wird«, mischte sich Alexander ein.

Der Ritter machte ein rüdes Geräusch mit den Lippen.

»Nein, hört mir gut zu«, fuhr Alexander geduldig fort. Er stellte sich ans Fenster und zeigte auf ein kleines Tier, das den Rahmen entlangkrabbelte. »Denkt Ihr, dieser Floh, oder was auch immer es sein mag, ist sich dessen bewußt, daß wir uns in diesem Zimmer befinden? Oder noch besser, Sir Godfrey, glaubt Ihr, dieser Floh begreift die Vorstellung dieses Raumes und unserer Existenz?«

Der Ritter schüttelte den Kopf.

»Aber«, betonte der Sekretär, »der Umstand, daß dieser Floh nichts von unserer Existenz weiß, bedeutet noch lange nicht, daß wir nicht existieren.«

Der Ritter zuckte mit den Achseln.

»Alexander hat recht.« Lady Mohun lachte leise. »Wir Menschen sind nicht anders als ein Floh, Sir Godfrey. Auch wir definieren unsere Wirklichkeit durch das, was wir sehen, anfassen und begreifen.«

»Aber die Strigoi?« rief Sir Godfrey. »Mit ihren spitzen

Zähnen und Blutopfern? Es fällt mir schwer zu glauben, daß sie einen Körper bei dessen Tod verlassen und sich in einen anderen Leib stehlen können.«

»Habt Ihr schon einmal die Auswirkungen der Pest miterlebt?« fragte die Exorzistin.

»Und ob«, antwortete Sir Godfrey leise. »Meine erste Frau starb daran.«

»Das tut mir leid, Sir Godfrey. Könnt Ihr erklären, wie die Pest von einem Menschen auf den anderen übergreift? Wie es kommt, daß ein Gesunder plötzlich an derselben Krankheit leidet, die eine andere Person befallen hat?«

Der Ritter schüttelte traurig den Kopf.

»Genauso verhält es sich mit der Fähigkeit der Strigoi, von einem Körper zum nächsten zu wandern. Kurz gesagt, Sir Godfrey, nur, weil ich den Vorgang nicht erklären kann, heißt dies noch lange nicht, daß es ihn nicht gibt.«

Seufzend spreizte sie die Finger. »Die spitzen Zähne erklären sich vielleicht dadurch, daß sie zurechtgefeilt wurden.«

»Und was ist mit dem Geist der Strigoi?« beharrte Sir Godfrey.

»Habt Ihr nicht in Poitiers gekämpft und geholfen, den Vormarsch der Franzosen aufzuhalten?«

Der Ritter nickte.

»Wurdet Ihr während der Schlacht müde?«

»Ich war sogar zu Tode erschöpft.«

»Und andere Ritter, Eure Waffenbrüder, fielen derweil durch das Schwert des Feindes?«

»Leider ja. Gott sei ihren Seelen gnädig.«

»Welche Auswirkungen hatte es auf Euch, wenn Ihr zusehen mußtet, wie einer Eurer wackeren Gefährten auf dem Schlachtfeld starb?«

Sir Godfrey zog die Augenbrauen hoch. »Ich kämpfte um so entschlossener, es war, als würden mir neue Kräfte wachsen.«

Edith Mohun beugte sich vor. »Woher wißt Ihr, daß es nicht die Geister Eurer toten Kameraden waren, die Euch frische Kräfte verliehen?«

Der Ritter lächelte und trat an den Tisch zurück. »Alles unter der Sonne läßt sich erklären«, meinte Edith. »Und wenn wir keine Erklärungen finden, so können wir deshalb nicht leugnen, daß es ein bestimmtes Phänomen gibt.«

»Was sagt Ihr zu dem Strigoi Lord?« fragte McBain. »Ein Leichnam, der Hunderte von Jahren begraben liegt, ohne zu verwesen, und dann wiederbelebt wird.«

Dame Edith zuckte mit den Schultern. »Ich weiß nur, Alexander, daß es selbst dafür eine Erklärung geben muß.« Die Exorzistin rieb sich mit den Händen das Gesicht. »Als ich eine Gefangene in der Walachei war, hörte ich Geschichten aus dem Osten, sonderbare Legenden über Männer, die jahrelang schliefen und für tot gehalten wurden. In der Walachei gingen ähnliche Gerüchte über die Strigoi um.«

Sie atmete ein paarmal tief durch. »Die Bauern dort haben für den Teufel sogar einen bestimmten Namen. Sie nennen ihn den ›Großen Drachen‹ oder ›Dracul‹, und sie behaupten, die Strigoi seien seine Söhne.« Edith deutete auf ihre Stirn. »Gott kennt die Macht der menschlichen Gedanken. Die Güte der Menschen kann grenzenlos sein, aber ihre Boshaftigkeit auch. Gott der Herr sagt, wenn unser Glaube stark genug ist, so können wir durch ihn Berge versetzen und Bäume dazu bringen, daß sie das Erdreich verlassen und im Meer Wurzeln schlagen.«

Sie wandte sich Alexander zu. »Warum sollten die Fürsten der Finsternis nicht mit ähnlichen Kräften ausgestattet sein, nur daß sie nicht an das Gute, sondern an das Böse glauben? Wir leben in einer Welt der Zeichen und Symbole. Man gibt sich die Hand als Zeichen der Freundschaft. Wenn man ein Versprechen abgibt und dabei die Hand auf die Bibel legt, ist man durch einen heiligen Eid gebunden. Die Dämonen der Luft und ihre Gefolgsleute auf der Erde haben auch ihre finsteren, schwarzen Zeremonien.«

Alexander griff nach der schmalen Hand der Exorzistin und drückte sie sanft.

»Ihr seid nicht nur eine Kämpfernatur, Lady Mohun«, sagte er in leichtherzigem Ton, »sondern auch eine Gelehrte. Sir Godfrey, Lady Mohun hat recht. In den Werken des Eusebius findet sich eine gut dokumentierte Geschichte über sieben Brüder, die während der Zeit der römischen Vorherrschaft jahrhundertelang in einer Höhle bei Ephesus wohnten und schliefen.«

»Ja, ja«, stimmte Sir Godfrey zu. »Die Geschichte kenne ich.«

»In Kirchen begegnet man demselben Phänomen«, fuhr Alexander fort. »Mitunter verwesen die Leichname von Heiligen nicht, wie zum Beispiel die der heiligen Philomena und der heiligen Lucy.«

Sir Godfrey streckte sich. »Ihr habt mich beinahe überzeugt. Aber jetzt gilt es, diesen Strigoi Lord, den angeblichen Sohn des Teufels, zu finden und zu töten.«

»Er muß ausgemerzt werden«, betonte Edith. »Man muß alles, was an ihn und seine Jünger erinnert, mit Stumpf und Stiel ausrotten. Wir dürfen der Teufelsbrut keinen Brückenkopf auf der Erde lassen. Denn solange es noch ein Verbindungsglied zwischen dem Strigoi Lord und diesem Land gibt, besteht die Gefahr, daß er eines

Tages zurückkommt. Allein oder mit seinem Gefolge, aber er wird zurückkehren, um weiter Böses zu tun!«

Die Exorzistin sprach voller Leidenschaft, und beide Männer saßen eine Weile ganz still da. Dann entschuldigte sie sich und verließ das Gästehaus. Sir Godfrey und Alexander wollten sie begleiten, doch sie lehnte höflich, aber bestimmt ab.

Mit nachtwandlerischer Sicherheit begab sie sich nach draußen, wobei sie sich an die Wege erinnerte und Hindernisse umging. Sie blieb kurz stehen und ließ sich von der milden Brise ein wenig Luft ums Gesicht fächeln. Plötzlich fielen ihr Ereignisse aus ihrer Jugend ein, und sie mußte ein Schluchzen unterdrücken. Sie erinnerte sich an die Burg ihres Vaters in Northumberland, und wie sie auf der Brustwehr entlangwanderte. Das Haar trug sie offen, damit der Wind es zausen und ihr ums Gesicht peitschen konnte. Sie dachte an die Menschen, die sie geliebt hatte, und die jetzt tot waren. sie spürte ihre Anwesenheit, doch das machte ihr keine angst. Im Geist sah Edith sie, wie sie auf der anderen Seite eines Flusses standen und darauf warteten, daß sie das dunkle Wasser überquerte.

»Bald bin ich bei euch«, murmelte sie. »Dann gibt es auch für mich keine Schmerzen und keine Ängste mehr. Dann wird die Finsternis weichen.«

Edith ging weiter den Kiespfad entlang. Sie hoffte, Sir Godfrey und Alexander würden bei ihr bleiben. »Beide sind aufrechte, gute Männer«, flüsterte sie vor sich hin. »Der Herr möge ihnen Kraft verleihen und ihren Verstand schärfen.«

Jählings hielt sie inne. Plötzlich war ihr eingefallen, wie McBains Hand sich angefühlt hatte, als sie im Obergeschoß der Taverne saßen. Eiskalt waren seine Finger gewesen! Sollte das eine Warnung sein?

Eiligen Schrittes strebte sie der Kirche zu. Am Portal nahm eine Laienschwester sie in Empfang und geleitete sie zu ihrer Zelle. Hinter sich schloß Edith die Tür und legte sich gleich auf ihr schmales, hartes Bett. In ihren Gebeten bat sie nicht um Schutz für sich selbst, sondern sie flehte Gott an, er möge seine schützende Hand über ihre Gefährten halten. Sie dachte an die Reise, die für morgen geplant war, und eine tiefe Unruhe senkte sich in ihr Herz.

»Gott sei uns gnädig«, flüsterte sie. In ihren Gedanken sah sie den Strigoi Lord und seine Horde, die über die einsamen Straßen galoppierten. Ihre schwarzen Umhänge flatterten im Wind, und sie glichen Raben, die ihren Nestern zustrebten.

»Sie werden sehr viel Kraft brauchen, um diese Höllenbrut zu bezwingen«, murmelte sie. »Großer Gott, sei allen Menschen gnädig, die heute nacht dieser wilden Meute begegnen!«

EIN GESPRÄCH ZWISCHEN DEN PILGERN

»Meiner Treu!« rief Harry, der Wirt, und streckte die Hände der Kerzenflamme entgegen. »Das ist wahrlich eine grausige Geschichte, edler Ritter!«

Der Ritter nippte an seinem Wein und blickte zu dem Mönch hinüber, der die Kapuze seines Habits tief in die Stirn gezogen hatte.

»Ist so etwas denn möglich?« fragte der Priester mit weicher, wohlklingender Stimme. »Ich meine, tragen sich solche Dinge in der Wirklichkeit zu?«

»Ich habe es selbst erlebt!« trumpfte die Frau aus Bath auf.

»Was habt Ihr erlebt?« warf der Koch mit schriller Stimme ein.

»Ich sah die unverwesten Leichname von Heiligen.« Die Frau verschränkte die Arme vor der Brust. »Wenn Gott der Herr so etwas für seine Anhänger bewirken kann, so wird es Satan auch möglich sein.«

»Und wo sind die Leichen?« fiel der Kämmerer ihr ins Wort.

»Welche Leichen?« fragte Willy, der Wirt.

»Na, die toten Studenten, die von den Strigoi umgebracht wurden«, erklärte der Kämmerer.

Der Ritter betupfte seine Lippen mit einem Mundtuch. »Meine Geschichte ist noch nicht zu Ende«, sagte er gelassen. »Hört Euch an, wie es weitergeht . . .«

»Ammenmärchen«, höhnte der Ablaßkrämer. »Damit erschreckt man kleine Kinder.«

Der Ritter machte eine vornehm abwehrende Handbewegung. »Sir, man bat mich, eine Geschichte zu erzählen, und genau das tue ich jetzt.«

»Die Geschichte ist wahr!«

Der Kapitän sprang auf die Füße und stieß dabei seinen Stuhl um. Mit dem Finger zeigte er auf den Ritter. »Die heilige Anne und sämtliche Engel im Himmel mögen meine Zeugen sein! Ihr erwähntet die Hafenstadt Whitby, Sir?«

Der Ritter nickte.

Der Kapitän griff nach dem Weinkrug und füllte seinen Becher nach. »Sir«, sagte er dann und hob den Becher, »ich trinke auf . . .«

»Setzt Euch wieder hin«, forderte der Ritter ihn auf. »Und laßt mich meine Geschichte zu Ende erzählen.«

TEIL V

KAPITEL 1

Die Karren und Wohnwagen der Mondleute rumpelten den Weg entlang, der durch das Moor führte; der Regen hatte aufgehört, aber am Himmel ballten sich wieder drohend graue Wolken zusammen. Die Sträucher und Büsche zu beiden Seiten des Wegs trieften vor Nässe, und der Boden war zu einem Morast aufgeweicht.

Die bemalten Planen der Wohnwagen waren durchnäßt, und Farbe lief in Rinnsalen über die hölzernen Seitenwände.

Selbst die Pferde machten einen trostlosen Eindruck. Stumpfsinnig hoben sie die Hufe und senkten die Köpfe gegen den bitterkalten Wind. Die Fahrer auf den Kutschböcken hüllten sich in ihre schäbigen Umhänge und verfluchten das regnerische Wetter, das sie dazu gezwungen hatte, den größten Teil des Tags in Höhlen zu verbringen. Vor Anbruch der Dunkelheit würden sie den nächsten Weiler nicht erreichen und mußten ihr Lager auf dem offenen Heideland aufschlagen.

Imelda, das Tanzmädchen, trottete hinter einem Karren her. Ihr pechschwarzes Haar wurde von einer fadenscheinigen Kapuze bedeckt, und als einzigen Schutz vor der Witterung trug sie eine Decke mit einem Loch in der Mitte um ihren sehnigen, sinnlichen Leib.

Ihre zahlreichen billigen Armbänder klimperten, wenn sie sich den Regen aus dem Gesicht wischte; sie paßte auf, daß sie einen Abstand von mindestens drei Fuß von dem Karren hielt, denn die eisenbeschlagenen Räder spritzten Schlamm und Dreck hoch. Imelda hörte, wie ihre Mutter, die in dem Gefährt auf einem Lager ruhte, stöhnte und ächzte. Sie schloß die Augen. Die Mutter jammerte wieder.

»Sei endlich still!« flüsterte Imelda zu sich selbst. »Dir fehlt nichts!«

Das stimmte; doch immer, wenn die Reise unbequem und beschwerlich wurde, behauptete Imeldas Mutter, sie sei krank.

»Ich bin schrecklich müde«, klagte sie dann. »Zu krank zum Laufen!« Sie kletterte in den grellbunt bemalten Wagen und ließ sich kutschieren, wie wenn sie eine Dame von Stand oder eine Königin wäre.

Ein Brachvogel trotzte dem böigen Wind und stieg kreischend in den wolkenverhangenen Himmel hinauf. Imelda schaute ihm wie gebannt nach. Sie sah die flatternden Schwingen und wünschte sich, sie könnte auch fliegen. Sofort würde sie aus dieser Kälte und Armut flüchten; fort von den Alehouses und Tavernen, in denen man ihr Pennies zuwarf, wenn sie tanzte. Fort von den brennenden Blicken der Männer, ihren dreisten, gierigen Händen und den eifersüchtigen Sticheleien ihrer Ehefrauen. Ihr Vater hatte die gleichen Träume wie sie, und sie wußte, daß er heute abend am Lagerfeuer wieder darüber sprechen würde.

»Das hier ist nicht unsere Welt«, pflegte er zu sagen. »Wir gehören einem uralten und noblen Volk an, das von den Römern aus seiner Heimat vertrieben wurde.«

Dann beschrieb Raquerel, ihr Vater, dieses ferne Land mit den dunklen Wäldern, den üppigen Flußtälern und bunten Wiesen, ein Land, auf das stets die Sonne herablächelte. Imelda fragte sich, ob es überhaupt existierte, und wenn ja, ob ihr Vater ihr auch die Wahrheit sagte. Ihre Großmutter, die nun eingehüllt in ihren dunkelblauen, mit fremdartigen Symbolen verzierten Umhang neben dem Fahrer auf dem Kutschbock hockte, erzählte eine ganz andere Geschichte. Daß in diesen Wäldern

Dämonen hausten, die arglosen Wanderern nachstellten; daß eigenartige Kreaturen, die man Draculs nannte, auf Bergspitzen in Festungen lauerten, die der Teufel selbst gebaut hatte.

Imelda schmunzelte. Im Grunde war es ihr einerlei, sie hatte andere Sorgen. Sie fror, war durchnäßt bis auf die Haut, und ihre Füße, die in Sandalen steckten, verwandelten sich langsam in Eisklumpen.

»Wirst du heute nacht tanzen, Imelda?«

Das Mädchen drehte sich um und funkelte wütend den vierschrötigen Kerl an, der plötzlich neben ihr auftauchte und so nahe neben ihr herging, daß sich ihre Schultern berührten. Der Kerl stank aus dem Mund, und Imelda rümpfte angewidert die Nase. Sie mochte Osbert nicht leiden. Er gehörte nicht zu ihrem Volk.

Osbert war ein umherziehender Gaukler und Quacksalber und hatte sich erst vor zwei oder drei Monaten ihrer Karawane angeschlossen. Vater war dafür gewesen, ihn mitzunehmen; Osbert war kräftig, er verdiente ein paar Pennies und bot auf den einsamen Landstraßen einen zusätzlichen Schutz. Doch Imelda fand ihn abstoßend, nicht nur seines mit Warzen übersäten Gesichts und der behaarten Nasenlöcher wegen, sondern weil seine feisten Finger ständig nach ihr grabschten.

»Wirst du heute nacht tanzen?« wiederholte Osbert seine Frage und rückte noch ein wenig näher an Imelda heran.

»Nein!« antwortete sie und biß die Zähne zusammen. »Das einzige, was ich will, ist ein warmes Feuer.«

»Ich kann dich warmhalten«, flüsterte Osbert.

»Kennst du schon meinen neuen Trick?«

»Was für einen Trick?« fragte Osbert verblüfft.

»Ich kann zwischen den Rippen eines Mannes ein Messer erscheinen lassen.«

Der Gaukler öffnete den Mund zu einer Erwiderung, als plötzlich hinter ihnen jemand rief:

»Reiter auf der Straße! Sie nähern sich schnell!«

Imelda hörte das Getrommel von Hufen. Die Kutscher lenkten die Gespanne zur Seite. Ihr Vater war stets beflissen, den Weg hochmütigen Adligen und ihrem gutbewaffneten Gefolge zu überlassen, und er machte sogar Händlern Platz, die rücksichtslos jeden niederwalzen ließen, der ihnen im Wege stand. Als der Karren, hinter dem Imelda herging, schwankend abbog, kletterte sie rasch hinein.

»Was ist los, Mädchen?« wimmerte ihre Mutter.

»Keine Sorge«, antwortete Imelda. »Es ist nur ein Trupp Reiter.«

Sie spähte durch den Nebel zurück. Die Reiter hatten ihr Tempo verringert und näherten sich ihnen in leichtem Galopp.

»Wie viele sind es?«

»Vier, nein fünf!« Imelda strengte die Augen an. »Sie tragen schwarze Kapuzenumhänge, und sie reiten auf sehr guten Pferden. Vielleicht handelt es sich um eine Gruppe schwarzer Mönche, Benediktiner.«

Die Reiter holten zunehmend den Rückstand auf. Imelda fröstelte. Die Männer ritten dicht an dicht. Sie vermochte keine Waffen oder das Aufblitzen von Stahl zu erkennen, aber der Trupp machte dennoch einen sehr zielstrebigen, bedrohlichen Eindruck. Die Männer schauten starr geradeaus, sie blickten weder nach rechts noch nach links. Imeldas Großmutter stieß keuchend den Atem aus und stimmte ein sonderbares Lied in einer fremden Sprache an, von der Imelda kaum ein Wort verstand.

»Sei still, Großmutter!« zischte sie.

Doch die alte Frau sang weiter die uralten Verse, die sie vor dem Bösen beschützen sollten. Nun hatten die Reiter sie eingeholt; ihr Anführer schob seine Kapuze zurück und lächelte. Imelda atmete auf. Der Mann hatte ein heiteres, freundliches Gesicht, seine Manieren waren sanft und tadellos, und als er grüßend den Kopf neigte, sah sie seine Tonsur.

»Guten Tag, Vater!«

»Sei gegrüßt, mein Mädchen.« Der Priester trieb sein Pferd näher an den Karren heran. »Wie weit ist es bis zum nächsten Dorf?«

»Nur noch ein paar Meilen.« Imelda erwiderte sein Lächeln. »Ihr werdet es vor uns erreichen, Sir, aber Ihr seid auch herzlich dazu eingeladen, die Nacht an unserem Lager zu verbringen.«

Der Priester lächelte und schüttelte den Kopf. »Man erwartet uns«, sagte er. »Und die Zeit drängt, aber habt Dank für Euer freundliches Angebot.«

Osbert kam um den Karren und sah den Priester.

»Vater Andrew!« rief er aus.

Das Lächeln auf dem Gesicht des Priesters erlosch. Die Augen glitzerten in einem kalten Licht; Imelda lief ein Schauer über den Rücken, als die anderen Reiter, deren Gesichter von den Kapuzen verdeckt wurden, näher herankamen, als würde Osbert eine Bedrohung für sie darstellen. Der Gaukler schien sich jedoch nicht zu fürchten, sondern griff dem Roß des Priesters unbekümmert in die Zügel.

»Vater Andrew, erinnert Ihr Euch nicht an mich, Osbert? Vor einigen Monaten suchte ich Euch in Eurer Kirche in Oxford auf. Ihr wart damals sehr freundlich zu mir.«

Der Priester riß Osbert die Zügel aus der Hand und zog die Kapuze über den Kopf.

»Ihr müßt Euch irren!« schnauzte er den verdutzten Quacksalber an; brutal riß er sein Pferd herum und setzte sich an die Spitze seines Trupps, der in scharfem Galopp davonpreschte.

Osbert starrte den Reitern hinterher, bis sie in der Dunkelheit verschwanden.

»Seltsam«, brummte er. »Dabei bin ich mir ganz sicher, daß es Vater Andrew war. In Oxford benahm er sich ganz anders, immer war er gütig und freundlich. Und seine Helfer waren auch sehr nett.«

»Ich wußte gar nicht, daß du mal in Oxford warst, Osbert«, spöttelte Imelda. »Bist du etwa ein Gelehrter?«

Wütend funkelte Osbert sie an. »Ich bin weit herumgekommen und habe Orte besucht, die du niemals sehen wirst, Imelda!« Ohne ein weiteres Wort stapfte er davon.

Hinter seinem Rücken streckte Imelda die Zunge heraus; dann machte sie es ihrer Mutter auf dem behelfsmäßig eingerichteten Lager bequem. Als sie ihre mühsame Reise fortsetzten, sprang sie aus dem Wagen und lief zu Fuß hinterher.

Ihre Großmutter murmelte immer noch Gebete in dieser unverständlichen Sprache. Hin und wieder unterbrach sie sich, um den Kutscher zu fragen: »Sind die Reiter fort?«

»Sie sind schon lange weg!« knurrte der Mann. »Was dachtest du denn, daß sie unser bescheidenes Lager mit uns teilen?« Dann lachte er glucksend, und die Großmutter widmete sich wieder ihren Gebeten.

Nun, da die Karren und Wohnwagen auf der Straße weiterschaukelten, fand Imelda die Muße, sich zu fragen, was Osbert in Oxford wohl getan haben mochte. Sie wollte auch gern dorthin und sich die Stadt ansehen. Vielleicht erhaschte sie sogar einen Blick in ein Buch, wie damals vor zwei Sommern in jenem Kloster. Vor Begeisterung über die strahlenden Farben der Bilder und die wie gestochen scharfe Schrift waren ihr beinahe die Tränen gekommen.

Sie hatte versucht, mit der Hand über die Seiten zu streichen, aber die Novizenmeisterin hatte nur sachte das Buch wieder zugeklappt.

Imelda biß sich auf die Lippe; ihr Vater würde niemals nach Oxford gehen. Während ihrer Wanderungen kreuz und quer durch England war ihr aufgefallen, daß er um das Themsetal und die Gegend bei Oxford stets einen großen Bogen schlug. Dabei behaupteten manche Leute, dort wäre gutes Geld zu machen. Aber Raquerel schüttelte nur den Kopf und murmelte etwas über böse Mächte und alte Legenden.

Imelda lächelte in sich hinein; ihr Vater kannte viele solcher Märchen und Geschichten. Sie hob den Kopf. Die Dunkelheit senkte sich herab. Ein Uhu strich mit gespreizten Krallen über das Stechginstergestrüpp, doch ehe er Beute machen konnte, wurde er selbst von einer Schar frecher Krähen angegriffen.

Endlich gab ihr Vater den Befehl, vom Fahrweg abzubiegen. Vor Einbruch der Nacht würden sie das nächste Dorf ohnehin nicht erreichen; statt dessen wollten sie in einem kleinen Wäldchen übernachten, wo die Bäume ihnen Schutz vor Regen und dem peitschenden Wind boten.

Die Karren und Wohnwagen wurden im Kreis aufgestellt, dann sammelten sie Brennholz. Nicht lange, und inmitten der Wagenburg flackerte ein riesiges Feuer. Imelda saß zwischen ihren Eltern; ihre Mutter beklagte sich wehleidig darüber, wie sie in dem Wagen durchgeschüttelt worden sei. Imelda döste vor sich hin und streckte die Hände nach dem wärmenden Feuer aus. Die Augen fielen ihr zu, und sie nickte ein.

Sie schlief nur kurz; als sie wach wurde, hatten ihr Vater und ihre Brüder einen Spieß aufgestellt, um die Wachteln und Fasane, die sie unterwegs mit Schlingen gewildert hatten, über dem Feuer zu rösten. Die erlegten Vögel hatten sie unter dem letzten Karren versteckt, falls sie von einem mißtrauischen Forstmann oder Gutsverwalter angehalten würden.

»Lauf und hol noch mehr Brennholz, Imelda«, forderte ihr Vater sie auf.

»Ich helfe dir«, erbot sich Osbert. Imelda warf den Kopf zurück, daß ihre lange schwarze Mähne flatterte. »Das ist nicht nötig«, wehrte sie mit frostiger Stimme ab. »Streng dich nicht an, Osbert.«

Der Quacksalber lachte. Ihr Vater schnauzte sie an, sie solle sich beeilen, deshalb blieb ihr nichts anderes übrig, als in die Dunkelheit zwischen den Bäumen zu wandern und unter dem feuchten Farnkraut nach brennbaren Ästen und Zweigen zu stöbern. Osbert kam ihr hinterher, suchte gleichfalls nach trockenem Brennmaterial und schnatterte dabei wild drauflos. Auf einmal hörte sie, wie er leise aufschrie, doch sie weigerte sich zu ihm hinzusehen.

»Versuch nicht, mir Angst einzujagen, Osbert.« Sie drang tiefer in den Wald hinein und blieb dann stehen. »Es ist so still hier«, murmelte sie und blickte zum Lager zurück; sie sah den anheimelnden Feuerschein und hörte die Stimmen ihrer Familie. Zwischen den Bäumen herrschte eine klamme Kälte, und es war stockfinster.

»Osbert?« Suchend schaute sie sich um, doch der

Mann war verschwunden. Im Geäst über ihr raschelte es. Sie hob den Kopf, und vor Angst schnürte sich ihre Kehle zu. Sie starrte direkt in ein bleiches, von einer schwarzen Kapuze halb verhülltes Gesicht, das boshaft auf sie herabgrinste.

Am nächsten Morgen wurde McBain von dem ausgeruhten und tatendurstigen Sir Godfrey geweckt.

»Aufstehen!« rief der Ritter. »Die Sonne steht schon am Himmel. Ich habe meine Satteltaschen gepackt, und ich schlage vor, Ihr macht das gleiche. Lady Mohun besteht darauf, uns zu begleiten. In einer Stunde brechen wir in Richtung London auf.«

»Wieso London?« fragte McBain verschlafen und schwang die Beine über die Bettkante, im stillen Sir Godfrey ob seiner lärmenden Fröhlichkeit verfluchend.

»Ich habe bereits einen Kurier zum Admiral der Ostküste losgeschickt, der in Queenshite stationiert ist. Er soll uns eine Kriegskogge zur Verfügung stellen, das schnellste Schiff, das er hat, und damit segeln wir gen Norden nach Whitby. Wir können entweder den Hafen blockieren oder ein flüchtendes Boot verfolgen.«

Alexander stimmte ihm zu. Während er mit einem Bartmesser über sein Kinn fuhr, klapperten ihm vor Kälte die Zähne. Er kleidete sich sorgfältig: Leibwäsche, Hemd, wollenes Wams, Kniehosen und mit Fell gefütterte Reitstiefel. Seine Habseligkeiten stopfte er in die Satteltasche, einschließlich des Journals, das er aus einem Trinitarierkloster mitgenommen hatte. Als er mit dem Packen fertig war, ging er nach unten.

Edith Mohun hatte bereits gefrühstückt und war reisefertig. Zusammen mit Sir Godfrey hatte sie sich zu den

Stallungen begeben, Alexander aß mit herzhaftem Appetit und sah sich dabei in dem kleinen, weißgetünchten Reflektorium um. Er wußte, daß seine Aufgabe hier beendet war. Ein Gefühl sagte ihm, er würde niemals mehr an diesen Ort zurückkehren, und dabei fiel ihm Emily ein.

Wehmütig dachte er an ihre goldenen Locken, die sprühenden Augen und ihre warme, weiche Hand. Er stützte die Ellenbogen auf den Tisch und erinnerte sich an die vergangenen, turbulenten Tage. Er dachte an ihre Ankunft in Oxford, die von einem Regensturm begleitet war, an die schrecklichen Szenen, die er gesehen hatte, an den falschen Priester, Vater Andrew, an die Äbtissin, die immer stiller zu werden schien, und an Proctor Ormiston, der völlig zusammengebrochen war. Seufzend trank er den Krug mit dem warmen Bier aus, bekreuzigte sich und ging nach draußen zu seinen Weggefährten.

Die Pferde waren gesattelt. Lady Constance hatte der Exorzistin leihweise ihr eigenes Reittier angeboten, einen kleinen, stämmigen Zelter. Zwei Stallknechte sollten die Gruppe ein Stück weit begleiten.

Die Packpferde wurden mit Satteltaschen beladen; Sattelgurte, Steigbügel und Zügel noch einmal geprüft. Dann ging es ans Verabschieden. Die Äbtissin schien froh zu sein, daß die sonderbaren Gäste ihr Kloster verließen und ihren Auftrag, das Böse zu vernichten, nun anderswo ausüben würden. Keiner gab es zu, doch sowohl Sir Godfrey wie Alexander McBain hofften, Lady Emily würde in Erscheinung treten; als sie nicht kam, spielte der Ritter mit dem Gedanken, die Äbtissin zu bitten, das junge Mädchen herbeiholen zu lassen.

Doch ehe er ein Wort äußern konnte, kam Sheriff Beauchamp in den Klosterhof geritten. Er sah abgekämpft und todmüde aus, als könne er sich kaum noch im Sattel halten.

Der Sheriff saß ab und ging steifbeinig auf die kleine Gruppe zu. Er bewegte sich wie jemand, der zu lange im Sattel gesessen ist. Sein sonst so rundliches Gesicht wirkte eingefallen und verhärmt, unter den Augen lagen schwarze Schatten.

»Ihr verlaßt Oxford?« fragte er barsch.

»Wir reiten nach London«, erklärte Sir Godfrey. »Wir verfolgen Vater Andrew, seine Anhänger und dieses grausige Geschöpf, das sie aus der Krypta befreit haben.«

»Dann begleiten Euch meine besten Wünsche.«

Beauchamp hielt sich mit beiden Händen den Rücken, streckte sich und rieb sich dann das unrasierte Gesicht.

»Ich habe die Kirche absperren lassen«, erzählte er, »mit der Begründung, das ganze Gebäude sei einsturzgefährdet. Meine Soldaten, die wenigen Söldner, die mir noch geblieben sind, haben auf dem Friedhof nachgegraben und ein paar nicht ordentlich bestattete Leichname gefunden. Es könnte sich um die verschwundenen Studenten handeln.«

Der Sheriff drehte sich um und spuckte aus, ohne auf die anwesenden Damen Rücksicht zu nehmen.

»Einen schönen Anblick bieten die Leichname nicht«, fuhr er mit rauher Stimme fort. »Die Kehlen von Ohr zu Ohr aufgeschlitzt, die Körper völlig blutleer. Ein paar Tote sind bereits verwest. Sie wurden wie Schweine abgeschlachtet und dann in niedrigen Gräbern verscharrt.«

»Was ist mit Proctor Ormiston?« fragte Alexander.

Der Sheriff tippte sich an die Stirn. »Proctor Ormiston ist völlig durchgedreht, sein Geist ist krank. Er hockt in seiner Kammer, murmelt unverständliches Zeug vor sich hin und schiebt Papiere auf seinem Schreibpult hin und her. Er fürchtet sich, das Zimmer zu verlassen, und wenn es nur wäre, um ein menschliches Bedürfnis zu verrichten. Seine Tage als Gelehrter sind vorbei. Gott möge ihm beistehen.« Mit rotgeränderten Augen stierte Sir Oswald den Ritter an.

»Das ist das Wirken des Satans!« knurrte er. »Ich war im Tal des Todes und habe schreckliche Dinge gesehen.« Er befeuchtete seine trockenen Lippen. »Ein Kurier ist bereits unterwegs nach London. So Gott will und der König sein Einverständnis gibt, werde ich Oxford binnen vierzehn Tagen verlassen.« Der Sheriff drückte dem Ritter und Alexander die Hand, küßte ehrerbietig Lady Mohuns Finger und sagte: »Ich wünsche Euch eine gute Reise. Gott sei mit Euch.«

Dann bestieg er wieder sein Pferd, nahm die Zügel auf und blickte auf die kleine Gruppe hinab. »Hoffentlich sehen wir uns nie wieder!« Mit einer jähen Bewegung wendete er das Roß und ritt im Galopp aus dem Klosterhof.

Sir Godfrey, Alexander und die Exorzistin verabschiedeten sich endgültig von der Äbtissin. Doch als sie sich anschickten, das Kloster durch die Hauptpforte zu verlassen, erschien Constance noch einmal, mit Lady Emily am Arm. Das Mädchen sah aus wie ein strahlender Maienmorgen.

Alexander beugte sich tief vom Pferd hinunter und küßte Emilys Hand, die er länger als nötig in der seinen hielt. Dann ging Lady Emily zu Sir Godfrey. Sanft legte sie ihre Hände auf seine harten, muskulösen Schenkel und blickte zu ihm empor. Unter der Kettenhaube wirkte sein Gesicht noch strenger und unnahbarer als sonst. »Sir Godfrey«, sagte sie leise, »werdet Ihr zurückkommen?«

Linkisch ergriff der Ritter ihre Hand. »Vielleicht«, antwortete er.

»Habt Dank.« Sie lächelte. »Ich möchte Euch noch für das schöne Gedicht danken.«

Sir Godfrey zog die Augenbrauen zusammen.

»Das Gedicht«, beharrte sie, »das Ihr Euch ausgedacht und von Master McBain aufschreiben ließet.« Sie schüttelte leicht den Kopf. »Es hat mir sehr gefallen.«

Über ihren Kopf hinweg starrte Sir Godfrey seinen Schreiber an. Der zuckte die Achseln, schmunzelte und zwinkerte ihm verschmitzt zu. Sir Godfrey blickte wieder auf das junge Mädchen; er beugte sich hinab und drückte ihr einen langen, leidenschaftlichen Kuß auf die Wange.

»So Gott will«, flüsterte er, »komme ich zurück.«

Das Mädchen trat zur Seite, und Sir Godfrey verließ mit seinen Gefährten den Klosterhof. Sie ritten durch die verschlungenen Gäßchen von Oxford, und nach einer Stunde hatten sie die Stadt hinter sich gelassen. Auf den alten Römerstraßen zogen sie gen London. Der Himmel war wolkenlos, die Luft kalt, aber die Wege befanden sich in einem guten Zustand.

Edith Mohun erwies sich als geübte Reiterin und behinderte das Fortkommen der Gruppe nicht im geringsten. Gegen Abend erreichten sie Bishopsgate, wo sie Constances Bediensteten dankten und sie nach Oxford zurückschickten. Sir Godfrey bestand darauf, daß er selbst, Alexander und Edith gleich weiterritten, um den Admiral aufzusuchen.

Admiral Sir Clement Chaucer hatte ihre Nachricht bereits erhalten. Er war ein kleiner, korpulenter Mann mit einem wettergegerbten Gesicht und hellblauen Augen; er und Sir Godfrey kannten sich schon lange. Er begrüßte ihn und seine Begleiter mit aufrichtiger Herzlichkeit.

»Der Kanzler hat mir bereits Anweisungen erteilt«,

erklärte er mit dröhnender Stimme, während er sie in das kleine Eßzimmer führte, das im Erdgeschoß seines dreistöckigen Hauses lag.

»Für Euch liegt ein Schiff bereit. Es ist die *Star of the Sea*, eine dreimastige Kriegskogge. Befehligt wird sie von einem ausgezeichneten Kapitän, Humphrey Grandison. Beim ersten Tageslicht segelt Ihr los. Doch zuvor müßt Ihr eine Rast einlegen und eine gute Mahlzeit zu Euch nehmen. Mögt Ihr Rinderbraten in einer Soße aus Pfeffer und Senf? Dazu Wein und weiches Brot? Die Nacht verbringt Ihr natürlich in meinem Haus, federgefüllte Matratzen warten auf Euch.«

Alle waren natürlich einverstanden, und Sir Clement entpuppte sich als der perfekte Gastgeber. Er plauderte über die Seefahrt und stellte selbst kaum Fragen. Lady Mohun behandelte er mit der gebührenden Höflichkeit.

Alle aßen mit gutem Appetit. Sir Godfrey schlief am Tisch ein und mußte von Dienern auf sein Zimmer gebracht werden. Alexander geleitete Edith zu ihrem eigenen Quartier, das im rückwärtigen Teil des Hauses lag. Dann ging er in die Kammer, die er mit Sir Godfrey teilte. Kaum hatte er den Kopf auf das Kissen gelegt, da schlief er auch schon ein.

Kurz vor Morgengrauen wurden sie von Dienstboten geweckt, und sie frühstückten im Speisezimmer. Sir Clement erbot sich, ihre Pferde zu versorgen, dann führte er sie durch die dunklen, stillen Straßen zum Hafen von Queenshite.

Auf dem Fluß dümpelten zahlreiche Schiffe – kleine Skiffs, Barken, Koggen und riesige, schwerfällige Kauffahrteischiffe der Hanse.

Im Hafen herrschte reges Treiben, denn viele Schiffe rüsteten sich, bei der morgendlichen Flut auszulaufen.

Mit kleinen Holzkränen verfrachtete man Fässer, Kisten und große Ledersäcke in die Laderäume der Boote. Der Lärm war ohrenbetäubend, Rufe, Schreie und Befehle in allen möglichen fremden Sprachen erschallten.

Ohne sich um die allgemeine Hektik zu kümmern, bugsierte Sir Clement sein kleines Trüppchen den Kai entlang. Mitunter herrschte er die Leute an, damit die ihnen Platz machten, und die Flüche und Beschimpfungen, die ihnen folgten, schien er zu überhören.

Schließlich fanden sie die *Star of the Sea*; es war ein großes Schiff mit breitem Rumpf und spitzem Bugspriet. Die Seitenwände ragten hoch über den Kai empor, und das Heck war mit Kampfplattformen versehen, Verkleidungen, die von Schießscharten durchbrochen waren, um die Bogenschützen und Soldaten bei einem feindlichen Angriff zu schützen.

Auf Sir Clements Rufen hin wurde vom Schiff eine breite, schmutzige Laufplanke niedergelassen. Alexander half Edith beim Hinaufgehen, die sich weigerte, an Land zu bleiben. Den Schluß bildete der Ritter.

An Bord eilten barfüßige Seeleute geschäftig hin und her. Einige blieben stehen und gafften Dame Edith neugierig an. Sir Godfrey hörte die gemurmelten Verwünschungen und Warnungen, eine Frau auf einem Schiff brächte nur Unglück.

»Nichts drum geben«, flüsterte Sir Clement ihm zu. »Seeleute sind von Natur aus abergläubisch und nehmen jede Gelegenheit für düstere Prophezeiungen wahr. Aber sie selbst denken sich nichts dabei, ihre Huren mit an Bord zu nehmen!«

Die Kogge schaukelte sanft, und Alexander drehte sich der Magen um, als er zu den hoch aufragenden Masten und der verzwickten Takelage hinaufblickte. Überall auf dem Deck lagen zusammengerollte Taue, oder es standen lederne Eimer herum. Unter Planen verbargen sich zwei große Katapulte. Neben einem erspähte Alexander einen Fleck aus getrocknetem Blut. Vermutlich hatte die *Star of the Sea* schon an vielen Seeschlachten teilgenommen; jenseits der Themsemündung kämpften die Schiffe verschiedenster Nationen wie Norwegen, Dänemark, England, Schottland und Frankreich in einem langen und blutigen Seekrieg.

Ein junger, rothaariger Mann, schlicht gekleidet in eine schwarze Hose, ein Lederwams und Stiefel, kam zu ihnen und stellte sich als Humphrey Grandison vor, der Kapitän des Schiffes. Sir Clement machte ihn mit seinen Gästen bekannt und reichte ihm ein schmales, in Leder gewickeltes Päckchen.

»Das ist Eure Order, Sir«, sagte er ernst. »Das Schiff steht unter Eurem Kommando, doch den Befehlen von Sir Godfrey habt Ihr unverzüglich Folge zu leisten. Ihr segelt nordwärts nach Whitby und wartet auf Sir Godfreys Anweisungen.«

Der Kapitän nickte, schaute nachdenklich drein und zeigte auf Alexander.

»Ich weiß, daß Sir Godfrey bereits das Meer befahren hat«, sagte er mit seinem breiten Akzent. »Aber der Sekretär wird seekrank werden, noch bevor wir die Themse verlassen haben. Und was hat diese Frau auf meinem Schiff zu suchen?«

»Wie der Admiral es Euch bereits gesagt hat, bin ich Lady Mohun«, erwiderte die Exorzistin beherzt. »Und ich bin auf mehr Schiffen mitgefahren, als ich zählen kann. Ich habe die Nordsee und das Mittelmeer bereist. Als Ihr noch auf den Knien Eurer Mutter gesessen habt, bin ich bereits auf dem Meer gewesen, junger Mann!«

Der Kapitän starrte sie sprachlos an, strich sich den dünnen Bart und fing dann laut an zu lachen. Verwundert hielten die Matrosen in ihrer Arbeit inne und glotzten den vergnügten Kapitän an. Humphrey Grandison hörte auf zu lachen, stieß ein paar derbe Flüche aus und trieb seine Leute zur Arbeit an. Dann nahm er Ediths Hand und führte sie galant an die Lippen.

»Vergebt mir, Gnädigste, ich wollte Euch nicht beleidigen.«

»Ich nehme Eure Entschuldigung an, Sir.«

Sir Clement verabschiedete sich, und Grandison teilte Befehle aus. Die Seile, mit denen das Schiff am Kai vertäut war, wurden gelöst, die Decks von jedem umherliegenden Hindernis befreit. Junge Männer kletterten geschickt wie Affen die Takelage hinauf und machten die großen Segel los. Das Schiff rollte und schlingerte. Zur Erheiterung der Seeleute verlor Alexander das Gleichgewicht und stürzte hin. Grandison, breit grinsend, half ihm beim Aufstehen.

»Ihr begebt Euch besser unter Deck!«

Grandison brachte seine Gäste in eine kleine Kabine hinunter, die unter dem Vorderdeck lag: Sie enthielt ein schmales Bett, einen Tisch und ein paar Stühle. Die Luft war verbraucht, und es roch nach Salz und Teer.

Alexander, der sich an das sanfte Schaukeln des Schiffes noch nicht gewöhnt hatte, stieß sich beim Eintreten am Türrahmen den Kopf. Es tat sehr weh, und obwohl der Kapitän über das Mißgeschick lachte, bot er McBain und seinen Gefährten einen überraschend guten Wein an, »gegen den Schmerz und zur Stärkung des Magens.«

»Lady Mohun kann hierbleiben«, meinte Grandison. »Aber Ihr, meine Herren, müßt Euer Quartier mit der Mannschaft teilen.«

Fröhlich vor sich hinpfeifend, entfernte sich der Kapitän und ließ seine drei Passagiere in dem Kabuff zurück.

Nach einer Stunde hatte die *Star of the Sea* den Fluß hinter sich gelassen und segelte nord-nordostwärts durch das kalte, unruhige Meer. Alexanders Kopfschmerzen ließen nach, dafür hatte er ein mulmiges Gefühl im Magen.

Sir Godfrey amüsierte sich über das wachsende Unbehagen seines Sekretärs – bis dessen Gesicht eine grünliche Farbe annahm.

»Kommt mit, Alexander«, sagte er dann aufmunternd. »Edith, Ihr bleibt hier. Wenn es unserem Schreiber übel wird, dann sollte er sich lieber oben an Deck aufhalten.«

Verwünschungen vor sich hin murmelnd, folgte Alexander dem Ritter die Treppe hinauf aufs Deck. Die Segel knatterten und blähten sich in einer kräftigen Brise aus Süd. Grandison kam zu ihnen.

»Fühlt Ihr Euch krank, Master McBain?«

Alexander nickte.

»Dann gebe ich Euch einen guten Rat. Versucht, nicht an die Bewegungen des Schiffs zu denken, sondern lenkt Euch mit irgend etwas ab.«

Alexander zog eine Grimasse und rannte an die Bordwand, wo er sich sofort übergab. Danach fühlte er sich besser. Er lehnte an der Reling, atmete tief durch und beobachtete das zurückweichende Land, während er den knarzenden Geräuschen des Schiffs und dem Geknatter der Segel lauschte.

Grandison sah es Alexander am Gesicht an, daß er sich nun viel wohler fühlte.

»Die *Star of the Sea* ist schon ein schönes Schiff«, rief er ihm zu. »Hält ihren Kurs schnell und gerade wie ein Pfeil.«

Er faßte in seinen Wams und zog eine braune Pergamentrolle heraus. Breitbeinig, um die Bewegungen des Schiffs abzufangen, stand er da und studierte das Pergament. Dann deutete er mit einem Finger auf die grob gezeichnete Karte. »Morgen abend müßten wir Whitby erreichen«, sagte er. »Was kommt dann?«

»Wir verfolgen vier oder fünf Flüchtige«, erklärte Sir Godfrey. »Aller Wahrscheinlichkeit nach planen sie, sich in Whitby einzuschiffen.«

»Und?«

»Falls sie es noch nicht getan haben, blockieren wir den Hafen.«

»Was ist, wenn sie bereits abgesegelt sind?«

»Dann setzen wir ihnen nach.«

»Und wie gehen wir vor, wenn wir sie eingeholt haben?«

»Dann werden sie mit Stumpf und Stiel vernichtet.«

Sir Godfrey zeigte auf die großen Katapulte unter den schützenden Planen.

»Auf meinen Befehl hin, Master Grandison, werden die Katapulte geladen und abgefeuert. Wir machen keine Gefangenen.«

Grandison machte Alexander und Sir Godfrey auf einen Trupp Männer aufmerksam. Die Kerle trugen Röcke aus braunem Leder und lungerten an der Steuerbordseite des Schiffs herum.

»Die werden uns auch von Nutzen sein«, erklärte der Kapitän. »Es sind Bogenschützen aus Cheshire, sie verfehlen so gut wie nie ihr Ziel.«

Sir Godfrey lächelte erfreut und meinte, mit solchen Leuten sei ihm vor nichts bange. Er ließ Alexander an Deck und ging wieder nach unten zur Dame Edith.

Die *Star of the Sea* erwies sich als schnelles, tüchtiges Schiff und Grandison als geschickter Seemann. Als am nächsten Abend die Dämmerung herabsank, sichteten sie die hochaufragenden Klippen von Whitby und die große Abtei auf dem Gipfel.

Auf Sir Godfreys Geheiß hin, nahmen drei Offiziere und zwei der Bogenschützen ein Beiboot und ruderten in den Hafen. Zwei Stunden später kamen sie zurück und berieten sich flüsternd mit ihrem Kapitän. Grandison gab Sir Godfrey und Alexander einen Wink, und alle begaben sich unter Deck in Ediths Kabine.

»Leider habe ich eine schlechte Nachricht für Euch«, begann der Kapitän. Er lehnte an der Tür und hielt den Blick auf die einzige Laterne gerichtet, die an einem Haken von der niedrigen Decke baumelte. »Man hat Eure Flüchtigen gesehen. In der Tat ist einer von ihnen in dieser Gegend ein recht gut bekannter Mann – ich spreche von Andrew Melbray, dem Priester. Er ritt in Begleitung von fünf Männern, einer von ihnen war ein Fremder in einem schwarzen Umhang mit Kapuze, der sein Gesicht ständig verbarg. Sie suchten ein paar Tavernen im Hafen von Whitby auf und heuerten eine Schmack mit einer Besatzung von fünf Seeleuten, die sie über die Nordsee bringen sollten. Heute am frühen Nachmittag segelte das Schiff ab.«

»Werdet Ihr die Verfolgung aufnehmen?« fragte die Exorzistin.

»Ich bin bereit, es zu tun«, antwortete Grandison, »aber das Wetter schlägt um.«

»Gibt es einen Sturm?«

»Nein, keinen Sturm, aber Nebel. Er zieht bereits auf. Wir müssen sehr vorsichtig sein. In diesen Gewässern wimmelt es von Sandbänken, und wir verfolgen ein Schiff, dessen Besatzung sich mit den Tücken der See bestens auskennt.« Grandison legte eine Pause ein. »Es handelt sich nicht um gewöhnliche Verbrecher, nicht wahr?« wollte er wissen. »Ich meine, sie müssen schon besonders schwerwiegende Dinge getan haben, wenn man sie mit einem Kriegsschiff des Königs verfolgen läßt.«

»Ihr habt vollkommen recht mit Eurer Vermutung, Master Grandison«, erwiderte Sir Godfrey. »Und macht Euch darauf gefaßt, daß Ihr Greuel sehen werdet, die Euch das Blut in den Adern gefrieren lassen. Gebt Euer Bestes, nicht nur aus Loyalität Eurem König gegenüber, sondern um das Heil Eurer Seele willen.«

Grandison schaute verdutzt drein, rieb sich mit der Hand die Schläfen und begab sich wieder nach oben an Deck. Drunten in der Kabine hörte man, wie Befehle gebrüllt wurden. Die Matrosen lichteten den Anker, und langsam segelte das Schiff aufs offene Meer hinaus.

Alexander kletterte gleichfalls die Treppe hinauf. Draußen blies ein kalter Wind, und der Schreiber hüllte sich fester in seinen Umhang. Nebelschwaden umwaberten das Schiff und schufen eine unheimliche, gespenstische Stimmung.

Alexander fröstelte. Er war fest davon überzeugt, daß sie die Strigoi einholen würden, und tief in seinem Herzen spürte er, daß sein ganzes Leben eine Vorbereitung auf diese fürchterliche Begegnung gewesen war.

Nach einer Weile ging er wieder unter Deck. Der säuerliche Gestank, der in der abgestandenen Luft hing, verursachte ihm Übelkeit, und er mußte würgen. Er legte sich hin, schloß die Augen und sagte Gebete auf, bis er einschlief.

Er wußte nicht, wie lange er geschlafen hatte, als Sir Godfrey ihn wachrüttelte und ihm eine Schale mit warmer Hafergrütze und einen Becher starken Weins brachte.

Nachdem sich Alexander gestärkt hatte, gesellte er sich zu Sir Godfrey an Deck und sah voller Spannung zu, wie das Schiff klar zum Gefecht gemacht wurde.

Die Katapulte waren von ihren Abdeckplanen befreit, die Bogenschützen bezogen ihre Posten im Bug, im Heck und sogar in der Takelage, und alle drei Masten waren mit Männern besetzt, die Ausschau hielten.

Nur zögernd mogelte sich das Tageslicht durch den dicken Nebel, der das Schiff umgab wie Dampf aus einer Waschküche. Alexander stand im Begriff, zu Edith in die Kabine zu gehen, als einer der Wachtposten plötzlich brüllte:

»Segel! Richtung Nord-Ost! Ganz in unserer Nähe!«

»Wieso kannst du etwas sehen?« brüllte der Kapitän zurück. »Hier unten ist überhaupt keine Sicht!«

»Der Nebel hat sich für kurze Zeit aufgelöst, Kapitän, aber ich habe eine Schmack gesichtet! Sie bewegt sich nicht!«

»Was soll das heißen?« donnerte Grandison.

»Jetzt sehe ich sie nicht mehr!« kreischte der Ausguck. »Doch, der Nebel lichtet sich wieder! Die Schmack sitzt auf einer Sandbank fest! Das Schiff ist aufgelaufen!«

Grandison drehte sich um und sah Alexander mit grimmigem Lächeln an.

»Ich habe Euer Wild aufgespürt!«

KAPITEL 2

Der Kapitän bellte förmlich die Befehle hinaus; eine Trommel wurde im Takt geschlagen. Matrosen hetzten hin und her, ihre nackten Füße klatschen über das nasse Deck, und Sir Godfrey und McBain wurden unsanft angerempelt. Edith Mohun hörte das Rumoren und stieg zum Deck hinauf. Überraschenderweise begann sich der Nebel zu lichten. Sir Godfrey holte seine und Alexanders Waffen.

»Es geht los, Alexander«, sagte er. »Diesen Kampf müssen wir beide ausfechten. Die Matrosen können diese Schmack nicht entern, aber wir müssen es tun!«

Die Kogge schob sich behäbig vorwärts. Manchmal riß die Nebeldecke auf, und dann sahen sie das Meer und sogar die bleiche Sonne; doch bald darauf zogen sich die milchigen Schwaden wieder zusammen wie ein Vorhang, und Grandison und seinen Offizieren blieb nichts anderes übrig, als hilflos zu fluchen.

Lady Mohun lehnte mit gefalteten Händen an der Reling. Alexander sah es ihr an, daß sie voller Inbrunst betete. Als wären ihre Gebete plötzlich erhört worden, lichtete sich der Nebel.

Sie waren auf dem offenen Meer; eine halbe Meile weiter befand sich die Schmack, deren einziges Segel eingerollt war. Das Schiff schaukelte hin und her, ohne jedoch von der Stelle zu kommen; es war, als würde es unter Wasser von einer riesigen Faust festgehalten.

Sir Godfrey und Alexander stellten sich zu Lady Mohun an die Reling. Hinter ihnen tauchte Grandison auf.

»Könnt Ihr näher heransegeln?« fragte Sir Godfrey.

Grandison zuckte mit den Schultern. »Ich wage es nicht, Sir. Die Schmack kann sich selbst befreien, wenn sie auf einer Sandbank festsitzt. Aber ein Schiff von der Größe des unsrigen, könnte von der Wucht der Wellen leckgeschlagen werden, wenn es aufläuft und nicht rasch genug freikommt.« Grandison drehte sich um und brüllte dem Ausguckposten zu: »Was kannst du sehen?«

»Auf dem Schiff rührt sich keine Menschenseele, Sir. Es sieht aus, als hätte die Mannschaft es verlassen.«

»Großer Gott, nein!« stöhnte Edith. »Ob ein anderes Schiff sie abgeholt hat?«

»Das Beiboot ist weg!« rief der Ausguck.

»Was soll ich jetzt tun?« fragte Grandison.

»Verbrennt die Schmack!« befahl Lady Mohun.

»Nein!« widersprach Sir Godfrey. »Wir können das Boot nicht anzünden. Zuerst müssen wir nachschauen, ob nicht vielleicht unschuldige Menschen an Bord sind. Laßt ein Ruderboot zu Wasser, Kapitän. Ich selbst gehe an Bord der Schmack.«

»Ich komme mit euch!« erklärte Grandison.

»Nein, Sir, Ihr bleibt hier. Das Boot faßt nur sechs Leute. Ich möchte Euren besten Bogenschützen mitnehmen und zwei Matrosen, die uns hinüberrudern.«

»Dann wollt Ihr alle drei auf die Schmack?« staunte der Kapitän.

»Ja«, antwortete Edith Mohun anstelle des Ritters. »Wir drei haben den Kampf angenommen, und wir drei führen ihn auch zu Ende.«

Grandison zuckte die Achseln, legte die Hände trichterförmig an den Mund und bellte seine Befehle. Das Boot wurde gewassert und an der Bordwand des Schiffs eine Strickleiter herabgelassen. Zwei Matrosen kletterten in das Beiboot. Als nächster Sir Godfrey, und dann Edith, die eine Flasche Öl bei sich trug. Dann kam Alexander. Den Schluß bildete ein drahtiger kleiner Mann mit wettergegerbtem Gesicht und einem zahnlosen, ständig grinsenden Mund. Er erinnerte Alexander an einen Hofnarren, doch sein Langbogen, der Köcher mit den gefiederten Pfeilen und die lederne Armmanschette wiesen ihn als Bogenschützen aus. Das kleine Boot tanzte auf den Wellen. Alexander drehte sich der Magen um. Am liebsten hätte er sich übergeben; das Meer hob und senkte sich rings um ihn her, und jetzt kam ihm die *Star of the Sea* wie eine sichere und bequeme Oase vor.

»Gott sei mit Euch!« rief Grandison ihnen nach, doch das Tosen des Windes übertönte seine Stimme.

Sir Godfrey hatte im Bug Platz genommen und forderte die Seeleute auf, sich in die Riemen zu legen.

Die beiden Matrosen begannen zu rudern. Ihre Armmuskeln schwollen an, und um im Takt zu bleiben, sangen sie ein Lied. Alexander saß im Heck und hatte den Arm um die Schultern der Exorzistin gelegt. Sie fühlte sich unglaublich zart und zerbrechlich an, dennoch war ihr Körper bis aufs äußerste gespannt.

Der Bogenschütze mit dem Affengesicht beobachtete sie neugierig. Ihre Angst mußte ansteckend wirken, denn als sie die festsitzende Schmack erreichten, war sein ewiges Grinsen verschwunden.

Die Schmack war ein Fischerboot, mit niedrigen Bordwänden, einem langgezogenen Bug und schmalem Heck. Das Segel war ordentlich aufgerollt, aber an Deck befand sich keine Spur von Leben, nur Berge von Segeltuch türmten sich hier und da. Die Ruderer brachten das Boot längsseits, und eine Welle stieß sie mit lautem Krachen gegen den Rumpf der Schmack. Alexanders Augen suchten das Wasser ab; unter den aufgewühlten Wogen konnte er schwach die Sandbank ausmachen.

»Lange können wir nicht hierbleiben!« meinte einer der Seeleute. »Die Wellen sind zu stark, sie könnten auch uns gegen eine Sandbank treiben oder am Rumpf der Schmack zerschmettern.«

»Keine Angst!« erwiderte Sir Godfrey; in seinen Augen leuchtete das Kampffieber. »Laßt mich an Deck klettern, dann rudert ins freie Wasser zurück.«

»Allein geht Ihr nicht!« widersprach Alexander. »Ich komme mit Euch.«

»Ich auch!« Lady Mohun stand auf und geriet in dem schwankenden kleinen Boot sogleich ins Taumeln. »Entweder ich gehe an Bord, oder ich stürze ins Meer.«

Die Seeleute brüllten ihnen zu, sie sollten sich beeilen. Sir Godfrey nickte mit dem Kopf und schwang sich über die Seite der Schmack, wobei er darauf achtgab, mit dem Schwert nirgendwo hängenzubleiben.

Dann beugte er sich hinab und reichte Edith seine Hand. Der affengesichtige Bogenschütze versetzte Alexander den notwendigen Schubs, und dann standen alle drei an Deck des scheinbar verlassenen Schiffs. Gespannt schauten sie sich um; sie sahen haufenweise Segeltuch, Taue, Hummerkörbe und leere Eimer voller Meerwasser, doch für ein Fischerboot schien das alles nicht ungewöhnlich zu sein.

»Hier oben ist nichts!« knurrte Sir Godfrey und zückte sein Schwert. »Laßt uns nach unten gehen.«

Langsam bewegten sie sich vorwärts. Das Schiff schaukelte sachte und knarrte, als die Wellen gegen den Rumpf schlugen.

Sir Godfrey erreichte die Leiter, die in die winzige Kabine hinabführte. Er rümpfte die Nase, als ihm von dort ein säuerlicher Gestank entgegenwehte. Doch da war noch etwas – ein fauliger Verwesungsgeruch, der ihm die Kehle zuschnürte.

Vorsichtig tastete er sich die glitschigen Sprossen herunter. In der Kabine herrschte Halbdunkel, doch er entdeckte auf dem Tisch eine dicke Kerze in einem eisernen Halter. Er holte einen Feuerstein aus seinem Wams hervor und versuchte sie anzuzünden, aber es dauerte eine Weile, bis der Docht Feuer fing und eine Flamme hochzüngelte. Unterdessen waren Edith und Alexander ihm nach unten gefolgt.

»Gott sei uns gnädig!« hauchte Alexander.

Entgeistert stierte er die Leichen der vier Fischer an; ihre Kehlen waren aufgeschlitzt, die Augen standen halb offen, die Münder klafften wie aufgerissen. Wie Abfall hatte man sie hingeworfen, so daß sie in grotesken Stellungen am Boden lagen. Das eingedrungene Meerwasser trug einen blutigen Schaumteppich.

»Hier wurden Menschen ermordet!« flüsterte Edith. »Ich spüre den Greuel in der Luft. Unschuldige mußten ihr Leben lassen!«

Plötzlich knarrte und ächzte das Schiff; sie hörten die schwachen Rufe der Seeleute, die sie hergebracht hatten. Edith legte den Kopf schräg und erschauerte.

»Jemand ist an Deck!« sagte sie heiser. Sie umklammerte die Flasche mit dem Öl, die sie von der Kogge mitgenommen hatte. »Wir sind nicht allein!«

Sir Godfrey stieß eine Verwünschung aus und kletterte hurtig die Leiter empor. Alexander setzte ihm hinterher. Als er einen Blick nach draußen werfen konnte, erstarrte er vor Schreck.

Die Ballen aus Segeltuch lagen nun verstreut herum; im Bug hatten der Priester und seine Anhänger Posten bezogen. Dolche und Schwerter waren gezückt, und ihre schwarzen Umhänge bauschten sich im Wind.

Sir Godfrey hatte im Kampf schon vielen, schwer gerüsteten Rittern gegenübergestanden, doch einen so unheimlichen Anblick wie diese Gestalten hatte er noch nie gesehen. Die Beine gespreizt, um das sanfte Schaukeln des Schiffs auszubalancieren, drängten sie sich im Bug. Ihre schwarzen Gewänder betonten die kalkweißen Gesichter. Mit ihren wild dreinblickenden Augen glichen sie Dämonen, finsteren Ausgeburten der Hölle. Der Priester stand regungslos vor seinen Spießgesellen. Die Augen blitzten vor Wut, die Lippen waren zu einem höhnischen Lächeln verzerrt.

»Ist er hier?« fragte Edith mit rauher Stimme. »Der Strigoi-Lord?«

»Er ist weg!« brüllte der Priester und deutete auf die Nebelwand. »Aber wir sind geblieben, um seinen Abzug zu sichern und Rache an denen zu nehmen, die sich in fremde Angelegenheiten einmischten!« Alexander zückte Schwert und Dolch und postierte sich neben Sir Godfrey. Ein rascher Blick aufs Meer verriet ihm, daß das kleine Boot noch in ihrer Nähe auf den Wellen schaukelte. Der Bogenschütze hatte seinen Langbogen gespannt, war sich aber nicht schlüssig, wie er sich verhalten sollte. Unterdessen rückte die *Stur of the Sea* unter Grandisons geschickter Führung näher.

Edith fing laut an zu beten. »Jesu Miserc!« Der Priester und seine Kumpane fackelten nicht lange, sondern gingen zum Angriff über. Alexander kämpfte mit allen Tricks, die er aufbieten konnte. Unter ihm hob und senkte sich das Deck, er sah gespenstisch weiße Gesichter und wirbelnde schwarze Gewänder, dazu hallte ihm das Geklirr von Stahl auf Stahl in den Ohren. Auf einmal zogen sich die Angreifer zurück. Sir Godfrey und Alexander bauten sich schützend vor Dame Edith auf. Die Luke, die nach unten in die Kabine führte, hatte eine Holzbrüstung, und diese bot ihnen eine gewisse Deckung.

Der Priester und einer seiner Gesellen stürmten vor zu einer neuerlichen Attacke. McBain und Sir Godfrey parierten die Hiebe. Vater Andrew wich zurück, und ein anderer trat an seine Stelle, der für ihn weiterkämpfte. Was Alexander an Übung vermissen ließ, machte er durch seine Wut wieder wett. Plötzlich machte Sir Godfrey einen Satz nach vorn. Er stieß seinen Gegner zur Seite und trieb ihm dann seinen Dolch in den Bauch.

Der auf Deck liegende, sich in Todeszuckungen windende Körper versperrte einer anderen dunklen Gestalt den Weg, die sich auf Sir Godfrey stürzen wollte. Der Ritter wirbelte herum, packte sein Schwert mit beiden Händen und erschlug damit Alexanders Widersacher. Das Blut sprudelte aus der Wunde und vermischte sich mit dem Seewasser, das das Deck mit jeder heranrollenden Woge überspülte.

»Der Herr steh uns bei!« rief Edith, die die Todesschreie der beiden Strigoi hörte, »diese Ungeheuer müssen sofort verbrannt werden!«

Doch die beiden Gefährten, die dem Priester noch verblieben waren, rückten langsam, wie zwei große, schwarze Spinnen, auf Sir Godfrey und Alexander zu. Der Sekretär hörte, wie ein Pfeil sirrend über das Deck flog und auf der anderen Seite ins Wasser klatschte; der Bogenschütze hatte sich endlich in den Kampf eingemischt, aber das Ziel verfehlt. Die Strigoi pirschten sich immer näher heran, und sie waren kampferprobter und vorsichtiger als ihre beiden Gefährten, die nun tot an Deck lagen.

McBain war erschöpft, und er merkte, daß auch Sir Godfreys Kräfte nachließen. Doch dann wagte der Ritter einen Ausfall; er hetzte nach vorn und trieb einen Gegner zurück. In diesem Augenblick schoß der Bogenschütze wieder; dieses Mal traf der Pfeil einen Strigoi in den Hals. Sein Kumpan rannte in den Bug zu Vater Andrew und nahm neben ihm Aufstellung. Angst schien er nicht zu haben, er lächelte den Strigoi-Priester sogar an.

»Sie sind bereit zu sterben«, flüsterte Sir Godfrey, sich den Schweiß aus der Stirn wischend. »Es macht ihnen nicht das geringste aus. Sie wollen uns töten, damit ihrem Herrn die Flucht gelingt.«

Alexander wollte etwas erwidern. Doch ehe er ein Wort äußern konnte, traf ihn das Messer, das der Priester schleuderte, in den Bauch. Er drehte sich halb um und machte ein verdutztes Gesicht; vor Schmerz ließ er das Schwert fallen, und dann kippte er gegen die Exorzistin. Beide stürzten die Luke hinunter, die in die winzige Kabine führte, und blieben am Fuß der Leiter liegen.

»McBain!« flüsterte Edith. Alexander konnte nur stöhnen; die Schmerzen in seinem Bauch wüteten wie ein glühendes Eisen, und seine Arme und Beine waren plötzlich völlig kraftlos. Mit einer matten Bewegung faßte er nach Ediths Hand.

»Das Öl«, murmelte er. »Habt Ihr das Öl?«

Er tastete mit der Hand umher. Auch die Exorzistin suchte auf dem Boden nach.

»Ich habe es!« flüsterte sie.

Alexander versuchte aufzustehen.

»Ich habe das Öl«, wiederholte sie. »Wo ist die Leiter?«

Alexander führte ihre Hand, bis sie die unterste Sprosse anfassen konnte.

»Klettert hoch!« zischte er. »Um der Barmherzigkeit Gottes willen, klettert die Leiter hoch!«

Langsam tastete sich Dame Edith nach oben, während sie versuchte, nicht auf die Verletzungen zu achten, die sie sich beim Sturz zugezogen hatte. An Deck kämpfte Sir Godfrey gegen zwei Angreifer. Er wollte beten, doch er konnte nicht.

Edith nahm die Reliquie, die sie an einer Kordel um den Hals trug, und schleuderte sie in die Richtung, aus der der Kampfeslärm kam. Das kleine goldene Behältnis traf den Priester mitten ins Gesicht. Er kreischte, wie wenn er verbrannt würde, und taumelte zurück, sein Schwert fallenlassend. Sir Godfrey schwenkte herum, überraschte den zweiten Gegner und trieb ihm die Schwertspitze durch den Hals.

Der Priester torkelte; das hämische Grinsen war von seinem Gesicht verschwunden. Sir Godfrey sprang auf ihn zu.

»Du dreckiger Hurensohn!« brüllte er. Doch dann rutschte er auf dem von Blut und Meerwasser glitschigen Deck aus. Das Schwert fiel ihm aus der Hand; er wollte es aufheben, doch das Schiff neigte sich zur Seite, und das Schwert schlitterte über die Decksplanken.

Angespannt spähte Sir Godfrey über die Reling. Die *Star of the Sea* näherte sich der Schmack. doch noch war von dort keine Hilfe zu erwarten. Der Bogenschütze schoß Pfeile ab, die jedoch ihr Ziel verfehlten. Aus dem Augenwinkel erhaschte Sir Godfrey einen Blick auf eine dunkle Gestalt. Er wollte ausweichen, doch das Schlingern des Schiffs machte eine kontrollierte Bewegung unmöglich.

In diesem Augenblick warf sich Edith blindlings auf den Priester. Vater Andrew strauchelte. Er stieß die Exorzistin zur Seite und hob das Schwert, doch Sir Godfrey war wieder auf den Beinen. Der Priester wirbelte herum, die Zähne gefletscht. Stahl traf klirrend auf Stahl, und plötzlich wußte der Ritter, daß sich etwas verändert hatte. Anstatt zu ermüden, war der Priester kräftiger und flinker geworden, und Sir Godfrey fiel Ediths Warnung ein; sie hatte ihnen erzählt, wie die Geister der toten Strigoi in die Körper anderer Menschen schlüpften. Auf einmal fiel ihm doch ein Gebet ein.

»De profundis . . . Aus der Tiefe rufe ich, Herr, zu dir. Herr, höre meine Stimme.«

Der Priester grinste. Seine Lefzen hoben sich wie bei einem Hund. Mit wuchtigen Schlägen, die Sir Godfrey kaum zu parieren vermochte, hieb er auf den Ritter ein. Sir Godfrey war in Schweiß gebadet, seine Arme zitterten vor Anstrengung und Erschöpfung.

»Stirb!« zischte der Priester. »Stirb! Im Namen der Hölle, stirb!«

Sir Godfrey zog sich langsam zurück; wie von ferne hörte er Stimmen, die von der Kogge zu ihm herüberdrangen. Dann stolperte er über einen Leichnam und stürzte hin. Als er hochblickte, sah er, wie der Priester die Schwertspitze auf ihn richtete und zum Todesstoß ansetzte. Sir Godfrey schloß die Augen.

»Jesu Misere!« flüsterte er.

Plötzlich schallte ein Schrei. Sir Godfrey riß die Augen auf. Edith hatte sich auf den Strigoi gestürzt, und mit ihren schwachen Kräften versuchte sie, ihn von Sir Godfrey wegzuzerren. Der Priester brüllte vor Wut, als Edith ihm mit ihren Fingernägeln das Gesicht zerkratzte. Er zückte einen Dolch aus einem seiner Stiefel und stach ein-, zweimal auf sie ein, doch die Exorzistin hing an ihm wie eine Klette.

Immer und immer wieder stieß er mit der Klinge zu. Dame Edith, mit lauter, schriller Stimme betend, zog Vater Andrew herum, so daß er dem Ritter den Rücken zukehrte. Als wenn ihre Gebete erhört worden wären, fing das Schiff heftig an zu schaukeln, und beide stürzten auf die Planken. Die Klinge des Priesters stach jedoch weiterhin erbarmungslos zu. Schließlich stöhnte die Exorzistin laut auf und blieb dann regungslos liegen.

Der Strigoi rappelte sich hoch, doch in diesem Moment holte Sir Godfrey mit seinem Schwert aus. Vater Andrew öffnete den Mund, aber kein Laut entrang sich der Kehle; mit einem wuchtigen Streich trennte Sir Godfrey ihm den Kopf glatt vom Rumpf.

In einer roten Fontäne sprudelte das Blut hervor, und das Haupt rollte über das Deck. Fluchend stieß Sir Godfrey mit dem Fuß gegen den enthaupteten Leib, der umkippte, dann fiel er selbst ermattet auf die Knie und rang nach Atem. Er blickte sich um. Mit Wasser vermischtes Blut schwappte über die Planken, während die Schmack von den Wellen auf der Sandbank hin und her geschaukelt wurde. Sir Godfrey rutschte zu Edith hinüber, die blutüberströmt nahe der Reling lag. Er hob sie hoch und brachte sie mittschiffs, wo er sie gegen den Mast gelehnt hinsetzte. Die Binde rutschte von ihren Augen, und Sir Godfrey staunte, welch friedvoller Ausdruck auf ihrem Gesicht lag. Er sah, daß ihre Lippen sich bewegten, und er hielt sein Ohr dicht an ihren Mund.

»Ich sterbe!« wisperte sie. »Gott sei Dank, endlich sterbe ich. Im Paradies werde ich wieder sehen können.«

Dann kippte sie zur Seite. Sir Godfrey fühlte nach ihrem Puls, doch sie war tot. Er stand auf, winkte der Mannschaft auf der näherkommenden Kogge zu und kletterte dann unter Deck, wo McBain lag. Von den Lippen des Sekretärs tröpfelte Blut, und am liebsten hätte Sir Godfrey geweint ob der sinnlosen Verschwendung dieses jungen Lebens. McBain schlug die Augen auf.

»Muß ich sterben?« fragte er matt.

Sir Godfrey nickte stumm.

»Was ist mit Edith passiert?«

»Sie ist tot.«

Alexander deutete ein Lächeln an. »Dann wird sie bereits auf mich warten.«

Seine Augenlider flatterten. »Wo ist der Strigoi Lord?«

»Geflohen!« antwortete Sir Godfrey.

»Ihr müßt ihn verfolgen. Versprecht es mir!«

»Ich verspreche es!«

Alexander lächelte ein bißchen. »Ihr seid ein hartgesottener Mann, Sir Godfrey.«

»Und Ihr seid ein guter Mensch, McBain!«

Alexander versuchte zu lachen, und ein dünner Blutfaden rann aus seinem Mund.

»Ich dachte schon, Ihr würdet es nie sagen«, keuchte er. Ein Schauer durchlief seinen Körper, und der Ritter bildete sich ein, er würde den Namen ›Edith‹ flüstern. McBains Kopf rollte zur Seite, und die Augen starrten ins Nichts. Vorsichtig legte Sir Godfrey ihn auf den Boden; der Sekretär Alexander McBain war tot. Der Ritter sprach ein Gebet und bat Christus, diese beiden tapferen Seelen, die nun von ihm gegangen waren, ins Himmelreich einzulassen.

Nachdem er sein Gebet beendet hatte, stierte er in die Dunkelheit. »Und verdamme diese Höllenhunde, damit sie der ewigen Finsternis anheimfallen!« setzte er verbissen hinzu.

Abgekämpft kletterte Sir Godfrey wieder an Deck. Er sammelte sein Schwert und den Dolch ein und hob die

Reliquie auf, die Edith dem falschen Priester ins Gesicht geschleudert hatte. Er küßte das goldene Kästchen und hängte es sich selbst um den Hals.

Auf dem Schiff sah es aus wie in einem Schlachthof. Dame Ediths zarte Gestalt lag neben dem Mast, und der Kopf des Strigoi-Priesters war an die Reling gerollt. Die halbgeschlossenen Augen schienen den Ritter wie schwermütig anzustarren. Eine Welle der Wut stieg in Sir Godfrey empor. Er ging zu dem abgetrennten Haupt, faßte es bei den Haaren und band es an ein lose herabhängendes Tauende, so daß der Kopf im Wind baumelte wie eine verfaulte Frucht. Dann kletterte er über die Reling und stieg in das Ruderboot, das längsseits der Schmack lag. Den grotesken Kopf im Blickfeld, ließ er sich zu der *Star of the Sea* hinüberrudern.

Grandison war ihm behilflich, an Deck zu kommen. Die gesamte Schiffsbesatzung hatte sich oben versammelt, Soldaten, Bogenschützen, sogar die Köche. Offenen Mundes gafften die Männer die Schmack an, deren Deck einem Schlachtfeld glich. Die auf den Planken liegenden Leichen machten einen sonderbar lebendigen Eindruck, als würden sie im Takt der Wellen hin und herrollen, und ihre schwarzen Gewänder sich in der frischen Brise blähten.

»Gott sei uns gnädig, Herr Ritter!« rief Grandison. »Was ist das nur für eine schreckliche Geschichte?«

»Eine Geschichte, die in der Hölle zusammengesponnen und von Dämonen erzählt wurde«, erwiderte der Ritter kurzangebunden.

»Und was geschieht jetzt?«

»Die Schmack muß verbrannt werden.«

Grandison schrie ein paar Befehle heraus. An Deck wurden Kohlebecken angezündet. Die Katapulte wurden mit der feurigen Ladung bestückt, und die Bogenschützen stellten Brandpfeile her.

»Halt, wartet noch!« brüllte Sir Godfrey.

Er griff in die Takelage und kletterte auf das Schanz-Kleid des Dreimasters. Dann zückte er das Schwert und hielt es mit der Spitze nach unten.

»Alexander McBain«, rief er in den tosenden Wind. »Ich grüße Euch! Edith, Frau mit dem Herzen und dem Mut eines Kreuzfahrers, ich grüße Euch! Beim Kreuz des Herrn schwöre ich, daß ich nicht ruhen und rasten werde, bis der Strigoi Lord tot ist!«

Der Ritter bekreuzigte sich und stieg wieder auf Deck hinunter. Dann nickte er dem Kapitän zu, der seine Hand hob.

»Macht Euch fertig!«

Sir Godfrey hörte das Knarren der Katapulte und die Befehle des Anführers der Bogenschützen. Der Kapitän ließ die Hand sinken.

»Feuer!«

Die flammende Ladung wurde auf die Schmack abgeschossen; manche Brandgeschosse landeten zischend im Meer, andere trafen das Deck.

»Noch einmal! Feuer!«

Brandpfeile sirrten durch die Luft, die Katapulte entließen krachend ihre Ladung, und ein feuriger Schleier senkte sich auf das Boot.

»Noch einmal! Feuer!«

Abermals regnete es Glut auf die Schmack, Gottes Rache schien aus dem Himmel herabzusausen. Sir Godfrey sah, wie ein Ball aus brennendem Pech durch die Luke rollte, die in die kleine Kabine hinabführte. Flammen züngelten hoch. Es gab ein prasselndes Geräusch, als das Öl Feuer fing, und dann brannte die Schmack und alles, was sich auf ihr befand, lichterloh.

Grandison wollte den Beschuß einstellen, aber Sir Godfrey bestand darauf, daß weitergemacht wurde. Eine Stunde lang stand er an Deck und sah zu, wie die Schmack niederbrannte. Zum Schluß blieben nur noch ein paar verkohlte Balken übrig, die von der Strömung und den Wellen davongetragen wurden.

Amen.

EPILOG

Nachdem der Ritter seine Erzählung beendet hatte, schaute er nachdenklich in die Flammen des offenen Kamins.

»Und was passierte danach?« fragte die Frau aus Bath gespannt.

Der Ritter lächelte und zuckte leicht mit den Schultern.

»Die Geschichte ist zu Ende.«

»Was wurde aus dem Strigoi Lord?«

»Er ist immer noch am Leben.«

»Beruht Eure Geschichte denn nun auf Tatsachen, oder ist sie frei erfunden, Sir?« wollte der Advokat wissen.

»Es ist die Wahrheit, nicht?« Der Kapitän war aufgestanden und zeigte mit dem Finger auf den Ritter. »Es ist die Wahrheit, denn ich war dabei, als es passierte. Ich fuhr auf der *Star of the Sea* mit.«

Der Ritter blickte ihn wortlos an.

»Aber wenn die Geschichte auf Wahrheit beruht«, fuhr der Advokat beharrlich fort, »sind ein paar Erklärungen nötig.« Er wandte sich an den armen Priester. »Ihr, Sir, sagtet, Vater Andrew sei ein hochgeachteter Mann gewesen. Und der Schreiber aus Oxford erzählte uns, Vater Andrews Gebeine ruhten nun in der Kirche zu St. Peter. Der Mönch hat behauptet, im Trinitarierkloster wüßte man nichts von unheimlichen Legenden.«

»Ich kann mir denken, was passiert ist«, mischte sich der Universitätskämmerer ein, der bis dahin still gewesen war. »Sir Oswald Beauchamp legte sein Amt nieder. Proctor Ormiston verlor den Verstand. Sir Godfrey hatte seinen Auftrag erfüllt, und die Kirche sowie die Krone vertuschten die ganze Angelegenheit. Die Brüder aus dem

Trinitarierkloster wurden zu strengstem Stillschweigen verpflichtet, und an Vater Andrew erinnert man sich als einen gütigen, allseits beliebten Priester. Habe ich nicht recht, Herr Ritter?«

Der Ritter machte eine gleichgültige Handbewegung, stand auf und streckte sich. Dann schaute er Harry, den Wirt, an.

»Das war meine Geschichte, Sir.«

»Hölle, Tod und Teufel! Eine ausgezeichnete Geschichte, Sir. Heute nacht werde ich kein Auge zukriegen!« rief er und klatschte sich begeistert in die Hände.

Der Ritter gähnte, und sein Blick streifte, als er zur Tür schritt, den Mönch.

»Edler Ritter?«

Der Angesprochene drehte sich um und sah die Priorin an; kokett nestelte sie an einer Brosche mit der Aufschrift *Amor Vincit Omnia.*

»Monsieur«, bat sie. »Excusez moi. La belle dame Emily?«

»Ach, sie heiratete ihre große Liebe.«

Schmunzelnd trat der Ritter hinaus in die kühle Nachtluft. Er überquerte den Hof, setzte sich auf einen niedrigen Steinwall und schaute in den Sternenhimmel empor.

»Vater!«

Der Ritter drehte sich um und sah seinen Sohn an.

»Ja, Alexander?«

»Warst du der Ritter?«

»Natürlich!« Der Ritter lächelte. »Und Emily war deine Mutter. Ich ging nach Oxford zurück und warb um sie. Sie liebte mich und brachte dich zur Welt, den besten Sohn, den ein Mann sich nur wünschen kann.« Er schaute melancholisch drein. »Aber bis zu ihrem Todestag gab es in ihrem Herzen einen kleinen Winkel, den sie für Alexander McBain reserviert hielt.«

»Und das stimmt dich traurig?«

»Nein. Ich kann mich glücklich schätzen, Alexander. Mein Leben lang habe ich Christus und seiner Heiligen Mutter gedient. Ich habe geliebt und bin wiedergeliebt worden . . . von meiner ersten Frau, von Lady Emily, von Alexander McBain und von Edith Mohun.« Er blickte an seinem Sohn vorbei und sah, daß sich in der Dunkelheit etwas bewegte. »Und du, Robert Cotterill, hast mir in all den Jahren, seit ich dich von Oxford mitnahm, treu gedient.«

Der Yeoman trat näher an die beiden heran.

»Geht die Jagd denn weiter?« fragte er.

»Und ob«, antwortete der Ritter. »Mein Leben ist der Aufgabe gewidmet, den Strigoi Lord zu vernichten. Ich verfolgte ihn bis nach Alexandria, nach Algerien, in die Walachei, nach Preußen, Spanien und Kleinasien. Eines Tages werde ich ihn schnappen, ihm den Kopf abschlagen und seine Seele in die Hölle zurückschicken!«

»Ich dachte, das wäre bereits geschehen«, wandte der Junker leise ein.

Der Ritter griff nach der Hand seines Sohnes. »Nein, bis jetzt ist er mir immer wieder entwischt. Aber ich gebe keine Ruhe. Ich lasse es nicht zu, daß er Kräfte sammelt oder neue Anhänger um sich schart. Hin und wieder stoße ich auf einen seiner Jünger, den er ausschickt, um mich zu töten. Noch habe ich stets obsiegt.«

»Und jedesmal verbrennst du ihre Körper.«

»Jetzt weißt du warum.«

»Aber du pilgerst doch nicht nach Canterbury, weil du diesen Strigoi Lord dort vermutest?«

Der Ritter lächelte und stand auf. Er breitete die Arme

aus und umfaßte seinen Sohn und den Yeoman. Fest drückte er die beiden an sich.

»Nein, ich gehe nach Canterbury, um Gott zu danken und die Hilfe des Märtyrers Thomas zu erbitten. Nun kommt mit; noch einen Becher Rotwein, und dann legen wir uns schlafen.« Er ließ die Arme sinken und tastete nach der Reliquie, die an seinem Hals hing. »Ich habe meine Geschichte erzählt, morgen werden wir hören, was uns die mollige Frau aus Bath zu berichten hat.«

Lachend und plaudernd gingen sie in die Schankstube zurück.

In der Dunkelheit regte sich eine Gestalt, die noch schwärzer war als die tiefsten Schatten. Die Augen, die von einer Kapuze halb verhüllt wurden, glitzerten boshaft, und die Lippen kräuselten sich zu einem wölfischen Grinsen.

ENDE

Band 13 568

Michael Clynes

Die Morde des heiligen Grals

Deutsche Erstveröffentlichung

Wir befinden uns im 16. Jahrhundert. Roger Shallot, Schurke und Glücksritter, und sein Freund und Meister Benjamin Daunby müssen der blutigen Hinrichtung des Herzogs von Buckingham beiwohnen. Er ist in Ungnade gefallen wegen seiner Rolle bei der Suche nach dem heiligen Gral und nach Excalibur, dem sagenumwobenen Schwert von König Artus.
Ausgerechnet diese Reliquien sollen nun Shallot und sein Meister finden – auf direkten Befehl des unberechenbaren Heinrich VIII. Seine Geheimagenten mischen sich ein, ebenso wie die im Untergrund wirkenden Templer. Zwei Agenten des Königs wurden bereits stranguliert. Es gilt nun für Roger, sein und Benjamins Leben zu retten – in ungewollten Duellen, gegen die Verwünschungen einer veritablen Hexe, Henker, mysteriöse Feuer ... Doch selbst der gewitzteste Geist könnte machtlos sein gegen den lautlosen Mörder aus der Kapelle der Templer – es sei denn, Shallot wächst über sich selbst hinaus.

BASTEI LÜBBE

Sie erhalten diesen Band im Buchhandel, bei Ihrem Zeitschriftenhändler sowie im Bahnhofsbuchhandel.